エドガー・アラン・ポー

極限の体験、リアルとの出会い

西山けい子

新曜社

関西学院大学研究叢書　第220編

はじめに

D・H・ロレンスは、『アメリカ古典文学研究』の序文で次のように書いている。

近代文学の中で真の極限にまで達しているのは二つの集団しかないと私には思える。ロシア文学とアメリカ文学だ。〔…〕ロシア文学とアメリカ文学。〔…〕フランスのモダニズムや未来派が達した最深の狂気すら、ポー、メルヴィル、ホーソーン、ホイットマンらの達した極限意識の限界点には及ばない。ヨーロッパのモダニストたちは極限に達しようと努めているだけである。だが、ここにあげたアメリカ文学の偉大な作家たちは極限そのものなのだ。だからこそ、世界は彼らを忌避してきたし、いまなお忌避しているのだ。(Lawrence, "Foreword")(1)

ここでロレンスが「真の極限」(a real verge)、「極限意識の限界点」(the pitch of extreme consciousness) と呼ぶものは、エドガー・アラン・ポーにおいて、もっとも純粋なかたちで追求されているように思える。ポーの最上の物語群においては、個性をもった人間、人物相互の情感をともなう関係、階層をなす人びとが共存し緊密に交流する社会や共同体といったものは、まず描かれない。焦点が当てられるのは、もっぱら、ひとりの人間の遭遇する「出来事」や「状況」――その極限――と、そこで経験される「意識」のありようである。

　さまざまのジャンルを横断するポー作品の共通点として、ツヴェタン・トドロフが抽出するのも、ポーのこの「極限」「限界」の性質であった（「エドガー・ポーの境界」）。トドロフは、ポーが「極端なもの、過剰なもの、最上級なもの」を描く作家であり、「何でもその限界＝境界《リミット》にまで――可能なら、その向こうまで――」探求せずにはいない作家であることを指摘した。その限界点とは、「ある特質がその上位の段階に達する点、もしくは（といってもしばしば同じことになるが）ある特質がその反対物に変化してしまう点」である。境界をめぐる主題は、幻想／現実、狂気／理性などをめぐって展開されるが、何よりもポーを惹きつける境界――もっとも境界らしい境界――は「死」であった（殺人、死の迫る恐怖、生きながらの埋葬、死と似た様相を呈する強硬症《カタレプシー》、死後の生など）。さらに、「あらゆる境界にたいして敏感」なポーは、著作のフィクション性という点においても、境界線を明るみに出し、虚構／非虚構の区分を揺さぶっている（トドロフ［2002］二一六―二二〇）(2)。

　本書では、ロレンスとトドロフがともに指摘する、ポーの原理的な特徴である「境界」「限界」「閾《いき》」にかんして、多角的なアプローチを試みる(3)。核となるのは、境界に触れる、境界線の向こう側を瞥見する、あるいは限界を超出するという出来事であり、体験である。それらの出来事、体験が生じるのはどういう状況なのか、そこで体験されることの本質とは何なのか、そうした体験を求めずにはいない精神のはたらきや欲望のありようとはどういうものか、時空や知の限界点はどう認識され、どのような言語表現がなされうるのか、極限に触れる体験の語りや描写は、文化表象として、どのような特徴をもつのか——以下では、こうした関心からポー作品の本質を明らかにしていきたい。

主題としては、以下の五つの項目を扱う。

第一に、分身というテーマである。もうひとりの自分と出会うとき、人は自己同一性を揺さぶられ、自／他の境界の感覚が崩壊するのを経験する。分身は、親しいものであると同時に異質なものでもあることから、その接近は無気味さの感覚を引き起こす。「分身の死」というかたちで体験される出来事は、「究極的に他なるもの」としての〈自己の死〉との対面の経験ともいえる。一般的な意味での社会や他者とのコミュニケーションが描かれることのきわめて少ないポーにおいて、自己と分身との対面はきわめて重要なモチーフとなっている。

第二に、自己の枠を超えて境界の外へと人を誘う力について考察する。ポーが〈天邪鬼《あまのじゃく》の精神〉として定式化したのは、こうした精神のはたらきだった。人間を駆り立てるその根源的な力と、その力に誘われた人間が導かれる境地は、ポーがもっとも鮮烈に表現しえた領域である。

第三に、自己を外界と隔てる壁が消失し、自己が外界と相互浸透をするという経験に着目する。

風景のなかに溶け込むとき、現実を忘れて自己に没入するとき、多くの場合、人は恍惚を覚える。だが、ポーにあっては、それはしばしば恐怖や死につながる瞬間となった。生と死の境界線が不分明になる経験、その境界が無効になる出来事とその表現について考察する。

上記の三つの主題は、主として、意識や記憶のうえでの境界、存在の様態としての生と死の境界を扱うものである。それとは別の側面として、第四に、物理的な世界の境界や、宇宙の有限性／無限性という主題について考察する。ポーは空間における極地を目指し、境界線を超える冒険を描き、また、宇宙の起源と終末という時間軸上の極点を追究した。時間と空間の極限への想像力も、ポー文学の特質である。

第五に、ポーの描く無気味や恐怖が、文化表象としてどのような影響力をもち、どのように反復・増殖されていくかを、映画において考察する。また、きわめて個人的な出来事である病や死が、個人の出来事を超えて社会や集団の出来事となるとき、どのような表現を得るかについても考察する。

これら五つの項目が、具体的な個々の作品に沿って、十二の章にわたって論じられる。

第Ⅰ部（第一～二章）では、「ウィリアム・ウィルソン」と「群集の人」を、分身という観点から考察する。「ウィリアム・ウィルソン」は、自分とそっくりの同名の人物につきまとわれた語り手が、ついには相手を殺してしまう、分身の原型的な物語である。そこに現われる欲望の相互模倣の果ての死は、近現代における都市の群集の、互いが互いの欲望を模倣しあって、匿名性を形成する、その無気味さにもつながるものである。

第Ⅱ部（第三～五章）では、「黒猫」と「告げ口心臓」を検討する。両作品とも、語り手が、当人にも明確にはわからない理由で殺害行為にいたる。通常の動機を超えたところで人を駆り立て破滅に導く力とは何かということについて考察する。「黒猫」において示された〈天邪鬼の精神〉は、ポーの描く「悪」を、根源的なところで規定するものである。それを考察することによって、アメリカ文学研究の古典であるレスリー・フィードラー『アメリカ小説における愛と死』における「悪」の議論を再検討することができる。

第Ⅲ部（第六～八章）では、ポーにおける生命的なものの表現をたどる。「アルンハイムの地所」は、莫大な遺産を引き継いだ人物が壮大な風景庭園を構築する物語である。丸木舟でたどる楽園への旅路は、生きられた風景の経験を語るとともに、風景への主体の溶解と消失を暗示する。ポーにおける究極の体験とは、そのように、自己が外界に溶解し、消失する体験である。恍惚の体験ともなりうるものが、ポーにあっては自己喪失や死の色を濃く示す体験になりがちであることについては、「ベレニス」を軸に論じる。また、ポー作品において一定のまとまりをもつ、滑稽・諷刺の作品群をとりあげる。とくに、滑稽な要素が無気味な要素と交差する場合に着目し、「死なない身体」の喜劇性に、生の過剰性をみる。

第Ⅳ部（第九～十章）では、時間における始原と終末を論じる宇宙論『ユリイカ』、および空間上の限界を超える「ハンス・プファールの無類の冒険」を論じる。『ユリイカ』では、世界のはじまりと世界を存続させる力（運動）の原理が語られるが、そこに、科学の原理と思考を超える、詩的な直観と詩的な言語による跳躍があることを示す。気球という装置によって月へと到達する物語「ハンス・プファールの無類の冒険」は、十九世紀なかばに、人類の月到達の時代を予見する「地球の出」の光景を描いた。ＳＦの嚆矢ともされるこの作品を、宇宙開発時代における人間の存在の不安と関連づけながら考察する。

第Ⅴ部（第十一〜十二章）では、文化表象としてポー作品を考察する。ポーに想を得た映画は、映画というメディアの歴史が始まって以来、途切れることなく制作されている。その歴史を概観するとともに、文学というメディアが映像メディアに転換されるとき、恐怖や無気味の表現に何が起こるかを考察する。ポーの翻案作品は、娯楽としてのホラー映画が多いが、娯楽を超えたすぐれた作品も少数ながら存在する。とくにフェデリコ・フェリーニの「悪魔の首飾り」について論じる。また、境界を超えて拡がる病である疫病の表象が、作品にどのように表わされているのか、「赤死病の仮面」を中心に論じ、同時代のホーソーンやメルヴィルとの比較を試みる。

以上のように、本書は、ポーという作家の作品の特徴を、生と死、自己と他者、意識と無意識、存在と無、有機物と無機物、理性と狂気、夢と現実、言語と沈黙などの境界に接近し、その境界を超える極限の体験ととらえ、そこにはたらく限界の思考を抽出しようとするものである。考察にあたっては、ポーにかんするさまざまの先行研究に触発されたが、とくに意識や存在の問題に重点をおいてポー作品の理論的な把握を試みたことから、哲学や精神分析、現象学など現代思想の知見に多くを負っている。本書の副題に含まれる「リアルとの出会い」に示された「リアル」とは、ラカンのいう〈現実界〉のことを指す。通常は隠されている世界の背後が急に表面に現われるとき、主体が破滅の光景へと突入するとき、意識が記憶のかなたの何かに触れるとき、自己が「同じであってそれ以上のもの」に出会うとき、「リアル」なものの領域が開かれる。本書において、「極限」や「境界」とともに、「リアル」は重要な概念となる。(4)

エドガー・アラン・ポー――極限の体験、リアルとの出会い　＊　目次

目次

装幀――虎尾　隆

凡例

・本書におけるエドガー・アラン・ポーの作品の引用の表記にあたっては、以下の略号を用いた。

M：*Collected Works of Edgar Allan Poe*. Ed. Thomas Ollive Mabbott. Cambridge: Harvard UP, 1969–78. 3 vols.

ER：*Edgar Allan Poe: Essays and Reviews*. Ed. G. R. Thompson. Library of America, 1984.

PI：*The Collected Writings of Edgar Allan Poe. Vol. I: Imaginary Voyages*. Ed. Burton R. Pollin. New York: Gordian, 1981.

たとえば、「(MIII：847)」は、「マボット版第三巻の八四七頁」を表わす。

・引用のページ表記は、原書からの場合はアラビア数字、邦訳および日本語文献からの場合は漢数字を用いた。

・引用文のなかの「〔…〕」は中略を意味する。

・引用文のなかの強調（傍点）は、断わりのないかぎり、原文のままとする。

・引用文のなかの「〔　〕」は、引用者による注記である。

・原文からの引用は、既訳のあるものは利用し、必要に応じて多少の変更を加えた。

第Ⅰ部　自己と分身

第一章　分身と死――「ウィリアム・ウィルソン」と「群集の人」

分身――外的実在性と内的つながり

エドガー・アラン・ポーはさまざまなかたちで死を描いているが、ポーの描く死は、特殊であると同時に普遍性・現代性をもっている。そこに光をあてる方法のひとつとして、まず、死を〈分身〉というテーマを通して考える。とりあげる作品は「ウィリアム・ウィルソン」（"William Wilson" 一八三九年）と「群集の人」（"The Man of the Crowd" 一八四〇年）である。

「ウィリアム・ウィルソン」は、従来から典型的な分身の物語として読まれている作品である。語り手である第一のウィルソンが自分の分身である第二のウィルソンを殺し、みずからをもまた死に導くという点で、〈分身と死〉がテーマとして物語の前面に出ており、ここに焦点を当てる読み方はオーソドックスなものといえる。一方の「群集の人」では、このテーマは、表面上は明らかとはいえない。しかし、分身の物語という視点がこの作品を読むための重要な鍵となっており、この視点から議論を展開することで、より深い理解が得られることを示すのが本章の主旨である。「ウィリアム・ウィルソン」にかんする議論は、そのためのベースとなる。順序としては、まず「ウィリアム・ウィルソン」を通して、分身が死に至るプロセスを検討する。次いで、「ウィリアム・ウィルソン」で用いた枠組みを応用し、より現代的な意味の分身として、「群集の人」の解釈を試みる。

ところで、自明のごとく使っている「分身」という語であるが、これはなかなか定義し難いことばである。「瓜ふたつ」というようにそっくりのものを指していうこともあれば、陰と陽、善と悪といった正反対の組み合わせを指すこともある。また、フィクションの場合、作品の登場人物同士の関係に限らず、もっと広い意味で、ある人物は作者の分身だという言い方がされることもある。ここで「ウィリアム・ウィルソン」と「群集の人」という二つの作品を論ずるにあたって、「ウィリアム・ウィルソン」はともかくとしても、「群集の人」を分身の物語と呼ぶには多少説明が必要だろう。この章の議論においては、分身にかんする類型論であるカール・F・ケプラーの『第二の自己の文学』(1)の定義が有効であると思われるので、ここで簡単に紹介しておく。

ケプラーは、主体となる「第一の自己」(the first self)にたいする「第二の自己」(the second self)を三つの型に分けた。その分類によると、一つめは、影・鏡像・肖像画・双生児など、客観的・外的に存在するもの、二つめは、幻覚や異常心理として主観的・内的に存在するもの、三つめは、客観的であると同時に主観的、外的であると同時に内的なものである。そのなかで、ケプラーは、真の「第二の自己」は三つめだとする。具体的にいうと、たとえば双子の場合、客観的実在性をもち、外見的に非常に類似しているとしても、そのふたりが強い内的つながりをもたないなら、「第二」であっても「自己」とはいえない。また、幻覚の場合、「ある人物がいるような気がする」としても、それは外的実在性を欠くので、「自己」であっても「第二」とはいえない。また、二重人格の場合、別の肉体をもっているわけではないので外的実在性を欠くし、昼間の姿のときは夜の姿の自分のことをまったく認識していないとすれば、内的つながりも欠いているという点で「第二の自己」ではない。したがって、矛盾した言い方になるが、真の「第二の自己」は、「第一の自己」にたいして外的実在性と内的つながりを同時にもつ存在ということになる。もちろん、ケプラーの定義に合わないものでも広く分身の物語として扱うことは可能であるが、ここでは「ウィリアム・ウィルソン」と「群集の人」が、まさにこの定義に合う物語だということを確認しておきたい。

この二つの物語において、ポーは現実と幻想のあいだを絶妙に綱渡りする。「ウィリアム・ウィルソン」で、ふたりが兄弟ではないかという噂が上級生のあいだで広がるというとき、第二のウィルソンは現実に存在するようだが、第二のウィルソンが語り手である主人公ウィルソンにことごとく干渉してくるのを、当のウィルソン以外だれひとり気づいていないというとき、その存在は幻覚だということが暗示される。トランプでいかさまをする主人公の前に現われて皆にその手口を暴露するときには、第二のウィルソンは客観的に存在するようだが、のどの欠陥からか、ささやくような声しか出せないというところは幻聴を思わせる。一方、「群集の人」の場合も、語り手が自分の追う男の服装や顔つきを仔細に観察するところでは、男は客観的に存在するようだが、追跡の途中一度も見つからず、ついには正面から向き合っても気づかれなかったというとき、語り手の幻覚を思わせる。また、語り手が最初にその男に目をとめたのが、夕暮れのコーヒーハウスの窓越しであったということも重要である。夕暮れにガラスに映るのは自分の姿であるからだ。このように、両作品とも、類型として、ケプラーのいう客観性と主観性のあいだにある存在、真の「第二の自己」を扱う作品だといえる。

欲望の三角形

さて、これから分身の物語として「ウィリアム・ウィルソン」を詳しくみていきたい。すでに使っているように、ふたりの同名のウィルソンを区別するため、語り手のウィルソンを「第一のウィルソン」、彼と同名のウィルソンを「第二のウィルソン」と呼ぶこととする。

「ウィリアム・ウィルソン」は一般的に、〈良心〉の物語として読まれている。物語のエピグラフ――「そも良心とは？　わが行く手に立ち阻む、恐ろしの影、良心とは？」――も、その読み方をあらかじめ示唆しているようだ。たしかに、第二のウィルソンは第一のウィルソンの良心を体現しているようにみえる。だが、この物語を単に良心のアレゴリーとして読むだけでは、なぜ語り手が第二のウィルソンから忠告を受けながら、そのたびにさらに堕落していき死にいたるのかは明らかとはいえない。ことはもう少し複雑である。第一のウィルソンの堕落は、第二のウィルソンがいたからこそ加速したわけで、このふたりの関係を規定するのは、モラルというよりむしろ暴力であり、深層における隠微で熾烈な葛藤なのである。このように考えるとき、ルネ・ジラールのいわゆる〈欲望の三角形〉に基づくモデル＝ライヴァル論がふたりの関係を照らすのに非常に有効である。(2)

まず彼の理論の要点を以下に示してみよう。

ジラールは、世界における人間の基本的な関係は主体・客体という二項図式にあるのではなく、そのあいだに媒介となるものが存在する三項図式にあるとした。恋愛や野心といった形而上的欲望は、主体から対象へと直線的に指向されるようにわたしたちは思いがちだが、ジラールによれば、それは個人主義に基づいた非常にロマンティックな幻想にすぎない。じつは、ある対象を欲望するときには、それを魅力的なものと感じさせる媒介が必ずや存在し、主体は媒介によって対象の魅力を確信し、媒介の欲望を模倣するのである（図1）。こうして、ドン・キホーテは騎士物語のアマディースを鑑とし、エンマ・ボヴァリーは少女時代に読んだ通俗小説のヒロインを模倣する。ただし、ドン・キホーテやエンマ・ボヴァリーのように、欲望の媒介が主体の世界の外側にいて、主体と実際に接触する可能性のないときは、媒介は主体にとってモデルであるにとどまる。ところが、媒介が主体と同じ世界の内部にいる場合、両者のあいだには複雑な心理的葛藤が生じる。媒介は主体より対象に近い位置にいるか、またはすでにそれを獲得しているかに

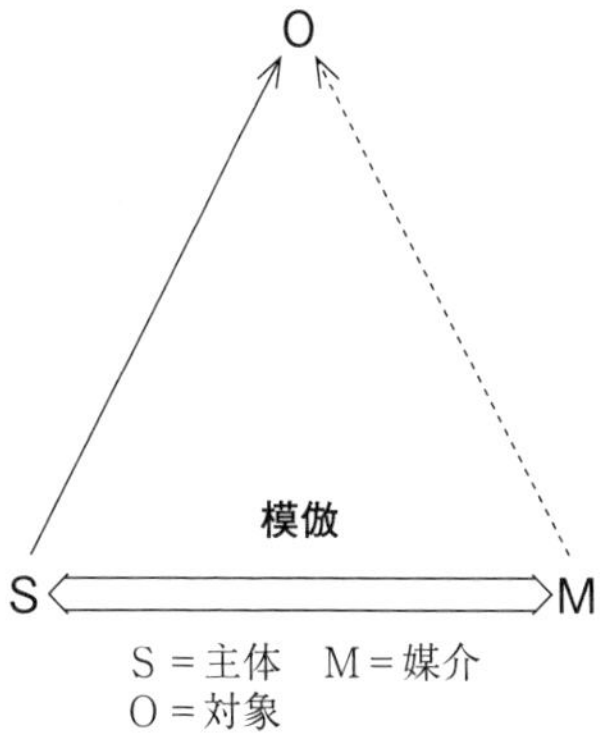

図1　欲望の三角形

みえるので、主体は媒介を尊敬し、彼（彼女）のようになりたいと願う。その意味で、媒介は主体のモデルである。ところが同時に、媒介は、主体が対象に近づこうとするのを妨げる邪魔者、またはライヴァルでもある。言い換えれば、主体の欲望を引き起こす媒介が、同時に、主体の野心の達成を妨げる存在ともなるのである。自分に嫉妬の感情を起こさせるものを自分のモデルと認めることは、主体の自尊心が許さない。したがって媒介は、往々にして、もう一方の側面である邪魔者・ライヴァルという形で前面に出てくることになる。

隠微なモデル＝ライヴァル関係

こうしたモデル＝ライヴァル関係は、「ウィリアム・ウィルソン」のふたりの関係にもあてはまる。主体、媒介、対象ということばを用いてそれぞれを表わすなら、語り手のウィルソンが主体、第二のウィルソンが媒介、対象となるのはここでは、勉強にせよ、運動にせよ、クラスのいちばん中心的な地位、あるいは広くいえば、自己の生きる世界の中心たる位置ということになる。

幼いころからわがまま気まぐれな性格で、なにごとも自分の思いどおりにせずにはすまない主人公ウィルソンの前に、ある日、まったく同姓同名の人物が現われ、それをきっかけに彼の自尊心の苦しみが始まる。第二のウィルソンには、第二のウィルソンがなにごとにつけても自分に対抗し干渉してくるように感じられる。相手があまりにもたやすく自分と肩を並べてくるので、そのことがまさに相手のほうがすぐれている証拠ではないかと思えてくる。

学校の通りことばでいわゆる「ぼくらの組」というその仲間のなかで、じつにこの同姓同名の少年だけが、学業においても――校庭の運動競技や喧嘩においても――あえてぼくに対抗し、口にこそ出さね、ぼくの主張を否定してみたり、ぼくの意志に服することを拒むのだ――いや、それどころではない、なんであろうと、ぼくの専断の命令といえばたちまち干渉してくるのだった。〔…〕

〔…〕いかにも楽々とぼくに拮抗してくるその能力――事実ぼくはただ負けないだけで始終もう大わらわなのだ――これこそは明瞭に彼がぼくを凌《しの》いでいる証拠ではないか――そう思わずにはいられないのだった。(MII: 431-432)

このように、第二のウィルソンは第一のウィルソンにとって、モデルであると同時にライヴァルであるといえる。したがって、主人公の相手にたいする気持ちは、憎しみと尊敬の混交する複雑なものとなる。主人公は自分のアンビヴァレントな感情を次のように表わす。

事実、彼にたいするぼくの真実の感情を言えということになれば、限定することはおろか、一応の説明すらも困難であろう。まことに雑種異質の混淆であった。苛立たしい敵意、そのくせ憎悪とはなりきれないのもひとつ、幾分の敬意、さらにはそれ以上の尊敬、多大の畏怖、さて

は無限の不安な好奇心などがそれだった。(MII : 433)

ここでジラールに戻って補足すると、〈三角形的欲望〉においては、当事者同士(主体―媒介)がいったんライヴァル関係に気づくと、もはや互いに無関心ではいられなくなり、欲望の相互模倣が進行し、互いがどんどん似てくる。しかし、似るということは主体のもっとも認めたくないことであり、似てくるにつれ、それだけ相手にたいする憎しみも深まっていく。「ウィリアム・ウィルソン」では、ふたりのかかわりが深まるにつれ、互いへの攻撃が隠微な形でエスカレートしていくさまが描かれる(3)。第二のウィルソンの仕掛けたもっとも有効な攻撃は、第一のウィルソンの服装やしぐさなどをわざとまねることであった。これは第一のウィルソンを非常に困惑させ苦しめる。第一のウィルソンにとっては、相手を憎むことがそのまま、相手の姿のなかにある自分を憎むことになるからである。

さて、ある晩、主人公はいたずらをしようとしてライヴァルの部屋へ忍び込む。そのとき、ランプの光に照らされて浮かび上がった顔を見て、彼は息の止まるほど驚く。単にいやがらせのために自分のまねをしていると思っていた同名者の寝顔が、昼間そう見えていたものとは違っていたのだ(4)。あまりのショックに彼は部屋を出て学校を去り、二度とふたたび戻ることはない。しかし、第二のウィルソンは第一のウィルソンの行くところどこにでもついてくる。そしていつも、「もし実行されていたらおそろしい悪行に終わったであろう」行為をさえぎるのである。ここでの第二のウィルソンは、明らかに〈良心〉の姿をしているように思える。しかし、なぜ彼は「どこにでも」現われ、「良心」を体現するようになるのだろうか。

この「どこにでも」「良心」ということばから、わたしたちは神を連想しないだろうか。この第二のウィルソン――「遍在（omnipresence）、全能（omnipotence）のごときウィルソン」――は、さきほどからの議論につなげれば、モデル＝ライヴァル関係の究極の形といえる。なぜなら、最高のモデルは神であり、神にたとえられるものが自分の行く手をさえぎるのだから。

逃れえぬ分身

ここで、第一のウィルソンを追ってくる者が、実際はけっして顔を見せないということも重要である。第一のウィルソンは、その人物が現われたとたん、自分と同名のウィルソンだと認識するが、彼はほんとうにあのウィルソンなのだろうか。彼はきまって明かりの消えた部屋に現われ、気づいたときにはもういなくなっている。彼があのウィルソンだという証拠はどこにもない。もちろん、最初に述べたように、これは現実と幻想のはざまをいく物語であるから、このもうひとりのウィルソンのことを、単なる幻覚だとか、いや実際に追ってくるのだというように、一方に決めて読むのでは不十分であり、こういう形をとって描かれていること自体の意味を考える必要がある。ここに意味されているのは、第一のウィルソンが第二のウィルソンから、または第二のウィルソンに象徴される存在から、けっして逃れることはできないということである。言い換えれば、あのウィルソンがどこまでも追ってくると考えてもよいし、第一のウィルソンはどこへ行っても必ず第二のウィルソン的存在をみつけてしまうといってもよいということなのだ。もう彼はどこへ行こうと自分をさえぎる分身から逃れることはできない。

　このように、第一のウィルソンにとって、もともとは外的・客観的存在であった第二のウィルソンが、ふたりの関係が深まるにつれて、どんどん内的・主観的要素を強めていく。したがって、第一のウィルソンが究極のモデル＝ライヴァルである第二のウィルソンをついに刺すとき、その剣は外的にも内的にも彼を貫く。

　彼の衣服の糸ひと筋も——いや、彼のあの特異な容貌の線一本も、それはじつにそっくりそのままぼく自身のでないものはなかったのだ！

　まさにウィルソンだった。だが、あの耳語《じご》するようなかつての彼ではなかった。そしてぼくは、ほとんどぼく自身がしゃべっているのではないかと錯覚したのだが、はっきりと彼は言った。

「君は勝った。ぼくは降参する。だが、これからは君ももう死人だ、——この世に対し、天国に対し、そしてまた希望に対して死人なのだ。——君はぼくのなかにあって生きていたのだ。——そのぼくの死によって——さあ、このぼくの姿、取りも直さず君自身なのだが、よく見るがよい——結局君がいかに完全に自分自身を殺してしまったかを」（MII : 448）

ポーは、ふたりがここにいたってはもう完全に同一化していることを示す。外的に第二のウィルソンを刺すことは、同時に、自分の内なる第二のウィルソン――これがすなわち〈良心〉ということになるのだが――を殺すことになる。良心を殺すということは、自分をコントロールするものをなくすということだ[5]。こうして、語り手のウィルソンはいっきに破滅への道をたどることになり、冒頭にあるように死の陰の谷をさまようことになるのである。

「群集の人」と分身のモチーフ

さて、ポーの一連の作品において、〈分身〉がひとつの重要なモチーフを形づくっていることを最初に指摘したのはパトリック・F・クィンであった。彼は「群集の人」の読解にあたっても、この〈分身〉を軸に物語の冒頭と結末をつなぐことで、すぐれた解釈を展開した。この物語は「あるドイツの書物について、〈人のついに解読をゆるさぬ書〉（*er lasst sich nicht lesen*）という評言がある」という謎めいたことばをもって始まる。いったいこの「解読をゆるさぬ書」とはどういう意味なのか。クィンは「群集の人」を語り手の未来の姿、つまり、時を隔てた分身と考える。語り手は、自分の未来の分身に面と向き合いながらそれがわからなかった、というわけである。長い追跡の後、語り手は「この老人こそ、深い罪の象徴、罪の精神《こころ》というものなのだ。彼はひとりでいるに堪えられない。いわゆる群集の人なのだ。後を尾《つ》けてもなににもなろう」とつぶやき、冒頭の書物にかんすることばを人間の心に読みかえて、「おそらくそれがついに解読をゆるさないということは、むしろ神の大きな恩寵のひとつなのではあるまいか」と自身を納得させる。しかし、彼はこのドイツのモットーが直接自分にあてはまるということに気づいていない。このことばは、じつは語り手の経験を要約しており、これはポーがこの作品に仕込んだアイロニーであるとクィンは指摘する（Quinn［1971］229–232）。

この物語を読む現代のわたしたちが、ポーの描いた都市の群集の生態を身近なものに感じるとき、わたしたち自身がまさしく語り手やあの老人の分身であることに気づかざるをえない。その意味で、クィンの解釈は大きな力をもつ。しかし、ここでは、語り手と老人の関係をクィンのいうような「時を隔てた分身」という形ではなく、同じ時間を生きる者同士の分身関係としてみていくことにする。その場合、中心となるのはもちろん語り手と彼の追う老人であるが、ここで問題としたいのは、そのふたりに加えて不特定多数の人びと、すなわち〈群集〉である。[6] 先に用いた欲望の模倣にかんするジラールの枠組みを通し、さらにそれを発展させることで、「群集の人」における〈群集〉と〈分身〉の関係、さらには〈群集〉における〈死〉の要素を明らかにしたい。

群集における相互模倣と一様性

物語は、ごく簡単にいうと次のようなものである。ある夕暮れ、病気からの回復期にある語り手が、ロンドンのコーヒーハウスに腰を下ろし、窓越しに外を眺めている。とぎれることのない人の波に新鮮な気持ちで見入っているうちに、ひとりの老人が彼の目をとらえる。好奇心にかられた彼は、帽子とステッキを手にその男の跡を追い始める。構成としては、前半が語り手の目に映った街ゆく群集の様子、後半が語り手の追跡劇ということになる。

さて、語り手の追うこの老人の行動は、たいへん不可解なものである。読者であるわたしたちは、自然と語り手に導かれ、この老人はどこに行くのだろう、彼の目的は何なのか、ということを知りたくなる。しかし、この老人が物語の主人公なのだろうか。その老人に引きつけられて、雨のなか、ほぼ二十四時間休むことなく追跡を続ける語り手の行動も、じつは劣らず奇妙なのだ。語り手の視点から観察される老人に注意を集中するのではなく、語り手を含むもうひとつ外側の枠組みから、物語を検討する必要がありそうだ。

語り手の追う老人は、何かにとりつかれたようにロンドンの街をさまよい歩く。人波にもまれ大通りを歩き、横町に入り、ごったがえす長い道を行きつ戻りつする。人通りが少しとぎれてくると、今度はまた別の通りに移り、狂気じみたうつろな視線で人いきれに身をまかす。彼は自分の身をたえず人の群れのなかに置こうとする。彼の追うのは「群集」なのである。語り手は人混みに彼を見失わないように、ぴたりと後をついて行く。すると、この男を追うことで、結果的に語り手も群集を追うことになる。両者は必然的に似てくる。語り手は、自分が何を求めているのかわからない。ただ本能的に、何かが老人を魅了していると感じ、追わずにはいられない――つまり、彼の欲望を模倣するのである。こう考えると、この物語は、群集というものの成り立ちを説明している物語とも読むことができる。

　すでに「ウィリアム・ウィルソン」のところで述べたように、人間の欲望とは自発的に生ずるものではない。他人によって欲望されているという想定のもとに、主体は対象を欲望するのである。ここで再び主体・対象・媒介という用語を用いると、語り手が主体、彼の追う男が媒介、そして対象となるのは群集ということになる。しかしこの場合、三者の関係は単純な三角形とはならない。なぜなら、対象たる群集を追う者自身（主体・媒介）が群集の成員となってしまうからだ（図2）。このように、群集は、欲望する主体とその媒介という関係を無数に含んでふくらんでいく。より多くの人に欲望されると、それだけ群集は対象としての価値を高める。そしてそのことが、また新たな欲望を引き起こすのである。

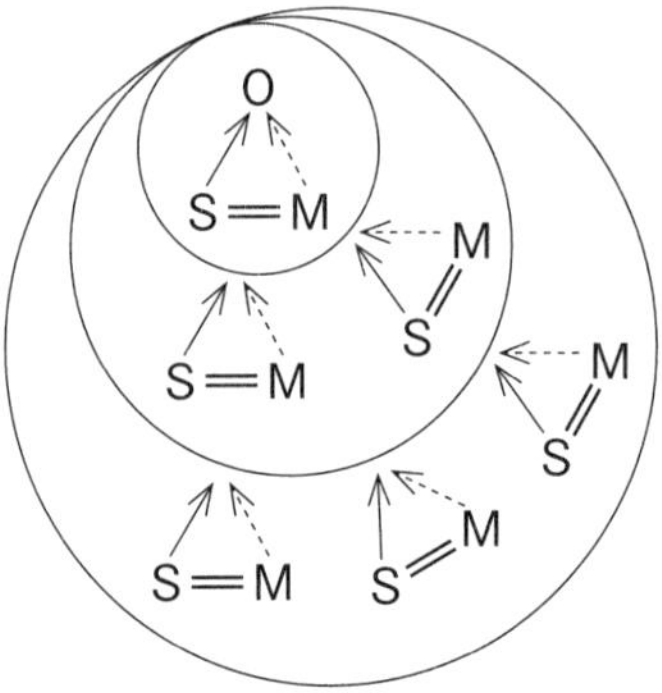

図2　群集における欲望の三角形

　欲望を模倣しあう者同士の間では、相互の差異は必然的に消えていく。彼らは互いの分身となる。群集のなかではだれもが互いの分身であり、このことが群集の特徴のひとつである匿名性につながる。「ウィリアム・ウィルソン」では、本来自分だけのものである名前がもうひとりの人物と共有されることで、主人公のアイデンティティが揺さぶられた。群集のなかでは、もうだれも自分の名前をもっていない。そこでは、個人のさまざまの特徴は消されてしまうのである。語り手は、老人を追いかけながら一度も相手に気づかれることがないのだが、その理由として、この群集の匿名性、だれもがだれもの分身であるということが挙げられる。老人にとって、語り手の顔は、何ら他人と区別する特徴をもたなかったのである。

たとえば次の描写に着目してみよう。これは、物語の前半で描かれる、語り手の目の前を通り過ぎていくさまざまな人たちの様子である。

通る人びとのまず大半は、何思うこともない、さも用ありげな顔でそそくさと、ただ人の群れを押しわけて、家路を急ぐことをしか考えていないようだった。みんないっせいに眉をひそめ、忙しげに眼をきょろつかせて、たまたま突き当たっていくものがあっても、別に腹を立てる気色《けしき》もなく、ただ服をなおしては、またどんどん急いで行くのだった。かと思うと、これもまたなかなか数多い組だが、ひどくそわそわした連中で、すっかり顔は上気して、まるで周囲の人混みのひどいために、かえって孤独の念に堪えないとでもいうように、しきりに何かひとりごとを呟いたり、一人芝居をやっている。もし行く手を阻まれると、急にひとりごとはやめるが、一人芝居はいっそうひどくなって、そのまま放心したような、ニタニタ笑いを浮かべながら、立ちふさがった人の流れの通り過ぎるのを待っているし、小突きまわされると今度はペコペコと相手に頭を下げ、すっかりへどもどした恰好をする。(MII : 508)

この描写では、一見、語り手の関心は人びとの多様性にあるように思える。しかし、ヴァルター・ベンヤミンが指摘するように、ここでのポーの真のねらいは、人びとの一様性をあらわにすることにある。ベンヤミンによれば、ポーの描く群集は、反射的な自己表現しかできないようにふるまっている。引用文にあるように、人混みのなかで突き飛ばされて自分からおどおどと謝るというのは、道化《クラウン》のレパートリーである。道化の支離滅裂な動きというのは明らかに機械を模倣することからきているのであり、ポーのイメージはこれを先取りしているのである（ベンヤミン 八八―九〇）。このように、ポーは群集の非人間性に光をあてる。現代的な意味での群集がまだ成立していなかったアメリカにいながら、なぜポーはこのようにロンドンの群集を描くことができたのだろうか。マボットは注釈において、ポーがこの作品をディケンズに負っていると指摘している（MII: 505）。しかし、ポーの群集がディケンズの群集と明らかに一線を画すのは、この無気味ともいえる一様性である。ディケンズの作品では、むしろ職業や暮らし向きの多様性が強調され、そこにみられる階級の差といったものに比重がおかれていた。ポーの群集に疎外された人間を見るとき、わたしたちはその現代性に驚かされずにはいない。また、これも群集の特徴なのだが、群集のなかでは、人は当然目に入ってくるはずの他人を見ようとはしない。そうすることで、人は、通常なら恐れたり避けたりする他人との身体接触を受け入れるのである。(7) これはいわば人混みにおいて求められる所作であり、都市社会になってはじめて生まれるマナーであった。語り手はいわば無意識に、都市における群集というものの不可解で謎めいた性格を描き出しているのである。

群集という集合体の生命

さて、群集を、分身を生成し同時に分身に生成される集合体とみるとき、語り手の追う都市をさまよう男は、その一員であり、かつ、その典型となる。語り手は最初にその男を見たとき、次のような印象を受ける。

最初ちらと見た一瞥のあいだに、私はなんとなくその表情の伝えた意味を分析してみようと試みたのだが、私の心にただ雑然、紛然と浮かんできたものは、すばらしい智能、警戒心、貧窮、貪欲、冷酷、悪意、残忍、得意、上機嫌、過度の恐怖心、そして、烈しい――いや、極度の――絶望といったような一連の観念であった。私は一種奇妙な昂奮と驚きと魅惑にとらえられた。(MII : 511)

こんなにもさまざまの相矛盾する印象をひとりの人間に抱くことは、ほとんど不可能に思える。これらの観念とはいったい何なのだろうか。語り手は物語の最後で、この老人を「ひとりでいるに堪えられない」人とし、題名にあるように「群集の人」(the man of the crowd)と呼ぶ。しかし、この"the man of the crowd"というのは群集そのものだ、という解釈もまた成り立つのではないだろうか。引用した一連の観念は、ポーが物語の別のところで描いている群集――貴族、実業家、弁護士、商人、店員、すり、賭博師、軍人、乞食、娼婦、酔っ払いなど――の性格をひとまとめに集めたものとも考えられる。この男が群集そのものを体現していると想定すると、語り手が追跡を続けながらけっして見つからなかった、また別の理由が見いだせる。つまり、「群集の人」は特定の個人ではない、語り手は一貫して同じ人物を追っていたのではないという可能性も考えうるということである。というのは、群集のなかでは、語り手はどこにでも自分の分身を見いだすからだ。そうすると、この物語は、語り手自身が、あるひとりの老人に象徴される群集を、憑かれたように追い続ける物語として読むこともできる。そして、その群集は語り手自身でもある。

この「老人＝群集」ではないかという仮定は、老人の生命が群集のそれにかかっているということからも説明できる。人の群れでわきかえる通りを歩いているときは、彼は「これといった目的もなく」行きつ戻りつしているのだが、人混みが途絶えてくると、老人とは思えないようなスピードで新たな人混みを求めて走り抜ける。人混みのなかでは生気にあふれているが、人影がまばらになると顔色は青ざめ、苦悩の表情が表われる。これらのことは、群集という集合体の生命のメタファーともなっているのである。生きるためには、この老人はたえず身を群集のなかに置かねばならない。群集が完全に崩壊するときが彼の死である。群集というのはつねに生成と崩壊を同時に生じているものであるから（Canetti 22）、この男の生命はたえず危険にさらされているといえる。いわば彼は死と隣り合わせに生きているのである。

〈群集〉の生命ということから、〈分身〉における〈死〉の要素へとさらに読みを進めていこう。

本章では、「ウィリアム・ウィルソン」の分身関係をベースとして「群集の人」を検討しているが、この二作は、〈死〉にかんしてもある意味でパラレルな関係にある。「ウィリアム・ウィルソン」は、死を前にした語り手が自分の犯した恐ろしい罪の行ないを告白するという形で始まる。彼の迎えんとする死は、分身同士の熾烈な関係の必然的な結果であることは先に述べた。一方、そうした通常の意味での罪の告白物語でないにもかかわらず、「群集の人」にも、次のように――比喩的にではあるが――冒頭のパラグラフに死の床の描写が出てくるのである。

> 夜ごと、何人かの人間が、告解聴聞神父の両手を振りしぼり、悲しげにその眼をみつめながら――どうしても言い表すことのできない秘密の恐ろしさに、喉はひきつり、胸は絶望に打ちひしがれたままに、息を引き取ってゆく。ああ、人間の良心というものは、ときどきあまりにも恐怖に重い、ついに最後の墓穴のなかにしか下ろすことのできない重荷をしょいこんでしまうのだ。かくして罪というべき罪の真核は、ついに露《あら》われることがないのである。(MII: 506-507)

「ウィリアム・ウィルソン」とちがって、殺人(に相当するようなこと)が起こるわけでもないのに、なぜこのような文章がここにあるのだろうか。あとにつづく物語とは一見無関係な死のイメージは、何を意味するのだろうか。死を前にしても語れないほどの恐怖にみちた秘密とはいったい何なのか。こうした一連の疑問を解く鍵――それは群集に内在する死ではないだろうか。ベンヤミンはこの作品を「探偵小説のレントゲン写真のよう」だとし、「探偵小説のまとう衣装、つまり犯罪が欠落し」ていて、追跡者、群集、そしてひとりの未知の男という骨組みだけが残っているといっているが（ベンヤミン 八五―八六）[8]、隠されていてけっして表には現われることのない死、だれのものでもない匿名の死が、この作品のいわば陰の犯罪なのである。ここでは、ある意味で、だれもが殺人者であり、同時に、犠牲者だ。「群集の人」は、生きるために群集を追い続けなければならない。ガス燈の光に照らされて、都市の群集は真夜中にも途絶えることがない。死の危機にさらされながらも、彼はけっして死ぬことがない。しかし、群集の生は同時に個人の死でもある。人は群集のなかにあっては、だれもがだれもの分身であり、もはや自律的な存在ではいられないからである。生きている群集の裏には、個人の死が隠されている。この生と死の背理が、あの「群集の人」をさまよい続けさせる。

語り手は結局、彼の追ってきた「群集の人」の秘密を解くことができなかった。ポーは彼に愚かな探偵の役割を演じさせたことになる。ポーがここで意味するのは、老人と同様、語り手も、この〈群集〉という都市の病から逃れて外側に立つことはできないということなのである。

脅かされる自律性

「ウィリアム・ウィルソン」と「群集の人」の両作品において、ポーは、人間の自律性が他者との関係でたえず脅かされていることを描いた。どんなに逃れようともがいても、けっしてその枠組みの外に立つことはできず、いつも自分の分身が現われる。「ウィリアム・ウィルソン」は、そうした関係の原型ともいえるものであり、「群集の人」は、暗示的ではあるが非常に現代的な形のそれである。わたしたち自身の問題として考えてみても、「群集の人」はどこにでもいる。それは文字どおりの街の群集にとどまらない。流行を追うことや、学校や会社で人と競争するということにおいても、群集における模倣と同様の事態が起こっているのであり、その結果、個人の死が連鎖的に生み出されていくのである。

「ウィリアム・ウィルソン」は、ポーの作品中もっとも自伝的要素の強いものといわれている。主人公の誕生日はポー自身のものと重なり、ウィルソンの学校生活はポーのロンドンでの経験に基づいているといわれる。この作品において、第二のウィルソンが現われるまでの幼年期を描いた部分が、ポーの作品には数少ない生命感にあふれたいきいきしたものを含むのも偶然ではない。そこには分身と無関係に生きていた夢の時間があるのである。

第二章　都市の欲望――「群集の人」と探偵小説の誕生

ポーと群集、その欲望

　ボードレールが、ポーの「群集の人」（"The Man of the Crowd" 一八四〇年）に、近代の都市の人間の鮮やかなタブローを見いだし、自身もまた、近代の都市意識の体現者としての〈遊民《フラヌール》〉を共感をこめて描いていったことは周知のことだろう。十九世紀の社会における基本的特徴を大都市の発展にみるならば、近代社会を構成する主体の代表とは、都市生活者としての主体である。たえまなく繰り広げられるスペクタクルに魅了される人間は、多くの作家の想像力を捉えた。また同時に、それを伝えるジャーナリズムという媒体自体が多くの人びとを引き寄せ、さらにその作用を増幅させていった。ニューヨークやフィラデルフィアといった、十九世紀前半から中葉にかけて人口を急速に増やしていった都市で暮らしたポーは、都市の群集の生態に一種の予見的なイメージを提出した。「群集の人」は、ボードレールのように群集への共感に基礎をおくものではない。ポーはこの作品のなかで、彼の他のゴシック系の作品と通底するような主体の存在の不安を、近代の群集という歴史的コンテクストのなかに据えて描いた。群集（crowd）――あるいは大衆（mass）――にたいするポーの態度は両義的であった。ポーは、「群集の人」以外にもいくつかの作品のなかで群集について触れ、民主主義社会アメリカにおける群集が、リンチを行なう「迫害群集」になる危険や、「暴徒」（mob）と化す危険をはらむことにたびたび痛烈な皮肉を呈する一方で、雑誌編集者として、読者の欲望にアピールする刺激の強い作品を書き続け、大衆をいかにとりこむかに大いに精力を注ぎもした。ポーにとって群集とは、何か脅威を与えてくるような危険なものであると同時に、つねにその欲望にアンテナをめぐらし彼自身を売り込むべき対象でもあった（Whalen［1999］76）。以下では、「群集の人」を手がかりにして、ポーによってとらえられた都市の人間の欲望のあり方と群集の無気味さの根源について検討していきたい。

ベンヤミンの〈遊民〉と「群集の人」

ある夕暮れ、病の回復期にある語り手が、ロンドンのコーヒーハウスに腰を下ろし、周囲の客を観察したり、新聞の広告欄に目を通したりして時間を過ごしている。彼の関心はとりわけ窓の向こうの風景に惹きつけられる。途切れることのない人の波に新鮮な気持で見入っているうちに、一人の老人が彼の目をとらえる。その老人の顔には、いかなる分析をも拒む、相矛盾した表情が浮かんでいた。好奇心にかられた語り手は、帽子とステッキを手にその男の跡を追い始める。物語の構成は、前半が語り手の目に映った街ゆく群集のようす、後半が語り手による老人の追跡劇、ということなる。

（幼年期と同じように）事物が生き生きと輝いてみえる病の回復期に、群集のなかに繰り出していく一人の男――このイメージは、ボードレールに霊感を授けた。そして、よく知られているように、ヴァルター・ベンヤミンは、一連のボードレール研究において、パリの群集に都市空間を舞台とする新しい人間像の出現を見いだしたのだった。ベンヤミンは、ポーの描くロンドンの群集にも光をあて、その読解は、以後の「群集の人」批評にとって決定的なテクストとなった。まずは出発点として、ベンヤミンの議論の要点を振り返ってみよう。

ベンヤミンはこの物語を、群集にかんする含蓄の深いひとつの「寓話」と、その寓話を囲む枠ととらえ、主として以下の三つの点に基づいて解釈する。（1）十九世紀における新しい都市空間の誕生と、それにともなう新たな人間のタイプの出現、（2）不安を引き起こすような都市の群集の機械的で無気味な一様性、（3）探偵小説の原型をなす構造、である。

第一に、ベンヤミンは、全体を見渡す視点として、この物語から十九世紀の新しい都市空間の経験を抽出する。ガス燈の登場により、都市の群集は夜も戸外でくつろげるようになった。ポーの作品は、ガス燈の照明の怪しいまでの無気味さを強調している――「ガス燈の光芒は、初めのうちはまだたそがれのうすらあかりと競い合っていて、弱かった。いまではガス燈はすでに勝利して、眩い光をちかちかと八方に拡げている。すべてのものは、テルトゥリアンの文体の比喩とされたことがあるあの黒檀のように、かぐろいながらもきらきらときらめいている」（MII：510–511）。こうして、昼のみならず夜も、人は街路を歩き、活動することが可能になった。そこから「アスファルトの上をいわば植物採集して歩く遊民」（ベンヤミン　七〇）が生まれる。遊民は都市の観察者であり、解読者である。

ポーの作品の登場人物は遊民だろうか。ベンヤミンの記述には揺れがみられる。「ボードレールにおける第二帝政期のパリ」（一九三七―三八年）では、「……ひとりの未知の男。この男はロンドンを歩きまわるが、いつでも群集のなかにいるようなぐあいに、道をとっている。この未知の男こそ遊民そのものである。ボードレールもそう理解していて、かれのギイ論のなかで、遊民を「群集の人」と呼んだ」（八六）とある。一方、アドルノの批判を受けて同論文を改稿した「ボードレールのいくつかのモチーフについて」（一九三九年）においては、「ボードレールは、ポーの短編小説の語り手がその跡を追って夜のロンドンを縦横に彷徨する群集の人を、遊民という型《タイプ》の人間と同一視することが気に入っていた。しかしわれわれはこの点ではかれに従うわけにはいかない。群集の人は遊民ではない」（一八七）と記述される。まず、ボードレールについていえば、彼がポーの語り手である回復期の男を遊民ととらえていたことはたしかだが、未知の老人――〈群集の人〉――を遊民と考えていたという根拠はない（Brand 211）。ベンヤミンの議論に混乱が生じているのは、ポーの登場人物の語り手と彼の追う未知の老人が、追跡劇のなかで、結果的にそっくり同じ様相を呈するところから生じているのかもしれない。前者のテクストにおいて、「非社会的人間と遊民の差異を、ポーはことさらに消し去っている」（「ボードレールにおける第二帝政期のパリ」八六）とし、後者では「群集の人からはむしろ、自分の所属する環境が剥奪されれば遊民がなにになるかが推知される」(「ボードレールのいくつかのモチーフについて」一八七)としていることから、ベンヤミンは両テクストにおいて、語り手と〈群集の人〉の類似性と差異をはっきりと認識していることが確認される。人間の型としての遊民の定義にかかわる問題だが、遊民にかんするさまざまな言及を総合すると、都市の刺激に反応する社会的なパーソナリティとしての遊民は、資本主義社会の提供する都市風景を享受しつつ、市場、生産性、労働経済から距離をとり、細分化、機械化された時間統制からは自由であるという点が特徴である(Brand 6; Gleber 25; Tester 6–10)。したがって、ポーにかんしていえば、語り手は(ことに前半部において)遊民であり、群集にとり憑かれて自分を失っているようにみえる〈群集の人〉は遊民ではない、と考えるのが妥当と思われる。(1) ただし、物語の後半において両者の行動が区別をつけがたいほど似てくることはたしかであり、遊民か否かの区別が判然としなくなる。最後に語り手が老人の示すものを読み取ることを断念し追跡をやめるとき、彼はふたたび遊民の立場に返るのである。

群集の無気味な一様性

第二に、ベンヤミンは物語の枠の部分、すなわち語り手の目に映るさまざまな群集のすがたについて、それがリアリズム描写でなく、想像力によって誇張・変形された特有のものであることを指摘する。「ポーの描写の真のねらいは直接の実地検証ではなかった。小ブルジョワが群集のなかでおびさせられている一様性は、誇張されており、かれらの身なりもほとんど制服に類するものにされている。もっとひとを驚かすのは、群集の動きの描写だ」（ベンヤミン 九〇）。ベンヤミンが引用するポーの原文は以下の部分である。

通る人びとのまず大半は、何思うこともない、さも用ありげな顔でそそくさと、ただ人の群れを押しわけて、家路を急ぐことをしか考えていないようだった。みんないっせいに眉をひそめ、忙しげに眼をきょろつかせて、たまたま突き当たっていくものがあっても、別に腹を立てる気色《けしき》もなく、ただ服をなおしては、またどんどん急いで行くのだった。かと思うと、これもまたなかなか数多い組だが、ひどくそわそわした連中で、すっかり顔は上気して、まるで周囲の人混みのひどいために、かえって孤独の念に堪えないとでもいうように、しきりに何かひとりごとを呟いたり、一人芝居をやっている。もし行く手を阻まれると、急にひとりごとはやめるが、一人芝居はいっそうひどくなって、そのまま放心したような、ニタニタ笑いを浮かべながら、立ちふさがった人の流れの通り過ぎるのを待っているし、小突きまわされると今度はペコペコと相手に頭を下げ、すっかりへどもどした恰好をする。（MII : 508）

ポーの描写は、夕暮れの仕事帰りの実業家や会社員、店員から、すりや賭博師、詐欺師、そしてさらに「下って」、行商人や乞食、娼婦、酔漢へと進んでいくので、ここで試みられているのが、分類を目的とする生理学や観相学であると思えるかもしれない。だが、それは社会主義リアリズムにみられるような「諸階級の心理学とは別のもの」であることを、ベンヤミンは指摘する。ポーの関心は人びとの多様性・差異ではなく、むしろ一様性にあった。そしてその描写は「道化《クラウン》のレパートリー」からきているとし、その機械装置のような動きを、経済、物質生産の態様と関連づける。「ポーにあっては人びとは、反射的な自己表現しかできないかのように、ふるまっているのだ。ここに出てくるのが人間だけなので、非人間化の印象はいっそう強まっている」（ベンヤミン 九二）。ポーの群集を形成する人びとには、どこか野蛮なところ、不安や嫌悪をかき立てるところがある。行く手を遮られて相手が通り過ぎるまで待つときの「とってつけたような微笑」は、自動装置の絶え間ない動きにとっての「緩衝器の役割」を果たしているのである。群集における「非人間化」の究極の姿が、語り手の追跡する〈群集の人〉である。ベンヤミンは、遊民を扱う初期の叙述のひとつであるポーの作品に、すでに都市の人間の「終末の形姿」が描かれていることに驚嘆する。

探偵小説のレントゲン写真

第三に、ベンヤミンは「群集の人」を「探偵小説のレントゲン写真」のようなものだとする。追跡者、群集、ひとりの未知の男。欠けているのは犯罪である。都市の群集において、個人の痕跡は消失する。ひとはだれにたいしても未知の人間であるので、犯罪者にとって群集はいわば一種の「避難所」として機能する。その意味で、「群集の人」は都市の悪徳・退廃を描く都市小説が探偵小説へと発展していく結節点にある作品であるといえる。事実、ポーは「群集の人」（一八四〇年）以降に、「モルグ街の殺人事件」（一八四一年）、「盗まれた手紙」（一八四五年）といった探偵小説を発表するわけだが、なかでも「マリー・ロジェの謎」（一八四二年）では、被害者の女性マリーについて、「数千人のひとに知られている若い女性が、顔を知っているひとりの通行人にも出遭わずに、街角を三つであれ通りすぎたとは、とうてい考えられない」と報じる新聞にたいして、デュパンが次のように自説を展開するところが注目される。「マリーが任意の時刻に彼女の家から叔母の家まで、彼女の知っている、ないし彼女を知っている通行人にひとりも出遭わずに、任意の道を辿れることは、ありうるばかりか、きわめてありそうなことだと思う」（MIII: 749-750）。

ベンヤミンが指摘した以上の三点は、その後、「群集の人」批評において、（1）都市社会学、モダニティの議論を援用した解釈、（2）無気味なものとしての〈分身〉の議論、心理学・精神分析などを援用する催眠や模倣の議論、（3）ジャンルとしての探偵小説論やカルチュラル・スタディーズにおける都市の出版メディア論へと引き継がれていく。[2] すでに第一章で、とくに二番めの、群集における人びとの一様性と、可能性として群集がはらむ暴力性を、ルネ・ジラールの欲望の相互模倣理論（欲望の三角形）を用いて解釈した。しかし、ジラールにおける欲望の相互模倣の心理学は、さらに相互模倣の人類学へと展開されている。以下では、人類学的な側面をも含めたジラールの枠組みを通して、群集における欲望の相互模倣の暴力性を再度検討するとともに、それでもなお解明しきれずに残る都市の群集の欲望とその無気味さについて、さらに考察を試みたいと思う。そのさい、探偵小説における〈謎〉や〈秘密〉をめぐる議論にも改めて光があてられるだろう。

群集における欲望の相互模倣

十九世紀に作家たちの洞察がとらえた都市の群集特有の生態は、そのあとを追う形で学問の対象となっていった。では、群集について考えるとき、どのような理論枠組みが有用だろうか。富永茂樹によれば、十九世紀末から二十世紀初めにかけて群集心理学が展開され、その後衰退していった過程は、催眠の研究の成長と衰微にほぼ並行している。シャルコーらの催眠や暗示の研究は、たとえばタルドの『模倣の法則』（一八九〇年）やル・ボンの『群衆の心理学』（一八九五年）において、重要な役割を担っていた。群集の指導者は（催眠術師と同様に）群集の成員に暗示を与え、暗示を受けた側は指導者にやすやすと従うこと、また、人間が本来個人として備えているはずの意志や自律性が、催眠においてと同様、群集においても失われることが注目されたのである（ポーの読者にとって、催眠術〔メスメリズム〕が重要な役割を果たすこと、群集のもたらす無秩序な混乱状態がカーニヴァルや仮面舞踏会という形で描かれていることはよく知られたことだろう）。だが、群集心理学と催眠は同時に、フロイトの精神分析によって乗り越えられる。フロイトは、催眠の向こうに無意識を発見し、催眠を用いずとも別の方法（自由連想法）で、抑圧されている無意識が表面化するとした。こうして、催眠の研究が衰退するとともに、群集心理学も催眠や暗示の要素を切り離した形で、社会学における集団の理論へと引き継がれていく。一方、フロイトのように無意識に頼らずとも、個体間の関係や群集現象が欲望の概念を使って解明できるとしたのがルネ・ジラールであった（富永 一一一九）。

先に述べたように、すでに第一章でジラールの理論を用いてポーの「群集の人」の解釈を試みた。ここで改めて、その要点を振り返りつつ、議論を進めたい。

ジラールは、世界における人間の基本的な関係は主体・客体という二項図式にあるのではなく、その間に媒介となるものが存在する三項図式にあるとした（『欲望の現象学』九―一〇）。恋愛や野心といった形而上的欲望は、主体から対象へと直線的に指向されるように思われがちだが、ジラールによれば、それは個人主義に基づいた非常にロマンティックな幻想にすぎない。実は、ある対象を欲望するときには、それを魅力的なものと感じさせる媒介が必ずや存在し、主体は媒介によって対象の魅力を確信し、媒介の欲望を模倣するのである。こうした主体と媒介の関係は、「群集の人」における群集の生態にもあてはめることができる。

この物語の語り手は、コーヒーハウスの窓から、ある老人に目を留め、跡を追い始める。老人はなんとも表現しようのない特異な表情をしており、それまでに語り手が観察していた他の人びとのように、階級や職業、経歴について読み取ることをゆるさない。彼は何かにとり憑かれたかのようにロンドンの街をさまよう。人波にもまれ大通りを歩き、横町に入り、ごったがえす長い道を行きつ戻りつする。人通りが少し途切れてくると、今度はまた別の通りに移り、狂気じみたうつろな視線で、人いきれに身を任す。彼は自分の身をたえず人の群れのなかにおこうとする。彼の追うのは

「群集」なのである。語り手は、人ごみに彼を見失わないようにと、ぴたりと跡をついていく。すると、この老人を追うことで、結果的に語り手も群集を追うことになる。両者は必然的に似てくる。語り手は自分が何を求めているのかわからない。ただ、本能的に、何かが老人を魅了していると感じ、追わずにはいられない、つまり彼の欲望を模倣するのである。

先に述べたように、人間の欲望とは自発的に生じるものではない。他人によって欲望されているという想定のもとに、主体は対象を欲望するのである。主体・対象・媒介という用語を用いると、「群集の人」においては、語り手が主体、彼の追う男が媒介、そして対象となるのが群集ということになる。ただし、群集においては三者の関係は、個体間の三者関係とはちがいがある。なぜなら、対象たる群集を追う者自身（主体および媒介）が群集（対象）の成員になってしまうからだ。このように、群集は欲望する主体とその媒介という関係を無数に含んでふくらんでいく。より多くの人に欲望されると、それだけ群集は対象としての価値を高める。そして、そのことがまた新たな欲望を引き起こすのである。

欲望を模倣する者同士のあいだでは、相互の差異は必然的に消えていく。彼らは互いの分身となる。群集のなかではだれもが互いの分身であり、このことが群集の特徴のひとつである匿名性につながる。群集のなかでは、個人のさまざまな特徴は消されてしまうのである。ポーの語り手は、長時間の追跡の後、ついに老人と正面から顔を突き合わせるが、老人のまなざしは彼に向けられることがなかった。老人にとっては語り手も、他の群集の成員のひとりであり、なんら区別する特徴がなかったとも考えられる。

ロンドン／ニューヨーク

ところで、ポーの「群集の人」の舞台となるのはロンドンである。少年期以降ロンドンを再訪することのなかったポーが、同時代のヨーロッパの都市群集の生態を描くにあたっては、ディケンズの『ボズのスケッチ集』（一八三六年）やユゴーの『ノートルダム・ド・パリ』（一八三一年）などを参考にしたことが指摘されている。しかし、一八四一年にニューヨークで起こったメアリー・ロジャーズ殺害事件の舞台をパリに置き換えて「マリー・ロジェの謎」を書いたと同様に、「群集の人」のロンドンは、同時に、当時のニューヨークの群集と重なり合い、その近未来の風景を透かしてみせる。デイナ・ブランドは、十九世紀前半、南北戦争以前のアメリカがすでに前近代を脱した都市化社会であり、ロンドンやパリのようなヨーロッパの大都市の遊民に相当する現象は、規模こそ違え、すでに一八三〇年代のニューヨークにも見られたと指摘する。実際、ロンドンやパリの消息を伝える旅行記・見聞記の類がさかんに書かれた一方で、たとえば『ニッカーボッカー』誌は、一八三〇年代から四〇年代にかけて、都市のアメリカ人、コスモポリタンとしてのアメリカ人像を打ち出していった。そして一八三五年以降、アメリカの雑誌記事にみられる都市の遊歩者の舞台は、大半がヨーロッパではなくニューヨークだったという（Brand 71）。ポーと親交があり、共同で『ニューヨーク・ミラー』誌などの編集にもあたったナサニエル・パーカー・ウィリスは、都市風俗の心地よい描写で知られていたし、ポー自身も、ニューヨークの街の佇まいをときに諧謔もまじえながら新聞の連載記事にしている（"Doings of Gotham"）(3)。

遊歩者としての記者たちは都市の群集の風俗を友好的に描写することが多かったようだが、ポーの慧眼がとらえたように、群集に巻き込まれ呑みこまれる人びとの方は、どこかうつろで機械じみた一様な様相を呈してくる。群集のなかでだれもが他者の欲望の模倣に走り、固有の顔を失い、均質化が進むというのは、都市化社会のどこでもみられる現象であろう。だが、世界のどこよりも民主主義イデオロギーとしての平等が浸透していたアメリカは、ヨーロッパの都市以上に群集の均質化が進んだ国であった。均質化した群集が「衆愚」となり「暴徒」となる危険性を、ポーは「ミイラとの論争」（"Some Words with a Mummy" 一八四五年）で、揶揄を込めて次のように書いている。

それからわれわれは「民主主義」の偉大な美しさや貴重さを語り、自由な選挙が行われ国王のいない国に住むことからわれわれが享受している利点を伯爵〔電流の刺激によって蘇ったミイラ〕に認識させようとおおいに骨を折った。

彼は強い関心を示して耳を傾け、事実、少なからず興味を感じた模様だった。われわれの話がすむと、彼は、随分昔のことだが、これとよく似たことが起こったことがあると言った。エジプトの十三の州が突然、自分たちは自由になって他の人たちに見事な手本を示すのだと決意した。彼らは自分たちのなかの賢者を召集して、考え得る限り精巧な憲法をでっちあげた。しばらくのあいだはひどく上手くやっていた――ただ彼らの自惚《うぬぼれ》が目にあまったのは別だが、結局のところは、この十三の州が、他の十五ないし二十の州とともに、地球上で前代未聞の、醜悪な、我慢のならない専制主義に凝り固まったのがおちだった。

僕は主権を奪ったその専制君主の名前は何というのかと訊いた。伯爵が記憶しているところでは、その名前は「暴民《モブ》」というのだった。（MIII：1194）

ポーは「メロンタ・タウタ」（"Mellonta Tauta" 一八四八年）でも、「モブ」という名の男が独裁政治を打ち立てた、として、「このモブ（ついでだが、これは外国人だった）はこれまで地球をめちゃくちゃにしたすべての人間の中でも最もいやらしい男だったと言われている。彼は体が巨人のように大きく――横柄で、強欲で、けがらわしく、ハイエナの心とくじゃくの頭脳をもっていて、去勢牛のような鉄面皮だった」（MIII：1300）と書いている。これらは、ポーを南部貴族主義の作家と位置づけるさいに、しばしば引き合いに出される箇所である。しかし、「群集の人」と並べて読むとき、所属や役職や階級といった指標を失った群集がはらむ潜在的な暴力性が浮かび上がる。それは、近代民主制の理想である個人主義のもとでの平等の、逆説的な危険性であった。

トクヴィルの洞察

ポーとほぼ同時代に生き、一八三一―三二年、九か月にわたってアメリカを視察に訪れたアレクシ・ド・トクヴィルは、フランス革命に端を発した自由・平等が、海の向こうのアメリカではどのように根づき、発展しつつあるのかを深い関心をもって観察し、それをもとに『アメリカの民主政治』を著わした。アメリカにおいては、物質的享楽を追うことが情熱となっている。しかるに、階級の特権が打破されているためにすべての人びと――人種問題は別になるが――に機会が開かれていることから、人びとの願望はたえず拡大されると同時に、その実現を妨げられている。彼は、「最も自由なそして最も開化されている」アメリカ人の容貌が「常に一種の暗雲に蔽われているように思われ」、その理由を、「みずからもっていない幸福をたえず気にしている」ことから生じる執着心、焦燥感に求めている(トクヴィル(下)二四六)。『アメリカの民主政治』からの次の引用は、そっくりそのまま、ポーが「群集の人」でアレゴリーとして示していることと受けとれなくはないだろう。

彼らはすべての人びととの競争に出くわすのである。〔…〕人びとがほとんど全く互いに似かよっており、そして同一の道を辿っているとき、彼らのうちのだれひとりとして、彼をとりまいていて彼を圧迫している、一様な群衆の中をつきぬけて、速く前進することがむつかしいことは明らかである。

平等が生んでいる本能と、この本能が満たされるために、平等の提供する手段との間には、

恒久的対立がある。そしてこの対立は、人びとの魂を苦しめ疲労させる。（トクヴィル〔下〕二四九）

不平等が社会の共通法則であるときには、最も著しい不平等も眼につかないのである。そしてすべての人びとがほとんど平等化されているときには、どんな小さな不平等も眼につくのである。そのために、平等への願望は、平等がいっそう増大するにしたがって、常にいっそう飽くなきもの、いやしがたいものとなっていく。〔…〕人びとは絶えず、この平等をとらえそうになっていると信じている。けれどもその平等は、彼らにしっかりとらえられるたびごとに、絶えずすりぬけて逃げ去ってしまう。彼らはこの平等の魅力を認めることができるほどに、この平等のそば近くまで近寄るのであるが、これを享楽することができるほどには、これに近づかない。そして彼らは、この平等の快い甘い楽しさをゆっくりと満喫する前に死んでしまう。（トクヴィル〔下〕二五〇―二五一）

「ウィリアム・ウィルソン」において、語り手のウィルソンは、彼の同名者に模倣されたり共感を示されたりするたびに困惑と嫌悪を感じるのだが、そこには、ロバート・H・バイヤーの指摘するように、「語り手の傲慢な貴族的価値観と「卑しい平民の」分身のあいだの敵対心」（Byer 233）という側面が読めないこともない。同様に、〈群集の人〉にもその本来の貴族性が垣間みられる箇所があった。彼の服装は薄汚れてぼろぼろになっていたが、街灯の光の下で見ると、生地は上等のもので、「古物らしい長い外套の裂け目からはダイヤモンドと短剣の影さえちらりと見えていた」（MIII：512）のである。歴史の時間性が凝縮されたようなこの男――「あの胸のうち、そこにはどのような奇怪な歴史が秘められていることだろうか」（MIII：511）――は、身分における貴族性を喪失するとともに精神の貴族性をも放棄し、匿名の群集のなかに憑かれたように身を投じているものであろうか。貴族制への回帰を反動的に望んでいたわけではないトクヴィルも、民主主義時代には、先行する世代の痕跡も後にくる世代への配慮もうすくなり、各階級は他の諸階級と接近し入りまじるようになるが、互いは互いにとって赤の他人のようになっていて、「各人は絶えず自分ひとりに立ちもどり、そしてついには、自分自身を自らの心の寂寥のうちにまったく閉じ込めてしまうのである」（トクヴィル〔下〕一九〇　傍点引用者）としている。この言葉は、ポーのエピグラフ――「ただ一人あることに堪えないという、この大いなる不幸」――や、「周囲の人混みのひどいために、かえって孤独の感に堪えないとでもいうように」という言葉と深く響きあうだろう。

群集の心理学から人類学へ

個人と個人、あるいは個人と集団の紐帯の性質が根本的な変化を被った時代において、人と人は物理的に、あるいは欲望の形において、ひどく接近しながら、かえって共感から疎外されている。人は社会性のただなかにいて、逆説的に、非社会性を体現する存在となるのである。トクヴィルの洞察をふまえて、平等の増大と欲望の相互模倣の関係のいたる果てについて、ジラールは次のように書いている。

> 増大する平等性——われわれはこれを媒介の接近と呼んでいるのだが——は、調和を産み出しはせず、常にいっそう鋭くなっていく競り合いを産み出すのだ。いちじるしい物質的恩恵の源泉であるこうした競り合いは、それよりはるかにいちじるしい精神的苦悩の源である。なぜなら、いかなる物質的なものも精神的苦悩を鎮めはしないからだ。〔…〕平等は、そういった人びとの欲望をただ激化させるだけなのだ。この平等への情熱が閉じ込められる悪しき循環の輪を強調することによって、トクヴィルは三角形的欲望の本質的側面を暴露するのだ。〔…〕平等への情熱は、それとは逆で対照的な不平等への情熱以外にのり越えることのできない狂気なのだ。（『欲望の現象学』一五二。傍点引用者）

他人との差異をなくそうとして欲望をたえまなく追求する情熱（「狂気」）が、不吉にも、全体主義、専制政治へと転化する萌芽をはらんでいる。互いが互いをライヴァルとする競争が激化するとき、相互的模倣は相互暴力の連鎖へといたらざるをえない。そうして差異が消失しアノミー状態が臨界に達するとき、集団は統御できない破壊の暴力に直面する。その飽和状態のなかで集団はどうふるまうか。集団にとって存続の危機となる暴力の連鎖を断ち切るために、カリスマ的指導者やスケープゴートという形で差異を導入し、集団に秩序をふたたび回復する、というのがジラールの仮説である（『世の初めから隠されていること』五六）。共同体はたったひとりを贖罪の山羊として捧げ、互いの「分身」関係を免れるのである。[4]ポーの「群集の人」はそこまでの破滅を表面化することはないが、何か不穏なものを残して終わる。都市において、いわば世俗化した祝祭の群集――劇場や居酒屋からなだれをうって出てくる人びとにその片鱗がうかがえるかもしれない――は、潜在的にアノミー状態を抱えており、生贄を生む危険をはらんでいるのである。

都市の欲望と商品の魅力

都市社会において、民主主義理念のもとに解放されていく欲望とは、トクヴィルのいうように、もっぱら功利主義的・物質的な欲望であった。そしてその本質は、主体から自主的に発する欲望ではなく、他人の欲望と思われるものに魅了され、それを模倣することから生じる欲望であった。ベンヤミンに戻ると、彼は群集を酔わせるものの正体は「商品」の魅力ではないかという。ベンヤミンは、ボードレールが群集のなかにおける「たましいの聖なる売淫」と謳うとき、感情移入の対象が〈ひと〉から〈もの〉へと移り、無機的なものと共鳴を起こすところまでゆき着いているとする。

ほんらい商品を商品にする市場を形成するのは顧客だが、その顧客の大衆化が、平均的な購買者にたいして商品の魅力をたかめるのだ。ボードレールが「大都市の宗教的な陶酔状態」について語るとき、その陶酔の主体は名ざされていないけれども、それは商品ではなかろうか。

（ベンヤミン 九五）

ただし、商品自体に本来的に魅力が宿るわけではない。商品の魅力は、物神（フェティッシュ）としての魅力である。資本主義経済のもとで、そのものの価値は実質ではなく、その交換価値で決定される。より多くの人間に欲望されるものが、商品としての価値を高めるのである。ベンヤミンは、〈群集の人〉が夜遅く、一時間半あまりもかけて次から次へと店を見て歩く箇所に注目している。(5)また、ポーの語り手がコーヒーハウスで目を通していたのが、新聞の「広告」欄であったことも示唆的である。広告こそは、つねに新しいものに消費者の欲望を惹きつけようとする媒体であった。広告とは「物の商品としての性格を眩ま」せるものであり、「世界の詐欺的な聖化」を行なうものなのである（ベンヤミン 二三五）。新聞は購読料よりもむしろ広告料でまかなわれているのであり、そこからの収益が、作家やジャーナリストに原稿料としてはいってくる仕組みになっていた。つまり、大衆消費社会は最初から商品を軸に回っており、作家自身もまたみずからが商品であったのだ（Gilmore 4-5）。機械による大量生産の時代にはいって、労働者も規格化された労働力を売る者として市場にあったことは論を俟たないだろう。さらに、ポーは――ボードレールのように詩人を娼婦になぞらえることこそなかったが――、みずからを売る娼婦たち（women of the town）の姿を、「女盛りの美人」から「若づくりの老婆」、そしてまだほんの子どもながら「長い商売の習慣から、怖ろしい職業上の媚態だけには結構すご腕で、むしろ悪の道にかけては年上の女たちにもいっかな負けない烈しい意気込みに燃えている」(MII: 510) ものまで、容赦なく描き出している。ベンヤミンにいわせれば、彼女たち――売り手と商品を兼ねている――こそ「一般市場の秘密を、商品に少しも劣らず、知りつくしている」存在であった(九六)。

都市の秘密と探偵の登場

しかし、都市の欲望の源として「商品」、あるいは商品に付与される価値を名ざすことで、「群集の人」における「謎」あるいは「秘密」がすっかり解明されるとはいえないだろう。「商品」の向こうに人間が求めているものから、まだわれわれは隔てられているのだ。この作品の冒頭の、死を前にしても「言葉をもってしては、ついに語ることをゆるさぬ秘密」というものがあるという表現は、人間の深く恐ろしい「罪」の物語が展開され、秘密が明かされることを読者に想定させる。だが、二日間にわたる追跡の末、物語は次の言葉をもって一種のアンチ・クライマックスのうちに閉じられる。

> さすがに今度は私ももう尾行はやめて、じっと深い感慨に沈んでしまった。「この老人こそ、深い罪の象徴、罪の精神《こころ》というものなのだ」とついに私は呟いた。「あの老人はひとりでいるに堪えられない。いわゆる群集の人なのだ。後を尾けてもなにになろう。彼自身についても、

彼の行為についても、所詮《しょせん》知ることはできないのだ。人間最悪の心というものは、あの『心の園』よりももっと醜悪な書物であり、おそらくそれがついに解読をゆるさない（*es lasst sich nicht lesen*）ということは、むしろ神の大きな恩寵のひとつなのではあるまいか」と。（MII: 515）

〈群集の人〉は、あるいは都市の群集は、最後になってもついにそのヴェールを剝がされることがなかった。ブランドは、「群集の人」論において、〈語り手＝遊民〉が解読しえぬ人物に出会ったことを、都市の観察者・解読者としての遊民の限界とみる。犯罪や暴力をはらむ都市には、より有能な信頼できる解読者が必要だった。その形象こそが〈探偵〉である。一八四〇年に「群集の人」を発表した後、ポーは翌四一年に最初のデュパンもの、「モルグ街の殺人」を、つづく四二年から四三年にかけて「マリー・ロジェの謎」を発表する。遊民から探偵への、この展開について、ブランドは次のように述べる。

探偵は、ますます不透明さを増すようにみえる都会も、超人的能力をもつパノラマ的な観察者の手にかかりさえすれば把握可能だということを示唆する。読者のかかえる都会の不安の象徴たるミステリーを解決することで、探偵は、遊民のように、社会に秩序をもたせることの可能性を暗示するのである。じっさい、遊民にもまして探偵はこの可能性を保証する。というの

も、探偵の解読の方法は事実上、そうした秩序を維持するための実際的な方法として使用されるからだ。(Brand 103)

遊民が探偵になることとは、社会の有用性からして意味があった。遊民は社会のいわば敷居のところに立ち、街を彷徨しては人びとの顔に意味を読み取り、あるいは一時的に対象と同一化し、アンニュイをまぎらわす。一方、探偵は、社会のなかに確たる存在意義をもつ。探偵の役割とは、暗い陰惨な犯罪が跋扈する都会に秩序を回復すること――ベンヤミンの言葉では「猟場を浄化する」(ベンヤミン 七六)こと――である。得体の知れない匿名の群集のなかから一人の犯罪者を名ざすことで、不安に脅かされた共同体に秩序が回復される。こうした探偵小説の機能は、ジラールのいう儀礼としての〈贖罪の山羊〉という神話がもつ構図と、はからずも一致する。無秩序の暴力が沸騰しそうになるときに、ある徴をもった者が選ばれ、身代わりとなって全体を救う。探偵小説では、登場人物のだれもが――探偵自身すらも――犯人たる要素をもっている。ところが、疑わしい者たちのリストのなかから、最後に思いがけない人物の名が浮上するのだ。『探偵小説あるいはモデルニテ』において、ジャック・デュボアが指摘するように、「探偵小説というジャンルは、誇らしげに、最後には必ず犯人を明らかにし、読者へと引き渡すことによって、この〔ジラールの〕構造、この神話に加担している」(デュボア 一八八)。

神秘・秘密としての謎

犯罪解決の科学を通して社会秩序が回復され、大衆に安心感を与えるという新しいジャンルが市場価値をもつことを、ポーはじゅうぶんに自覚していた。だが、ブランドもいうように、「市場価値をもつ」、すなわちより多くの読者にアピールする、ということと、探偵の方法や能力を信じるということとは別である。「作者があとからほどくつもりで張りめぐらした糸を自分でほどいてみせたところで、どこがすごいのか」（一八四六年八月九日、フィリップ・P・クック宛書簡）と、ポー自身、ある手紙で、自分の発明した探偵小説というジャンルの欺瞞を暴露する（Brand 103; Poe, *Letters*, 2: 328）。またポーは、『バーナビー・ラッジ』にたいする長文の書評（一八四二年）において、ディケンズの類まれな才能を称えた上で、作者があらゆる点で「謎を解明したいという欲求」を読者に強くかき立てるように仕組んでおきながら、その効果を最後にじゅうぶんに発揮できていないことを指摘している。

次のことははっきり言っておかねばならぬ――予想というものは必然的に現実を上回るのであって、ラッジの妻がいつも顔に浮かべている恐怖の表情の原因になっているものがいかに恐ろしい事実であるかが大詰に来て明らかにされても、読者の心を満足させることはできないということである。読者は必ず失望する。ぞっとするような事実のたくみな暗示によって作者が読者を釣ろうとすると、それが作品の結びの部分から一切を奪い去るような効果を生み出してしまうのである。こうした暗示——あるさだかならぬ悪の暗いほのめかし——は、修辞的には効果のあるものとして賞讃されるのがつねであるが——しかし、それは大詰というものが全然ない場合にのみ——読者の想像力が自由に独力で謎を解明する場合にのみ、賞讃に値するので、ディケンズ氏の構想はこれとは異なるのだ。（ER：239）

物語の冒頭において、ある恐ろしい謎が呈示され、迂回路をたどりながらついに解明される。そのとき、「読者は必ず失望する」。なぜか。読者が謎のなかにみているもの——「あるさだかならぬ悪の暗いほのめかし」——は、実際の解決によって解消されるものの内包をはるかに超えているからである。その意味で、ポーが「群集の人」において、未知の老人の謎を謎のままにしておいたのには必然性がある。老人の名前なり経歴なりが示され、アイデンティティが特定されたところで、読者はそれを素直に受け入れることができない。いったん心に宿った疑問、好奇心、恐れは、結末にそれ以上のものを予期していたのである。

「謎」という言葉のうちには、解読されるべき隠された意味としての謎と、神秘あるいは秘密としての謎がある。犯罪が解読され犯人が名ざされるとき明らかにされるのは前者であって、後者の、神秘・秘密としての謎は、前者が暴かれた後も生き延びる。デュボアは、うまくいった探偵小説は、「より強い意味をもつ謎解きの過程を呼び起こす」という。前者の謎解きが、後者の謎解きへの回路を開くのである。そこにおいてしばしば見いだされるのは、秘密としての自分自身である。「したがってそこでは、意に反して問いがよみがえり、したがってまたみずからが犯人として認識される。いくつかの傑出したテクストにおいて探偵に到来するのはこうした事態である」（デュボア 一九六―二〇五）[6]。オイディプスに到来したのもそういう謎だった。それは、ポーのいうように、「ついに解読をゆるさないということは、むしろ神の大きな恩寵のひとつ」であるような謎である。解読された犯罪、犯人の名前とは、究極の謎から読者を守る防御壁でもあるのだ。こうしてわたしたちもまた、迂回路をたどったあげく、神秘あるいは秘密としての謎のもとへと送り返される。

都市の欲望と無気味なもの

第一章で、殺人が起こるわけでもない「群集の人」において、なぜ冒頭に死のイメージが喚起されるのか、という問いを立てた――死を前にしても語れないほどの恐怖にみちた秘密とは、隠された犯罪とは何なのか。そして、それは他者の欲望の模倣の果てにたどりつく匿名の死であるとした。都市においては、だれもがだれもの分身であり、もはや自律的な存在ではありえない。ガス燈に照らされて、真夜中にも絶えることのない群集は、個人を殺すことで集団としての生のエネルギーを得ている。群集のなかでは、だれもが殺人者であり、犠牲者なのだ。「群集の人」の語り手は、いわば鏡像をみるように自分（自分という主体の死）をみたのだが、それを自分だとは気づかなかった。だが、神秘あるいは秘密としての謎――解読をゆるさぬ謎――は、この欲望の相互模倣の果ての死という以上のものを暗示しているようでもある。そこに含まれている、人間の存在としての究極の謎、という強いニュアンスは、相互模倣の欲望のレベルに回収しきれないものを含むからである。

ジラールにおいて、主体の欲望が他者の欲望の模倣であるといわれるとき、モデル＝ライヴァル関係が熾烈になる「他者」とは、共同体内部の他者であった。また、「欲望」とは、（食欲や性欲といった「欲求」とは区別される）恋愛や野心や虚栄といった形而上的欲望であった。共同体内部の他者と模倣しあう欲望は、つねに鏡のように反射し、増幅される。だが、ポーの「群集の人」には、そういう模倣の欲望の相とともに、それを超えた欲望の相——それが「群集の人」の無気味さと謎の核を形づくっているように思える——をも読みとる必要がありそうだ。

「群集の人」の語り手の前に「悪魔」の形象のごとく現われ、それが同時に抗いがたい魅力であるような人物は、共同体内部の他者を超えた〈力〉としての他者、ラカンのいうところの「大文字の他者」でもある。ここで、やや煩瑣になるが、ラカンによる〈象徴界〉〈想像界〉〈現実界〉という概念を導入しよう。日常の世界は言語という象徴によって覆われているが（〈象徴界〉と呼ばれる）、この象徴化の作用からはたえず洩れ落ちる部分が存在する（〈現実界〉と呼ばれる）。〈現実界《リアル》〉は原初の生命のエネルギーを保持しており、強烈な惹きつける力をもつ。また、世界内に現われるときは、象徴化できないものとして、不在の点、欠如の徴として出現する。〈現実界〉との遭遇は、主体にはトラウマ的な経験を残す（たとえば、フロイトにおけるイルマの注射の夢）。一方、われわれが実在の世界として想像するのは、世界内の他者（小文字の他者）との相互作用によって成立する世界である（〈想像界〉と呼ばれる）。そこでは自己のイメージは、他者との同一化によって鏡像的に織り上げられている。ジラールによって三角形的欲望と呼ばれた主体・対象・媒介をめぐる関係とは、ラカンに照らせば、〈想像界〉の関係であろう。そこでは、対象自体の魅力は、媒介者がいるからこそかき立てられる。

しかし、〈想像界〉の他者ではなく、別の源泉から発して主体を惹きつける抗いがたい力がある。それは〈現実界〉に起源をもつ力である。それが引き起こす欲望とは、形而上的欲望よりもさらに深層のレベルの欲望である。ポーのいう「天邪鬼の精神」もそういう種類の欲望であった（第三章参照）。ポーの語り手は、ある夕暮れ、未知の老人に〈現実界〉のかけらを見いだし、惹きつけられて追跡を始めた（この同じ力が、冒頭の謎めいた言葉によって読者の欲望の運動にも火をつけた）(7)。そして彼は、〈想像界〉の模倣の果ての姿を、〈想像界〉の互いに反射しあうまなざしでは見えない相において——〈想像界〉を住処とする人間には見えない相において——ヴィジョンとして眼前にした。しかし、そのエッセンスは表現を試みても象徴化からこぼれ落ちるもの（「解読をゆるさぬ書」）であり、われわれに剰余として無気味な感覚を残すのである(8)。探偵小説が不可解で危険なものを社会のなかから名ざし排除しようとするものだとすれば、それは同時に、社会に何か不穏なものがあることをたえず繰り返し喚起する仕組みでもある。「探偵小説のレントゲン写真」としての「群集の人」も、この無気味さを分かちもっている。この点で、レスリー・フィードラーのいうように、探偵小説は都市のゴシックなのである（Fiedler 495–496）。

個々人がそのなかにおいては顔を失っていく群集が、まとまりとしてはひとつの生命体として、都市に息づき蠢いている。「群集の人」では、ガス燈の異様な光や、降りしきる雨のなかを泳ぐように進む人びとの群れが、群集の底に流れる不穏なエネルギーを表わしていた。群集は、そのなかにおいては相互模倣の暴力を秘めている。が同時に、群集を外から眺めるときわれわれが感知する不安や恐ろしさの根源には、生命体としての群集の無気味さがある。つまり、群集の無気味さには二つのレベルがあり、ポーの短編は、差異が消失し混沌と化す群集の危険性・暴力性の予感を暗示するとともに、異常なまでに語り手を惹きつけるその強さにおいて、さらに深い無気味さ――〈現実界〉の瞥見――を暗示していたといえる。こうした群集の惹きつける力に敏感だったのは、「群集の人」の語り手だけではない。デュパン（「モルグ街」）は夜の闇を愛し、日暮れてから遅くまで街を歩いては、「ただあの静かな観察のみが与えてくれる無限の精神的興奮を、人口稠密な都会の、凶暴な光と影のなかに求めたのである」（MIII : 533）。登場人物が謎めいた無気味な力に惹きつけられる点は、ポー作品にジャンルを超えて通底する重要な特徴として指摘しておきたい。

第Ⅱ部　破滅へと誘う力

第三章　黒猫の棲む領界

開示される極限の秘密

ポーの物語は、繰り返し、ある決定的な破局の場面にたどり着く。それは死であったり、崩壊であったり、落下であったり、消失であったりするが、同時に、まったく何か新しい、知られざるものの開示であるような瞬間でもある。アッシャー家がその住人もろとも沼に消滅していく瞬間、船がメエルシュトレエムの大渦に吸い込まれていく瞬間、催眠術を解かれたヴァルドマール氏が目の前で液化していく瞬間――それらの瞬間に出会うとき、読者は恐怖とともに驚愕の念に打たれる。ポーほどに、破滅や崩壊のときに起こることを、その最終的な瞬間まで見届け、克明に記述することを使命とした作家はいない。D・H・ロレンスをして、「彼の最上の作品は物語ではない。それ以上のものだ」と言わしめたのはそのことである。ポーは「人間の魂にそなわる地下納骨所や地下室や恐ろしい地下の通路の探検者」だったのであり、身の破滅と引き換えにしか得られないものを追求した（Lawrence 70, 87）。いままさに海の大渦巻に呑まれようとする探検者についてポーが書いているように、絶望とともに、一種の恐ろしい好奇心が存在しているのだ。「それへの到達は破滅にほかならぬゆえに、伝達は絶対不可能な秘密」(「壜の中の手記」)に触れたいという好奇心である(MII: 145)。その「秘密」がぎりぎりの形で開示されるとき、読者としてのわたしたちの心は荒々しいものの刻印を受ける。それは、当の物語の筋を忘れてしまったあとにも、いつまでも消えずにあり、ポーの物語を他の怪奇小説の作家たちの作品から隔てている。

そうした圧倒的な衝撃を与える物語のひとつに「黒猫」("The Black Cat" 一八四三年)がある。あの驚くべき大きな黒い猫が、壁の向こうから呼ぶ声を——死体の頭上に君臨する姿を——忘れられる人がいるだろうか。その恐怖の本質はどこにあるのだろうか。また、そこに明かされている秘密とは何なのだろうか。

反復されるタブロー

物語は、かいつまんでいうと次のようなものだ。幼いころから動物好きだった男は、結婚してからも、いろいろなペットを飼う。鳥や犬やウサギ、猿——そして猫を。プルートーと名づけられたこの美しく賢い黒猫はとてもよくなつき、また、男もたいそうかわいがる。だが、関係に次第に変調が生じてくる。酒に溺れて、陰鬱でいらいらしやすくなった男は、ペットたちにたいして、妻にたいして、凶暴な態度やふるまいに出るようになる。プルートーもまた、男の気に障るようになってくる。ある日、酒場から酔って帰った男は、相手が自分を避けているように感じて苛立ち、プルートーを捕まえて、片方の目をナイフでえぐってしまう。自分のしたことにいくらかは後悔するものの、まもなく男はふたたび酒に身をゆだねるようになる。おぞましい傷痕をのこした猫は、いまでは男が近づくと怖がって逃げていく。すると、それがまた男の苛立ちの種となる。男はある朝、プルートーの首に縄をかけ、木に吊るし、殺してしまう。ところがその晩、家が火事になり、一家は焼け出される。翌朝、戻ってみると、一面だけ焼け残った壁に、巨大な猫が浮き彫りになっている。男は驚愕し、なんとか理性で納得のいく説明を考えようとするが、それは幻となっていつまでも脳裏にまといつく。ここまでが、最初の猫、プルートーの話である。

ひどい仕打ちをして殺し、そのあとあれほど恐ろしい思いをしたにもかかわらず、数か月すると、男はまたなぜか猫を飼いたくなる――それも前の猫に似た猫を。そこに現われる、プルートーそっくりの黒猫をめぐる話は、プルートーの話の、強度を最高度に高めた変奏である。すなわち、愛情が嫌悪に変わり、残虐行為が行なわれる。そして最後には、罪の暴露たる決定的なタブローが出現するのである。ただし、このとき現われる死体は猫の死体ではない。猫を殺そうとして、その手を妻に制止された男が、怒りに任せて妻の脳天を斧で叩き割り、死体を壁に塗り込めるのである。男は、周到に犯行を隠蔽したことを自慢に思うあまり、捜査にやってきた警官たちを前に、きれいに仕上げた壁をこつこつ叩いてしまう。すると、その向こうから、恐ろしい声が応える。男は猫をいっしょに埋め込んでいたのであった。

死体の現出する光景

この圧倒的な最後の場面で展開されるものはいったい何なのだろうか。やや詳しくみてみよう。男が杖で壁を叩く音が沈黙のなかに吸い込まれようというまさにそのとき、「墓のなかからの声」(a voice from within the tomb)が返事をする。

> 私の杖の反響が消えるや否や、墓のなかから応える声があったのだ!——最初は子どものすすり泣きのように、くぐもったとぎれとぎれの声が、みるまに、長い、甲高い、なんとも異様な、とうてい人の声とは思えない連続する悲鳴になり、——咆哮になり、——ついには、なかば恐怖、なかば勝利の、あたかも地獄の底から、もだえ苦しむ亡者どもの呻吟と、その破滅に狂喜する悪魔どもの凱歌とが、いっしょになって湧き上がるとでもいったような、慟哭の叫びになった。(MIII: 858-859)

男が恐ろしさのあまり、よろよろと反対側の壁に倒れかかると、その間に、われにかえった警官たちの手で煉瓦の壁がとり崩される。

どかりと壁は崩れ落ち、はやくもひどく腐爛して、血の塊がこびりついた死骸が、すっくと人びとの眼の前に現われた。そしてその頭のてっぺんには、あの巧みに私を殺人へと誘い、いままた密告の声で私を絞首人の手に引き渡したあの忌まわしい獣が、真っ赤な口を開き、火のような片目を光らせて、坐っていたのである。私はあの怪物を、墓のなかに塗りこめていたのだった！（MIII : 859）

この究極の場面に、読者はぞっとしながらも魅せられずにはいられない。活字のなかから立ちのぼる情景に驚愕しつつ、見とれずにはいられないのである。そこにあるものは、もはや、「妻」と「飼い猫」ではない。「妻」はだれのものとも言いえぬ「死体」そのものと化し、「猫」は大きさを幾重にも増して「獣」（beast）からついには「怪物」（monster）へと膨れあがっている。地下室の壁は、背後にひかえる大地へと溶け込み、地下世界と一体化していく。黒猫の、引き裂いたような真っ赤な口、焔のように燃える片目は、死体のすでに乾いた血の色に、驚くべき鮮烈さを与える。猫の黒はこのとき、血の赤が濃くなった果ての色として、いっそう黒さを増しているだろう。その色と、腐爛死体から立ちのぼる臭い、そして止むことなき獣の声は、渦巻くように混じりあって、ひとつの高揚した狂乱状態をつくっている。そのことに、わたしたちは嘔吐感を催すと同時に、生命の恍惚を感じずにもいられないのである。

だが、なぜこの死体の光景が「生命の恍惚」なのか。それは、人間がふだん部分的にしか生きていない生を、その総体において衝撃的に開示するからである。生が地下に隠している過程を、思いがけずに眼前にさらすからである。こうした瞬間についてもっとも雄弁に語ったのはジョルジュ・

バタイユであった（バタイユ 八四―九四）。バタイユにそくしていえば、人間は、みずからが生まれてくる与件となる、汚穢や腐敗に満ちた「自然」を、嫌悪し、忌避し、否定しようとする。そこからいかに距離をとるかによって、社会の秩序を形づくっている。その否定された「自然」が一挙に露出するとき、切り離されていた十全性（plénitude）に出会うのである。腐爛の進んだ死体、固まった血糊は、たしかに死なのだが、それは生命の驚異といってよいほどの活力を呈してもいるのだ。腐敗物とは、解体しつつあるものであるがゆえに、増殖のイメージを喚起する。J＝P・リシャールのいうように、「見事な死体ほど豊饒なものはない」のである（リシャール 一五〇）。そこでは、まさに死によって、生命のもつ底知れぬ力が解放される。ぞっとする様相を呈する自然へと、わたしたちは力ずくで連れ戻されるのだ。

死によって生の流れが加速され、突然の混沌が生じている。「ある破壊の力、必然的に生命力に満ち満ちた腐敗物が予告する、瑞々しい繁茂・再生力の基盤をなす破壊力」（バタイユ 一三七）があらわになる。それは「世界の底が露出する瞬間」である。通常の時間（クロノス）の裂け目に奔出する――先行する時間は消え、後からくる時間は期待しえない――瞬間、絶対的な至高性（souveraineté）の瞬間である（湯浅 二二一）。そこでは人は、主体としての人間の〈彼方〉へ、主体の〈外〉へと超出する。主体が失われれば、何かを対象とする意識も、世界を分節し、意味づけ、判明なものにしていた知も、失われる。

なにものをも対象としない意識のありよう、知ることの絶対不可能な非‐知（non-savoir）の領界とは、また、ラカンのいうところの〈現実界《リアル》〉でもある。〈現実界〉との出会いにおいて、わたしたちが慣れ親しんだ意味作用の世界が崩れ、象徴化を免れた、〈もの〉そのものの次元が露出する。みずからの力で直立する死体という、〈不可能そのもの〉のイメージをそのように理解するとき、わたしたちは、黒猫の焔と燃える目が、ウィリアム・ブレイクの「虎」の目と同じ、特殊な深淵に光を発する目であることを、そして、「墓のなかからの声」が、セイレーンの歌やゲーテの魔王の声と同じく、この世の〈外〉からの呼び声であったことを知るのである。

天邪鬼の精神

それにしても、なぜ人間は、こうした究極の光景にみずからを投じようとするのか。「黒猫」において、男が警官を前に言わずもがなのことをぺらぺらしゃべりだし、堅固に積み上げられた煉瓦の壁の、背後に妻の死体の控えるちょうどその部分を、わざわざ叩いてしまうのはなぜなのか。いけないと知りつつしてしまう、危険と知りつつ惹かれてしまうという、この根源的ともいえる両価的な衝動は、この物語を動かしている重要な機動力である。自分にどんな悪さをしたわけでもない飼い猫を、男がある日、木に吊るすにいたったのもこの力であり、ポーはそれを「天邪鬼の精神」〈spirit of perverseness〉と呼んで、次のように書いている。

天邪鬼こそは、人の心のもっとも原始的衝動のひとつであり――いわば人間の性格を決定する、分析を超えた根源的能力ないしは感情のひとつであることは、あたかも私のこの生ける魂のたしかさにも等しい事実である。してはならぬという、ただその理由だけで、人はいかにしばしば悪事、愚行を犯していることだろう。私たちには、みすみす最善の判断に逆らってまで、いわゆる法なるものを破ろうとする不断の傾向がある。しかしそれは何故だ？　ただそれが法なることを知るゆえにすぎぬのだ。ところで、いまやその天邪鬼の精神がついに私の命取りになった。つまり、この罪もない動物を、依然として苦しめつづけたばかりか、ついには死にまでいたらしめたのも、元はといえばこの自己嗜虐——いわばわれとわが本性を冒瀆し——ただ悪のために悪を行なうという——不可解きわまる魂の渇きにすぎなかったのだ。（MIII: 852）

ここにいう「法」（Law）とは、それを犯せば犯罪となるといった、狭義の「法律」ではない。人間が、種としての生命を維持し保存していくことを保証するための「掟」、自己保存の法則を超えたものを禁止する「掟」である。したがって、この「掟」を破るということには、必ずや不安や怖れが伴うのだが、それでもなお、「掟」を超えたいという抗いがたい欲望が存在する。人間の内奥を支配するこの恐ろしい衝動をポーが強く意識していたことは、「天邪鬼」（"The Imp of the Perverse" 一八四五年）というタイトルの作品を書いていることからもわかる。この「天邪鬼」では、こうした「無動機の動因」「うち克ちがたい原動力」が、最終的には人間を生の向こう側に踏み出させずにはいないことが、エッセイ風の、より肉声に近い形で描かれている。

断崖の突端に立つとする。はるか深淵を俯瞰して――思わず人は眩暈を感じる。最初の衝動はむろん危険からたじろぐことである。だがそのくせなぜか、けっして立ち去らない。眩暈と恐怖とは、いつのまにか徐々に、ある漠然たる、名状しがたい感情の雲に呑まれていく。〔…〕もし自分がこの断崖からまっ逆さまに墜落するとして、はたして墜落中の気持ちはどうだろうという、ただそれだけのことなのだ。しかしこの墜死――この虚無の急襲は、およそ人間の考えうるかぎりの恐ろしい、醜悪な死態と苦痛を思わせるものであるゆえに――かえってもっとも切にそれを願うのだ。〔…〕断崖の突端に立ち、恐怖に震えながら、なお飛び降りを考えているこの人間の情熱ほど、世にも悪魔めく強烈な情熱というものがあるだろうか。（MIII : 1222-23）

「天邪鬼」の精神とは、突き詰めれば、自己を失うことを欲する欲望である。だが、この欲望はけっして、生に区切りをつけたい、生から逃亡したいという自殺の願望ではない。生命力の乏しさの徴ではないのだ。求められるのは、破滅そのものではない。それに伴う不安な喜びの感情なのだ。空虚を前にして、怖れと嘔吐感に襲われながらも、なお深淵を、「無」を覗き、眩暈に酔いしれたい――この欲望の逆説性、非合理性はたしかに不思議である。これにたいして「哲学はまだなんの説明も与えていない」（MIII : 852）とポーは書いたが、一世紀を経て、バタイユはこう書いた。「対象が欲望をそそる何ものをも提示しないで、主体に吐き気を催させることがありえようか」、「対象が欲望をそそるものでなければ、どうして危険たりえようか」（バタイユ 一三二）。わたしたちがもっとも強く欲望するものとは、自己を危うくする、自己を破滅させる可能性を秘めたものなのだ。バタイユによれば、この危険に満ちた魅惑の秘密とは、空虚を前にして存在がひとつの充実体として現われることにある。強烈な両価性のなかで出会うその十全性こそは、魅力なのである。それはまた、主体たる自己を失うことが賭けられている以上、不可能なものへの挑戦でもある。それでもなお、死を賭して生の無限に触れたいという欲望、自己を犠牲に供してまでも未知の世界を知りたいという欲望がある。生を保存するのでなく、極限で生を生きること――その歓喜への誘惑が、「天邪鬼の精神」における破滅への嫌悪とそれの魅力、反発力と牽引力の秘密である。

〈世界の外〉からの使者

人間が内奥においてそういう欲望を抱いているとしても、ふつうは、その欲望ははっきりとは自覚されない。ラカンがいうように、欲望は主体に属さない。人間は自分が何を欲望しているのかを知らないのだ――「人間の欲望は他者（l'Autre）の欲望である」（ラカン『精神分析の四基本概念』三一八）。「黒猫」の語り手もまた、自分が導かれた場所へどうして至ったのかを知らない。「狂っている」わけでも「夢を見ている」わけでもないのに、自分でも承認できない一連の出来事に、なぜかしら身をさらすことになってしまうのだ。自己を深いところで衝き動かすこの欲望――フロイト流に「欲動」といったほうがよりふさわしいだろうが——をまったく顧慮せず暮らせる人間は幸せである。だが、「黒猫」の主人公は、隠された秘密に、なんとはなしに気づいている人間である。世界の向こう側の気配に彼を誘うものがあるのだ。それが黒猫のプルートーであり、プルートーそっくりの第二の猫であった。

最初の猫は、「非常に大きな、全身真っ黒の、驚くほど怜悧な美しい猫」であって、主人公のお気に入りのペットであった。だが、「冥界の王」を意味する「プルートー」(Pluto)という名をつけられたときから、この猫には、ペットの域を超えた、ある支配的な力が備わっている。また、妻が「古来黒猫はすべからく魔女の化身」という俗信を吹き込むことで、不吉で邪悪な性質をも帯びてくる。プルートーが木に吊るされた夜に起こる火事は、猫の復讐めいており、そこには、魔女の火刑のイメージと、その焔のなかから飛び出すといわれる黒猫のイメージが重なるだろう。語り手としての男は、自分がそうした非合理的な思考を克服できる人間だと自認しており、「火事と残忍行為のあいだに因果の関係をたどろうというほど私はばかではない」と嘯《うそぶ》く。また、火事の翌朝、焼け跡の壁に浮き彫りになった巨大な猫の姿にかんしても、なんとか理性で納得のいく理由を考えようとする。すなわち、近所のだれかが住人に火事を知らせるため、木に吊るされた猫を部屋に投げ込み、それがたまたま、塗って間のない白壁に埋め込まれてしまったのだろう、と。

ここで男が警戒し、否定しようとしているのは、一種の魔術的思考にはまり込むことである。魔術的思考とは、既知の原因では説明のつかない、どう見ても偶然の仕業としか思えない出来事が起こったとき、目に見えない因果律が支配していると考え、それを超自然的要素の力なり存在なりに帰すものである。ところが、この物語で男を襲う〈運〉や〈偶然〉は、魔女や黒猫の呪いや悪行にたいする神罰といった次元を超え出ているように思える。〈偶然〉はその外から男にふりかかってくるので、男の警戒の及ぶところではないのである。(1)

このことを、次のように考えてみてはどうだろうか。男は、日常の世界、経験を通じて知る自然の諸法則で成り立つ世界の住人たろうとしている。ところが、この経験則を超えたところに、それを外側からとりまく世界がある。それが魔術的・神話的世界である。この外側の円環は、種としての人間の原始的な段階、個としての人間の幼児的な段階にある思考で成り立つ世界であり、人間が近代的な知を構成するさいに脱ぎ捨てられ、いわばフィクションの形で中心の円環の周辺に追いやられた世界である。男はその世界に幻惑されながらも、内側にとどまろうとしている。こうした、中心の円とその外側の円の間の相互干渉が、この物語の幻想性を形づくっている。(2)ところが、さらに外側にもうひとつの円環が存在する。中心の円とその周りの円が、個たる人間の存在を前提とした世界、すなわち〈世界内〉であるとすれば、この三つめの円は〈世界の外〉である。(3)それは、現実／空想、合理／非合理という二項対立を超えた、あるいはそれ以前の、領界である。主人公を誘うのは、この三つめの円環である。したがって、彼が理性の力に頼って二つめの円に引き込まれないように警戒していても、その努力はある意味で見当はずれなのであって、彼は三つめの円の引力にたいしては、無防備でしかありえない。そして、事実、彼は、自分が虐待し、殺し、幻影となってつきまとった猫と似た猫を、なぜかまた欲しくなるのである。

一体と化す二匹の猫

実際、この二番めの猫の不思議な登場は注目に値する。ある晩、語り手の男が酒場で酔いに身を任せているとき、ふと気づくと、酒樽の上になにやら黒いものが乗っている。なぜいままで気づかなかったのか、と訝しむ。手で触れてみると、猫である。ちょうどプルートーと同じくらいの大きさだ。貰い受けようとして酒場の主人に尋ねても、そんな猫は知らないと言われる。この猫はいったい実在するのであろうか。酩酊のなかで、日常の視覚の隙間から忽然と現われ、見る男の視線によって、徐々に形を整えていくかのようなのだ。酒場から連れて帰った翌朝見ると、その猫には片目がない。それに、プルートーとの唯一の違いであった胸の白い毛の部分が、だんだんと、不吉な形を――絞首台の形を――帯びてくるのである。自身に向けられた斧をするりとかわして消えるところも、いつの間にか壁のなかに入っているところも、不思議なしなやかさだ。

物語では、この二番めの猫によって主人公は妻殺害へといたる。だが、妙な錯覚から、読後には、この二匹は一体と化し、一匹の大きな恐ろしい黒猫が残る。なぜだろうか。直接には、それは、二匹がそっくりで、しかも最初の猫にしか名前がなく、二番めの猫はその生まれ変わりととれるようになっているせいである（物語のタイトルも、"The Black Cat" と単数形である）。だが、二匹の猫が一つの連続したもののように感じられるのは、より深い次元において、両者が同じところから来ているからだ。同じところとはすなわち、二重円の世界のさらに外側の領界、ラカン流にいえば〈現実界〉である。〈現実界〉とは、先にも述べたように、象徴的なものが成立するさいに取り込みを受けなかった、主体にたいする絶対的外部世界であった。したがって、〈現実界〉からの使者が現われるとすれば、それは、一種の不在の点として現われるのである。それが、この物語の猫が、殺しても壁に浮き彫りになって現われたり、殺そうとしてもするりと体をかわしたりする所以である。猫は、不死性を保っているが、同時に〈死そのもの〉の表象でもあるのである。そしてそのことが、この物語の無気味さの本質をなしている。猫の再来は、ある強制的な繰り返しを形成する。すなわち、二度めの猫の出現によって、それ以前のぼんやりした不安や怖れが、〈宿命〉の様相を帯びるのである。なんとはなしに気に障るようになって、目をくりぬき、殺してしまったプルートーは、そのとき、実体としての猫を脱け出て、定められた宿命の反復の第一回めを、事後的に構成するだろう。そして、二番めの猫は、プルートーの無気味な分身として、より逃れがたく決定的に主人公の世界に侵入し、主人公の迎える運命の予兆を示すのである。

猫と女

ところで、黒猫と妻の親和性について少し触れておきたい。

プルートーもプルートー二世も、ともに牡猫なのだが、妙に女性的性質をも帯びている。魔女の化身といわれたときから、すでに猫には両性具有《アンドロギュノス》の気配があったのだが、二番めの猫のもつ無気味な力は、よりエロティックな力を孕んでいるように思える。男が気味悪がって避けようとするのに、猫は昼も夜も、男のもとを離れようとしない。特に夜には、のしかかってきて、横たわる男の顔の上に熱い息を吹きかけ、胸にずっしりとした重みをあずけるのである。それは悪夢の具象としての「夢魔」（"an incarnate Night-Mare"）となって眠りのなかに現われ、男の息を苦しくさせる。夢魔は、フュスリの有名な絵にあるように、夢に現われて性的な夢を見させると言い伝えられるものであることを考えると、この部分の肉感性からは、女と猫との妙な互換性が浮かび上がる。

猫と女が、その姿や性質から、相互になぞらえられる存在であることは広く一般に知られているが、この物語では、そもそも妻が主人公の動物好きをみて、黒猫を手に入れてくる。猫の賢さを話題にして、「古来黒猫はすべからく魔女の化身」という俗信を持ち出すのも妻なら、二番めの猫の胸の白い毛の形に男の注意を引くのも、やはり妻である。それに、猫と妻は、酒のうえでの暴力に等しく耐えており、また、妻は、猫の身代わりのようにして殺されるのであり、最後には両者はいわば一体化するのである。(4) 表面上は、心優しく、夫の暴力にも黙って耐える柔順な人物のようにみえる妻には、黒猫と通じ合う無気味さが備わっているようだ。そして、そのことに主人公は自覚的ではないにせよ、ぼんやりと気づいてはいるのである。だからこそ、ポーの一方の物語の主人公たち——高い知性と精神性をもちながら、病に蝕まれ、死にゆく美女たち——とは違って、このおそらくは健康な妻は名前も与えられず、夫である男は結婚後まもなく、酒場へと逃れていくのである。ここには、女の属性にたいする怖れがある。すなわち、受け入れ育んでくれる存在であると同時に、理解しがたい混沌を含む、呑み込み破壊する存在への怖れである。その怖れは、最後の場面で、妻が、地下の壁のなかで、みずからの死体の豊饒によって、すべてを呑み尽くし破壊し尽くす獰猛な大地母神たる正体を現わすという圧倒的な形で現前する。そのとき、猫は、最初に名づけられた猫そのままの、地下世界の王として、死者を迎えて勝ち誇る。両者は最後に本来の位置に戻ったのである。(5)

無限の過去の記憶

本章では、「黒猫」における特別な恐怖の意味を検討してきた。〈世界の外〉からの使者たる猫が、主人公を恐れさせ、かつ魅了しながら、自分の棲む領界へといざなっていく。そして最後には、言語を絶した情景を開示する。それは、グロテスクな死そのものだが、同時に生の十全性でもあり、無であるが同時に充実体でもある、そんな極限の情景である。主人公が無気味な黒猫と縁を切れないのは、たいていの人間が切り離しているこうした〈世界の外〉とのつながりを、彼が、気づかぬままに、かすかに保持しているからである。黒猫の棲む領界はまた、自分のやってきた領界でもあることを、彼は記憶の深奥に残しているのである。

そのことは、「黒猫」の主人公の知るところではないが、作者ポーのよく知るところであった。ポーの数々の作品を読むと、彼にとって書くということの意味は、究極的には、その領界の消息に——その魅惑と恐怖に——触れること以外にはありえなかったのだと思える。ウィリアム・ウィルソンが自分につきまとう同名のウィルソンに見たのもそれであった。ある日、彼は同名者のなかに、自分の「ごく初期の幼年時代についてのおぼろげなヴィジョン――まだ記憶そのものが生まれていなかった頃の、まことにとりとめもない、雑然とした記憶」を見つけ、興味を覚える。「今目の前に立っているこの男を、僕はいつかずっと大昔――むしろ無限の過去といった方がいいかもしれないが、そのある時期に――たしかに見知っていたという気持ち」に襲われるのである（MII: 436）。同じことは、死の前年に発表された『ユリイカ』の次の箇所にも現われている。

> われわれは現実世界のさまざまの因果のなかをさまよい歩いており、それを取り囲んでいるのは、さらに広漠たる、きわめて遠い昔の、無限に恐ろしい、ある**宿命の記憶**――漠然としてはいるがけっして消え去ることのない、ある**宿命の記憶**なのである。
>
> われわれはとりわけ**青年期**をこのような幻影につきまとわれて生きる。だが、けっしてそれを夢と思いあやまつことはない。われわれはそれが記憶であることを承知している。[6]（*Eureka* 103）

この、自分が自分になる以前に属していたところには、死によってしかふたたび出会うことはない。そして、出会ったときには自己は失われているので、それを自分の経験として認識し記録することはできない。その不可能な事態を、語る人間が自己を超出するとき瞬間的に成立させることが、ポー文学のエッセンスであり、それこそがわたしたちを惹きつけてやまないところである。

第四章　生を破壊する力――「告げ口心臓」における不安のありか

存在論的な戦慄

「告げ口心臓」（"The Tell-Tale Heart" 一八四三年）という作品は、同居する老人を殺害した男が、犯行をうまく隠しおおせたと思った矢先、床板をとおして聴こえてくる心臓の音に狂乱し、みずから死体のありかを暴露してしまうという話である。"tell-tale" ということばは、「隠していたことを暴露する、秘密をおのずと表わす」という意味であり、この作品のすぐあとに書かれた「黒猫」の猫の鳴き声と同様、ここでは心臓が語り手の悪事を暴く。だが、「黒猫」と違って、この物語には、読者にためらいを生じさせる超自然的な要素はほとんどないと言ってよい。殺した相手の心臓の鼓動が聴こえるというのは現実を超えているのだが、作品の冒頭から、語り手の狂気が示唆されているからである。

いかにも！――神経が――神経がやけに立って仕方なかった、いまもそうです。でもどうしてわたしを狂っていると？　病気のせいで五感が鋭敏になっていました――破壊されたのではない――鈍っていたのでもない。なかでも聴覚の鋭さといったらなかった。空の上でも地の底でも、ありとあらゆる物音が聴こえた。地獄の物音まで聴こえてきた。ならどうして狂っていると？　聞いてほしい！　いかに落ちついて――いかに冷静に、わたしがいっさいの出来事をお話するかを。（MIII : 792）

一読してわかるように、これはだれかを相手に、いままさに語られていることばである。取り調べの警官を相手に語っているのか、独房の看守に向かって訴えているのか、あるいは、壁を相手にひとり勝手にしゃべっているのか――いずれにせよ、語り手が懸命に訴えていることは何か。自分は狂人ではない、狂っていない、ということである。自分は無罪だ、とか、一時心身喪失の状態にあった、とかいうような自己弁護ではない。自分は、神経は過敏だが正気であり、いかに正気だったかを証明したいというのである。だが、「空の上でも地の底でも、ありとあらゆる物音」が聴こえる、「地獄の物音」まで聴こえるというのがそもそも常軌を逸している。また、法律における刑罰の問題でいえば、正気で殺人におよんだというよりも、心身の喪失を主張したほうが、まだしも有利であろう。また、自分の犯行を認めているにしても、罪の意識はまったくみられない。したがって、語り手が狂気を繰り返し強硬に否定することが、かえって聞き手（読者）の側に、この人物の狂気性を確信させるというように、物語は作られている。

実際、このひとり語りの短い物語で、読者を結末のクライマックスへと導くポーの手際の見事さには疑問の余地がない。だが、客観性を欠いた強迫的な語りはいびつであり、通常の合理的な因果律がはたらかない分、謎も残る。

老人殺害の動機というのが、まずふつうには納得しがたい。目的も、感情のもつれもない。ひどい仕打ちをされたというのでも、侮辱を受けたというのでもない。財産目当てでもない。老人の「眼」がいけなかった、というのである。彼の「禿鷲のような眼——淡碧くて、それに薄い膜のかかった眼」(MIII: 792) に見つめられるたびに血が凍り、その眼から逃れるには殺すしかないと思い込むにいたったというのである。だが、なぜ眼がそれほどの反応を引き起こすのか。また、そういう眼をもつ老人の命を奪うに先立って、語り手はなぜ夜ごと秘教的ともいえる行為を繰り返したのか。その行為の意味するところは何なのか。この点は従来じゅうぶんに論じられてきたとはいえない。語り手の強迫的な妄想を前提にするせいか、深くは追求されず、あえていえば「動機なき殺人」と分類されるからである。だが、眼、まなざし、見ることと見られること——ここには、深く根ざした不安が潜んでいそうである。

殺意を抱く動機が不可解であることに加えて、この語り手と老人がいったいどういう関係にあるのかもはっきりしない。ひとつ屋根の下に暮らしていることから、父—子、あるいは主人—使用人ということが可能性としては考えられるけれども、どちらとも決定できる要素は作品には含まれていない(1)。とにかく語り手と老人のふたりは特殊な絆で結ばれていて、死によってしかその絆は断ち切ることができない——少なくとも語り手はそう思い込んでいる。なぜそういうことになるのか。老人と語り手のあいだに深い同一化がみられることは従来から指摘されているところであるが、この点を眼や視線の問題と併せて再考し、この物語の描く恐怖について、改めて検討しよう。鳴り止まない一個の心臓というグロテスクなイメージは、それ自体戦慄を呼ぶが、ここに描かれる恐怖は、通俗のホラー小説の域を超えている。それは何に由来するのだろう。なぜ、心臓の音が恐怖を呼ぶのだろう。心臓に裏切られるとはどういうことなのか。この物語は何か存在論的ともいえる戦慄を読者に伝えるのではないだろうか。本章では、以上のような点を中心に議論を進めることとする。

闇の中の攻防

語り手は、真夜中近く、音を忍ばせて老人の部屋のドアを開ける。閉じたままのカンテラをそっとさし入れ、部屋のなかに頭を突き出す。けっして老人に気づかれないように、ゆっくりと慎重に、事は運ばれる。頭を部屋に差し入れるだけでゆうに一時間はかけたと、語り手は自分の周到さを自慢する。カンテラの蓋をわずかに開ける——隙間からこぼれる糸のような一筋の光が、ちょうどあの眼を射すように。この奇妙な行為を、語り手は七晩にわたって繰り返す。この間、犯行は行なわれない。相手の眼が閉じられたままだったからである。つまり、語り手にとっては、相手からは見えない状況でこちらからは見ている、という形をつくることが第一の目標なのである。この行為の意味するところは何なのだろうか。

代表的な見方をまず簡単にまとめておこう。「告げ口心臓」の技法上の効果や主題についてもっとも細密な分析を行なったE・アーサー・ロビンソンは、この作品の主題を「主観的時間の無限の延長」と「殺す者と殺される者の同一化」であるとしている。彼によれば、この夜ごとのスローモーションは次のように解釈される。「狂人は、目標とする相手が、自分の心がかかえてきた名づけようのない不安と同じ不安に圧倒されるまで、殺害を引き延ばさなければならないと感じている」(Robinson 375)。この解釈はすぐれているが、「見る」という行為自体にはあまり焦点をおいていない。マリー・ボナパルトに沿って、老人を父の象徴とみるダニエル・ホフマンは、老人の眼を、逃れようのない父の監視の眼と解釈する。したがって、語り手のしたことは、秘密の行為によって相手を出し抜くという意味をもつ(Hoffman 225)。ふたりを〈父―息子〉ととるかどうかは別として、この行為がふたりの力関係・支配関係にかかわる行為であることはたしかだろう。デイヴィッド・ハリバートンは、この作品における語り手の行為を、「ウィリアム・ウィルソン」のなかでウィルソンが同名者の部屋に忍び込んで寝顔をのぞくという場面と同様の、〈眠る者―見る者〉の関係でとらえている。そして、「見る」とはすなわち「危害を加える」ことであると指摘している(Halliburton 333)。

では、見ることがどうして危害を加えることになるのだろうか。逆に、見られることがどうして身の危険につながるのだろうか。老人の眼については、具体的には、それが淡い青で、薄い膜がかかっていることしかわからない。ただ、それが「邪眼」(Evil Eye)であったということは語られている。邪眼（邪視、兇眼）とは、一般に、その眼に見つめられると不幸・災い・死がもたらされる忌むべきものとして、世界各地で古くから信じられている一種の民間伝承である。語り手の男の頭にとり憑いた迷妄と片づけずに、彼のとった行動に潜む意味を探ってみよう。

「邪眼」について浩瀚な書を著わしたF・T・エルワージは、次のように書いている。

邪視は最初の視線が何にもまして致命的だと信じられてきたことを、心に留めておくべきである。それゆえ、邪視の作用を防ぐためのものは、最初の致命的な視線を引きつけるものであることが、何よりも重要であった。というのも、危害を加えられようとする人や動物から、邪悪な視線をさしあたり逸らすものは何であれ、邪視の効果を吸収して無くしてしまうと堅く信じられていたからである。〔…〕魅惑者のまなざしであれ、声であれ、接触であれ、身体存在であれ、その魅惑を避けるために一般的に採られる手段は三つある。ひとつは、笑いや好奇心をかき立てること。もうひとつは、幸運の印《しるし》を見せつけて邪視者の嫉妬をあおり、その印のほうへ視線を向けさせること。最後のひとつは、何かひどく不愉快なことをして、魅惑者に恐怖という不快な感情を起こさせ、魅惑者が同じことをしてこないようにさせることである。

（Elworthy 142–143）

こうして、邪眼を逸らすための魔除けには、ファルスをかたどったものや、聖書やコーランなどの神聖な書物からの書きつけと並んで、眼の表象やゴルゴン（メドゥーサ）の首が多く使用されたという。こうしたことからすれば、「告げ口心臓」の語り手の行為はまさに、相手の最初の視線を自分とは別のものに引きつけ、かつ、相手に不安と恐怖を起こさせるという、古い起源を思わせる企てであったといえる。

人間が広く信じてきた邪眼という一種の迷信において、最初の視線が致命的だといわれるが、このことは動物全般にも通じることである。ロジェ・カイヨワが動物の擬態を分析した興味深い論文を手短に参照しよう。カイヨワによれば、擬態（mimétisme）には次の三種がある。すなわち、変装（travesti）、偽装（camouflage）、威嚇（intimidation）である。〈変装〉とは、その動物が別な種類のものの代理とみなされたがっている場合――たとえば、無害な昆虫が有毒の昆虫の外観を示す場合である。〈偽装〉とは、それによってその動物がうまい具合に周囲の環境と混じり合って全身を隠す場合――たとえば、木の葉に姿を似せる場合である。〈威嚇〉とは、その動物が攻撃者ないしは獲物をすくませたり恐怖させたりする場合――たとえば、眼そっくりの眼状紋を誇示したり、突起物を現わしたりする場合を指している。それぞれの目的は、〈変装〉が「類似」（外観や行動を模倣して他の何かと見間違えられること）、〈偽装〉が「消失」（気づかれないこと、周囲の背景と同化すること、生きている個体としての外観をなくすこと）、〈威嚇〉が「恐怖」（実際には恐ろしくないのに恐怖を与えること）である。なぜ動物にとって身を隠すことがそれほど重要かというと、「見られる」ということが、生命を奪われること、食われることと同義だからである。カイヨワは、人間にあっても、自分の姿を見えなくすることはひとつの願望であることを指摘する。そして、邪眼にたいする信仰は、「すでに超克されたとはいえまだ潜んでいる動物的な隔世遺伝」からくるものだという（カイヨワ 一三二）。したがって、老人の眼を、「禿鷲の眼」という猛禽類の眼にたとえる表現は、単なるレトリック以上の意味をもつといえる。

カイヨワが挙げる擬態の三つを「告げ口心臓」にあてはめてみると、語り手の夜の儀式は〈偽装〉と〈威嚇〉であるといってよいだろう。自分を周囲の闇に溶け込ませ、存在を消すこと（＝偽装）――それがまず老人の部屋に侵入した男の目指したことだった。そして、防衛の態勢が整ったところで、不意に光を発し（＝威嚇）、それ自体の実効力はないにもかかわらず、相手に途方もない恐怖を引き起こすのである。光というのが、きらきら光る眼状紋と同じく、また別の眼であることはいうまでもないだろう。こうして、語り手の闇のなかの窃視行為は、それ自体、相手の生命を危うくする攻撃となる。

経験の交換

眼や視線というものが、本質的に人に不安を与えるものであって、それに対する防衛や反撃が必要だとしても、語り手が、おそらくは何ひとつ危害を及ぼすことがなかったはずの老人の眼を、耐えがたいもの、自分の生命を脅かすものと思いつめるにいたったのはなぜだろうか。相手の眼が脅威だという前提は、そもそもどこからくるのだろうか。彼の行為は、罪のない老人にたいする見当違いの防衛、的外れの反撃だとしか思えない。だとすれば、ほんとうの目標、ほんとうの敵はどこにいるのだろう。〈見る―見られる〉という現象が、相方向性をもつということにポイントはある。そこでは主体と客体は容易に入れ替わりうるのである。

八日目の晩、かすかな気配を聞きつけた老人は、はっと眼をさまし、ベッドの上に身を起こす。あたりは漆黒の闇である。語り手はからだの筋ひとつ動かさず、一時間もじっとしている。その間、老人のほうも身を起こしたまま、闇のなかでじっと耳を澄ましている――「ちょうどわたしが夜ごと、壁の死番虫の立てる音に耳を澄ましていたと同じように」(MIII: 794)。(2)

この場面において、語り手と老人は、石のように不動のまま耳に神経を集中している。ふたりはそっくり同じ姿をしているだろう。加えて、ふたりのあいだには、驚くべき心理的同一化が生じる。語り手には相手の心の動きが手にとるようにわかる。それはすでに自分の知っている感情だったからだ。ここでは「狙われた犠牲者は迫害者の一種の代理」(Gargano 380) となっている。

ほどなくして、かすかな呻きが聴こえてきました。断末魔の恐怖の呻きだと、わたしにはわかりました。苦しみや悲しみの呻きとは違う――おお、違うのです!――怖れに打ちひしがれた魂の奥底からわき起こる、低いくぐもった音。それには聴きおぼえがありました。いく晩もいく晩も、ちょうど真夜中、あたりの寝静まるころ、その音はわたしの胸からわき起こり、ぞっとする響きとともにわたしを追いつめ、わたしの心を恐怖でかき乱したのです。(MIII: 794)

彼がしたことは、そもそも自分の内部に起源をもつ不安を、そっくり相手に置き換えることだった。この現象を「投射」（projection）という言葉で表わしてもよいだろう。彼は、自分のなかにあって、自分では気づかない、あるいは認めたくないものを、外部に位置づけていたのだ。このことは、迷信や神話やアニミズムというものも「投射」の表われにほかならないとするフロイトの説とも符合する。フロイトによれば、「迷信的な人は、自分の偶然的な動機をぜんぜん知らない」ために、だが同時に「動機が存在しているという事実を認めたいと欲する」ために、「その動機を移動させて外界に持ち込まざるをえない」のである（『日常生活の精神病理学』二二九）。この物語の語り手の場合、内に向かうべき探求が外に向かっていき、老人の眼を原因として名指した。八日目の晩、はからずもあらわになるのが、語り手を落ち着かなくさせていたものが、じつは彼自身のなかにあったということなのだった。

さて、老人が正体のわからない何かに脅えてすくんでいるのを確認して、語り手はカンテラにわずかの隙間をあける。一条の光がとらえた老人の眼は、大きく、大きく見開かれている。そのとき、異常なまでに敏感な語り手の耳に、あるくぐもった音が聴こえてくる。「真綿にくるまれた時計の立てるような」音である。それは、だんだん速く、だんだん大きくなっていく。しばらくはこらえているものの、どうにも恐怖が抑えがたい。それに今度は新たな心配が生まれる――「近所に聴こえてしまう！」ついに語り手は部屋に突入し、老人を床に引きずり下ろし、ベッドをかぶせて窒息させ、その音が完全に止んだのを確認する。

外部に投影したはずの不安は、彼を放免してはいなかった。彼の不安は老人の不安という形で顕在化され、再体験される。老人を襲う名づけられない恐怖がじつは死の恐怖であることも、彼は正確に知っている。[3] ただ彼は、その恐怖が自分のものであることをけっして認めようとしないだけなのだ。何度も自分の計画の周到さ、見事さを強調せずにはいられないのは、そもそも自分こそがその恐怖の犠牲者であることを絶対に認めたくないからである。このふたりが巻き込まれた特別の関係について、パトリック・F・クィンは「両者は経験を交換した」と指摘している。「殺人者は犠牲者と一体となる。〔…〕だが彼にわからなかったのは、自分がこの犯罪によって無意識にみずからの死を求めているということだった」(Quinn 235)。

"Evil Eye"は同時に"Evil I"であるという、従来からなされている指摘はこの意味で正しい。この作品が「黒猫」と似たモチーフをもちながら、「手記」ではなく「語り」であることも偶然ではないのだろう。この作品を「耳で」読むと、繰り返される"eye"は"I"と重なって響く。事実、ポーは一度も"eyes"と複数形では書かなかったのだ。[4]

内と外の相互浸透

さて、他者の眼という形で意識化されたものが、実際は自己の内部の不安の投影であったとすると、この物語の怖さは、自分の内面を理解できない人間の存在のありかたにあるということなのだろうか。スティーヴン・キングは、古今のホラー小説を論じた『死の舞踏』において、ホラー小説を「外なる悪」を描いたものと「内なる悪」を描いたものの二つに大別し、「告げ口心臓」を「内なる悪」を描いた最高傑作としている（King 80）。たしかに、この物語では、襲いかかる犯人やその殺害行為（殺害シーン自体はほんの数行で片づけられる）よりも、異常といえる犯罪心理が怖いのである。しかし、怖さは内面にある、というのではじゅうぶんとはいえないのではないだろうか。この物語の真の怖さとは、内と外の境界が消失する恐怖、内と外の相互浸透の恐怖にある、といったほうが、よりふさわしいのではないだろうか。

語り手は老人を殺害したあと、頭部と四肢を切断し、床下に隠す。深夜の悲鳴を聞きつけた隣人の通報で警官たちが訪れるが、うまく隠してあるので見つかる心配はない。愛想よく応対しているうちに、耳鳴りが彼をとらえる。耳に響くその音は、だんだんはっきりとしたものになってくる。ついに彼は、その音が「わたしの耳のなかで鳴っているのではない」と思うにいたる。内部にあるものが外部に漏れ出す恐ろしい瞬間である。その音は、聴きおぼえのある、「真綿でくるまれた時計」のような音である。くるんだ真綿から漏れるように、音は遮断しようとするものを透過して耳に達する。自分のからだも、いわば透過体と化している。心臓の音は流れ出し、外から自分を襲ってくる。錯乱した語り手は、何の物音も聴こえていない警官に向かって、みずから犯行を暴露する。

周囲の空間との相互浸透の経験は、必ずしも恐怖の経験となるわけではない。それは世界とより親密に触れ合う至福の経験となることもある。たとえば、コンサート会場で音楽に身をゆだねているときを思い浮かべればよい。自分のからだのリズムと外部のリズムが一体となることで、生成が生じ、生を実感できるだろう。ところが、この物語の語り手は、世界との浸透が恐怖である。自分の内面が吸い取られて流出し、外で反復されるとしか感じられないからだ。表面に現われ出て、最大の脅威となって迫ってくるのが心臓の鼓動だというのは、本来、非常に皮肉なことである。止めれば死んでしまうことになるものを、止めずには生きていけないと思いつめるのだから。実際のところ、彼は「あらゆる人間に生を保証する、その条件自体に反抗している」(Gargano 379) のである。では、彼にとって心臓の鼓動とはいったい何だろうか。

この短い作品のなかで、すべての語は有機的なつながりをもって配置されている。同じ語やフレーズの繰り返しが、心臓の刻むリズムを喚起することはいうまでもないだろう。また、いたるところに、時刻や速度や時計といった、時にまつわる言葉やイメージや音がちりばめられ、ひとつの強迫観念を形成していることも見逃せない。ジェイムズ・W・ガーガノは、この作品が「時」(Time) をテーマにもつことを指摘している。語り手の自由の夢が幻想にすぎないのは、彼を捕えているのが、逃れようもない「時」そのものだからである。あまりにも時にとり憑かれた彼は、時の作用を受けていることを如実に示す「老いた男」にまず嫌悪を感じる。時はたえず意識にのぼり、壁に宿る「死番虫」(death-watch) の立てる音までもが耳に障る。そして、もちろん、クライマックスの、止むことなき心臓の鼓動が刻むのは時の拍子である。また、「禿鷲の眼」と「心臓」も、ともに「時」というテーマで結びつく。「禿鷲」(vulture) というのは「父なる時」(Father

Time）という略奪者であり、隠れた心臓の外的な相関物なのである（Gargano 380-382）。筆者としては、〈eye/watch（見る）〉─〈watch（時計）/heart〉という連関もあるのではないかと思うのだが、いずれにせよ、眼の物語は耳の物語へと、「時」を軸に魔術的に転換される。心臓の鼓動にとり憑かれた男は、時のリズムの専制支配に、そしてその結末たる死に、虚しく抵抗する男となる。

「時」はからだの内部にも外部にも流れる。「内在する時間」と「通過する時間」が──あるいは「私の時間」と「世界の時間」が──調和しているとき、内部と外部の浸透や同調が生き生きしたものに感じられる。このとき人は「生の潮流」にのっている。だが、通常は意識されないはずの、内部の時たる自分の呼吸や脈や鼓動が強迫的に表面に顔を出すとき、人は「生の潮流」が塞がれている。そして「内在する時間」の停滞を感じ、世界の時間に支配されているという思いにとり憑かれるようになる。さらにそれが進行すると、「内在する時間」が停止してしまう。ミンコフスキーによれば、生の潮流がふさがれ、〈生きられる時間〉を喪失した人間は、時間の経過を強迫的に死の接近と結びつけずにはいない。そのとき、本来、生に緊密に結びつき、生の統合的一部として影のようにつきしたがい、生に自然な仕方で終止符を打つ、「内在する死」も消失する。そして、敵意にみちた力で外部から破壊しにくる「通過する死」が表面に現われて恐怖を吹き込むのである。自分の活動と周囲の生成のあいだの生きられる共時性が失われるとき、生成は「原初の混沌状態に戻り、不規則な渦巻きに変わる」。「動物的な恐怖、存在しない獣の恐怖」が襲ってくる（ミンコフスキー『生きられる時間2』一五〇、一五八、一九五）。(5)

それこそが、あの床下から滲み出してくる鼓動である。語り手がもっとも抑圧しようとしたものが、ふたたび返ってきて語り手を襲う。しかも、それは、じつはもっとも親しいはずの自分の心臓の拍動なのだ。内と外の壁が消失したときに表に露出したそれは、ふだん象徴としてしか把握できない死そのものの様相を逆光で見せていただろう。そのことがわたしたちに「存在の恐怖」とでもいうべきものを感じさせる。それは単に異常者だけのものではない、生きるものがあまねくかかえる、存在の不安にもとづく恐怖なのである。

生を破壊する力

語り手は、自分を襲う得体のしれない不安を、同居する老人の眼に仮託した。そして、その影響力から身を護るため、動きを極力控え、いわば闇に同化して、相手に威嚇の光を差し向けた。その行為によって、相手はたしかに心の底から驚愕し、石のように固まった。しかし、そのとき、ふたりの石化した人間は、共通する不安と恐れで、互いに分身となっていた。闇のなかから響いてくる心臓の音は、老人のものとも語り手のものともいえない、ふたりのあいだを流れるエネルギーのリズムであった。

それは生きている者のもつ生命のリズムだったが、語り手にとっては恐怖にほかならなかった。生命が必然的にはらむ、生命を死へと導く力を、時計のように刻々と伝えるものであったからだ。ふたりのあいだに増幅される恐怖の連鎖を断ち切ろうと、語り手は相手を殺すが、おそろしい力は殺《そ》がれはしなかった。不安と恐れを仮託した相手が滅びたとき、ふたりのあいだの相互浸透はなくなったが、今度は、語り手と外部世界の相互浸透がはじまったのである。それは圧倒的な力で語り手を襲った。生のなかにある、生を破壊する力が彼をのみこんだ瞬間であった。

第五章　フィードラーの〈暗黒の力〉再考――ポーと悪の問題

フィードラーによるアメリカ文学の系譜

『アメリカ小説における愛と死』（*Love and Death in the American Novel* 一九六〇年）において、レスリー・フィードラーは、アメリカ文学を本質において反リアリズムのゴシック小説であるとした。リチャードソン流の誘惑を主題とするブルジョワ恋愛小説がアメリカでは不毛に終わり、アン・ラドクリフ（『ユードルフォの謎』）、「マンク」・ルイスの流れをくむゴシックの系譜が、チャールズ・ブロックデン・ブラウン、ポー、ホーソーン、メルヴィル、トウェイン、フォークナー、カポーティ、マッカラーズへと連なるアメリカ文学の主流を形成するというのである。ヨーロッパのゴシック小説における悪のシンボル――貴族、教会、廃墟――を欠いていたアメリカで、独自の悪や恐怖のシンボルを創造したのがブロックデン・ブラウンであった。彼によって、古城や廃墟から、幽霊の出る森や洞窟といった自然へとゴシックの舞台は移され、貴族や宮廷人の代わりに、野蛮なインディアンや有色人種に悪が投影されることとなった。また、本来ゴシックは、社会や教会の権威に悪や腐敗をみる啓蒙主義の落とし子であったが、人間の意識下の罪や恐怖、夢の世界に、主たる役割が与えられるようになった。フィードラーは「ある意味でブラウンがエドガー・アラン・ポーを発明した」(Fiedler 145)とする。こうして、マシーセン、リチャード・チェイス、R・W・B・ルイスらによるアメリカ文学論では脇に追いやられていたポーは、フィードラーによってアメリカ文学の正典《キャノン》のなかに位置づけられることになる。

本章では、フィードラーがアメリカ文学におけるゴシック的な感性や魂の恐怖の根源にみたものを、次の二つの観点から、ポーに関連する部分で検討していきたいと思う。一つめはアメリカ特有の恐怖幻想、すなわち白人入植者にとっての先住民への、また奴隷として連れてきた黒人への恐怖幻想と、原罪意識としての迫害・搾取・凌辱の記憶である。二つめは、ゴシックの要素として、より普遍的・原型的なものである、悪の力、暗黒の力という観点である。これら二つの観点のうち、一九六〇年代以降の批評において活発に展開されてきたのは前者の方であるので、以下では、まず前者にかんして、フィードラーの議論とその後の流れをたどりたい。ただし、これはあくまで紹介にとどめる。本章の主眼は、後者の点——暗黒の力——を再考することにおかれる。

ポーにおける異人種の表象

フィードラーがポーの作品のなかでももっとも詳細に論じているのが、『ナンタケット島出身のアーサー・ゴードン・ピムの物語』(*The Narrative of Arthur Gordon Pym of Nantucket* 一八三八年)

である（『アメリカ小説における愛と死』の表題にある「小説《ノヴェル》」にあたるものは、ポーでは『ピム』と『ジュリアス・ロドマンの日記』のみ）。『アーサー・ゴードン・ピムの物語』は、フィードラーのいう、アメリカ小説の原型的要素の多くを備えている。要するに、「女のいる家庭に背を向け、男同士で自然（この場合は南海）へと冒険に出る物語」なのである。ピムとその相棒――「浅黒い悪魔のような姿」の、インディアンと白人の混血ダーク・ピーターズ――は、イシュメールとクィークエグ、ハックとジムと並んで、フィードラーのいう、白人と異種族のホモ・エロティックな関係にあるとされる。フィードラーは、ポーにとって特別な意味をもつのは西部ではなく南部であり、ピムの「南極」を目指す旅が、奇妙にもポーの子どものころの「南部」への旅をなぞるものになっているという。ピムが極地近くのツァラル島で遭遇する黒い肌の野蛮人は、「濃い羊のような毛髪」をもち、「厚くて不体裁の唇」をして「地球上でもっとも凶悪で、ずるく、執念深い、残忍で、悪魔のような種族」であり、フィードラーはこれを「南部の白人が心ひそかに恐れている黒人像を表現した」ものとする。

いずれにせよ、ポーにとって「西部」とは、つねに現実味を半分しかもたないもので、自身の生活の一部というよりは文学的経験であった。だが、「南部」はもっとも深い個人的なレヴェルで彼の心を動かした。結局のところ、ファンタジーであると同時に社会性をもつ書き物であるかぎりにおいて、『ゴードン・ピム』の主題は奴隷制である。そして、どれだけ偽装されていても、その舞台とは、その制度を弁護しながら自己崩壊することになるアメリカ南部なのである。じっさい、アメリカ最初の卓越した南部作家が、アメリカのゴシック小説にとって適切な主題は、わたしたちがいまなおその影から逃れられずにいる黒人なのだということを発見するのは当然のことなのだ。(Fiedler 397)

フィードラーは、十代のポーが養父ジョン・アランに宛てて書いたある手紙で、アラン家の黒人について言及している一節(「あなたはこのぼくを、あなたの白人家族の気まぐれだけでなく、黒人たちの完全な権威にも従わせているではありませんか」)を引いて、次のように述べる。

『ゴードン・ピム』は、彼の個人的な憤懣と恐怖を投影すると同時に、黒人たちを奴隷にする権利の正当性に確信がもてないままに彼らに直面する、白人社会全体の後ろめたい恐怖を投影してもいるのだ。(Fiedler 399)

白をタブーとして恐れる黒い種族のひとり、ヌー・ヌーを連れて、ピムとピーターズが極地へ近づくと、気温は上がり、水はだんだんと生ぬるくなってくる。行く手には、白い瀑布が一行を迎え入れる大きな割れ目を開いており、そこには「雪のように真っ白な」、経帷子をまとった巨大な人のかたちをしたようなものが立ちはだかっている。ピムの「架空の旅ははるか子ども時代への回帰」で、そこでポー＝ピムが出会うのが、黒の支配する領域と白い割れ目だというわけである（Fiedler 400）。

最後の生ぬるい水と白い割れ目を母の子宮ととる解釈は、マリー・ボナパルトが精神分析批評において展開した議論を踏襲するものである。ボナパルトは、船での叛乱や報復を父にたいする反抗と読み、極地への旅を母親探しの旅とする（Bonaparte 351）。また、「南極」に「南部」を読みとるのもフィードラーが最初ではない。すでにハリー・レヴィンが『暗黒の力』（*The Power of Blackness* 一九五八年）において、『ピム』のなかにアメリカ南部への旅のイメージを読み込むとともに、他のポー作品の滑稽な紋切り型の黒人召使や「モルグ街の殺人」や「ホップ・フロッグ」におけるオラウータンのイメージにも触れ、ポーが「奴隷制擁護論者」であり、その無意識の深みには「アメリカ南部の古いいわれなき恐怖」があったにちがいないとしている（Levin 141）。ただし、レヴィンのこの社会歴史主義的視点からの解釈は、彼の本の〈白〉と〈黒〉および〈光〉と〈闇〉をめぐる存在論的な議論にはさまれた一部であるので、一般には、『ピム』の社会歴史主義的な読みはフィードラーに始まったとの印象を与えている部分もある。いずれにせよ、その後、『ピム』をめぐる議論、ポーにおける黒人表象にかんする議論はさかんに行なわれるようになり、ローゼンタール、ロウ、ダヤンなど、ポーの奴隷制観が作品解読のうえで重要な鍵となると考える論考も数多く出ている(1)。

人種の観点からのポーの読み直し

ことに、トニ・モリスンが『白さと想像力——アメリカ文学の黒人像』（*Playing in the Dark* 一九九二年）において、「アメリカのアフリカニズムの概念にとって、初期のアメリカ作家のうちでポーほど重要な人物はいない」と指摘したことによって、過去には非アメリカ的な作家とされていたポーが、その半世紀前には予想もされなかった観点から、アメリカ文学の主流に位置づけられることになったことは注目に値する（Morrison 32-33）。モリスンの議論は、ポーと人種の問題を見直す動きに拍車をかけ、二〇〇一年には、ポー作品を人種の観点から考察する論文集（*Romancing the Shadow: Poe and Race*）が出版されるにいたった。そこには多彩な議論が集められているが、巻頭の「平均的な人種差別主義」と題するテレンス・ウェイレンの議論を紹介しておく。これは、ポーの編集する『サザン・リテラリー・メッセンジャー』誌に掲載された匿名記事——奴隷制支持の立場の二冊の本にたいする好意的な書評で、ポーが根強い奴隷制擁護論者であるとの議論の根拠によく使われるもの——の筆者がポーではないことを論証し、時代や出自からして人種差別主義者であることは免れないにせよ、出版市場の要請から、雑誌編集者であったポーが当時北部の読者の反感を買うようなあからさまな奴隷制擁護の立場をとることは考えられず、当時としては「平均的な」人種差別主義者であったとするものである（Whalen 3-40）。

要するに、新大陸に渡ってきた人間たちの集合的無意識として、インディアンや黒人が繰り返し恐怖の源泉となって作品のなかに現われるという「原型」を、個人としての作家がどう作品のなかに組み込んでいるかというフィードラーの議論が、その社会的な含意において、その後ますます歴史主義化の度を深め、ポー研究においても、ジェンダー、ポストコロニアリズム、カルチュラル・スタディーズの交差する場において活発に展開されてきたといえるだろう。

〈暗黒の力〉と悪の問題

フィードラーの『アメリカ小説における愛と死』はもともと、アメリカ文学にはヨーロッパ近代文学よりももっと徹底した究極のものがあるとするD・H・ロレンスの『アメリカ古典文学研究』(*Studies in Classic American Literature* 一九二三年)に強い影響を受けた論考である。フィードラーはそこにフロイト、ユングの精神分析を援用し、アメリカ作家のなかに〈原型〉〈神話〉として表われる、人間の無意識の願望やタブーをダイナミックに読み解いていく。ゴシック的想像力の底にあって人を動かすこうした〈暗黒の力〉は、社会や歴史の枠からだけではとらえきれない。しかし、『アメリカ小説における愛と死』以降、ポー批評にかんしていえば、この側面はじゅうぶん追究されてきたとはいえない。そこで、この〈暗黒の力〉にかんするフィードラーの議論を再考し、それをさらに発展させる可能性を探りたいと思う。

「暗黒の力」(power of blackness)というのは『アメリカ小説における愛と死』第十三章のタイトルであるが、これはメルヴィルによるホーソーン論(『ホーソーンと彼の苔』一八五〇年)のなかで使用された言葉に由来する(Melville 341)。メルヴィルは、ホーソーンの作品世界の「小春日和の陽射し」の彼方の「闇の黒さ」(blackness of darkness) にホーソーンの秘密をみいだし、魅了された。先にも述べたように、『アメリカ小説における愛と死』以前に、すでにハリー・レヴィンが同じくこの言葉に由来する『暗黒の力』(一九五八年)と題する本で、ホーソーン、ポー、メルヴィルの三人をとりあげて論じていた。フィードラーはレヴィンの名を挙げることはないが、両者が響きあうことは明らかである。レヴィンは十九世紀の主要なアメリカ作家——ホーソーン、ポー、メルヴィル——が、いずれも〈黒〉に、またそれと対比される〈白〉に、強迫めいたこだわりをもっていたことを指摘し、〈黒〉を、「ものごとの起源そのもの、原始の闇、神が光を創造し夜と昼を分けることによって形づくった空虚」にわたしたちを連れ戻すものとしている (Levin 29)。家を離れ、前人未踏の荒野や大洋をさまよう旅人も、魂の家郷を求めており、鍵のかかった薄暗い部屋に閉じこもっている人物も、宇宙の冒険をしている。そうした人物が出会う内面の魔性 (diabolism) を見なければならない、とレヴィンはいうのである (Levin 27)。フィードラーもまた、ホーソーン、メルヴィルの作品から、「見せかけの世界は現実であると同時に仮面であり、それを通してわたしたちはもっと究極的な力が活動しているのをおぼろげに知ることができる」とし、そうした暗黒——「大方の人間が故意に無視しようとしている生の暗黒 (the blackness of life)」——をさらけ出すことが作家の義務であるとする (Fiedler 432)。この暗黒の力を作家が描くとき、フィードラーが注目するのは「悪魔と取引するファウスト的人物」である。ヘスター、グッドマン・ブラウン、エイハブ、ピエール、ハック——こういった人物たちは、「人間の好奇心が入ることを許される限界を超え」「悪魔に身をゆだねる」（Fiedler 446）。そこに「カルヴァン主義的な生得の堕落と原罪意識に訴えることによって引き出される力」が生じ、それが人物に悲劇性を与えるという。この点について、ポーはどうかといえば、「ポーが結局ゴシックを悲劇に変えられなかったとすれば、それは彼が究極的な〈暗黒の力〉を欠いているからである」、「作家としてのポーは〈罪の意識〉を欠いており、それゆえに作中人物をファウスト的人物に高めることができず、ゴシック小説に威厳を与えることができなかった」、「ポーはあれほど悪に関心を寄せていながら、〔…〕〈悪の美学〉を提供するのみである」とされており、ホーソーン、メルヴィルとは一線を画す扱いになっている（Fiedler 428-430）。

エドガー・アラン・ポーが、結局、ゴシックを悲劇に変えることができなかったとすれば、それは彼が、メルヴィルが看取したような、「深く思索する精神になんらかの形で訪れずにはいない、カルヴァン主義的な〈生得的堕落〉と〈原罪〉の意識に訴えることから勢いを生じる」、究極的な「暗黒の力」を欠いているからだ。しかし、アメリカの古典作家のなかで、ポーのようにカルヴァン主義にたいする免疫をもつ者はほとんどいないのだ。（Fiedler 430）

〈暗黒の力〉と悪の三類型

しかし、フィードラーも定義するように、ファウスト的人物が、「破滅が待っていようとも限界を超える者」であるとするなら、わたしたちはポーの描く人物にもその姿を認めないわけにはいかない。むしろ、「究極の知」を手に入れるために破滅を恐れぬ人物は、ポーにこそ、その原型があるようにも思える。そこで、ここに提示されている悪の問題を手短ではあるが再考し、さらに悪のはらむ倫理性の問題に目を向けてみたい。

わたしたちがリアリズム小説で出会う悪とその動機は、金銭・地位・名誉・対人関係などに基づいており、それらをめぐる欲望・犯罪は、社会が用意する動機のヴォキャブラリーによって説明することができる。ところが、フィードラーがゴシックの系譜に位置づけている反リアリズム小説に現われる悪には、そういうことからは説明できない謎めいたものがある。自己の利益に反しても、社会の掟に背いても、究極の知、禁じられた領域に踏み込もうとする意志、魂の奥底の罪の意識、愛においても死や近親相姦といったタブーに触れようとする欲望――こうしたところには、ある暗黒の力がはたらいているとしか考えられない。フィードラーは、カルヴァン主義的原罪意識に言及する、メルヴィルのホーソーン論の一節にこの力の基礎をおいているけれども、さらに根源的なところからフィードラーの議論を敷衍するなら、何よりも人間を駆り立てる力（フロイトが「欲動」と呼んだもの）を基底にして、〈暗黒の力〉を考え直すことができる。そもそも、フィードラーが先行研究とするD・H・ロレンスの『アメリカ古典文学研究』は、アメリカに渡ってきた人びとを駆り立てた暗黒の力を〈それ〉（IT）と呼んでいたのではなかったか（Lawrence 13）。フロイトの理論はさらにラカンによって精緻に展開されることになったが、ここでは、フィードラーの『アメリカ小説における愛と死』以降に広く知られるようになったラカンの理論を、難解な彼の議論を咀嚼して精力的な仕事をつづけるジジェクを通して参照することにしたい。ただし、ジジェクは精力的に発表する著作群のなかで、重複を意に介さず自由に書くスタイルをとっていることから、ここではジジェクの悪の議論を明快に整理した作田啓一の「悪の類型論」に依拠することとする。

① 悪魔的悪（＝超自我の悪）

まず、フィードラーがファウスト的人物として挙げているエイハブやヘスターの悪は、ジジェクがいうところの〈悪魔的悪（＝超自我の悪）〉である。これは自分の利己的な利害を脱却して、共同体の道徳に違反して、ある普遍的な原理・掟に服従しようという選択であって、他者の福祉をも省みない点で、ときにはテロリズムともなりうる。しかし、みずからを犠牲にすることを厭わないことにおいて、この悪は善と対立するものではなく、形式としての善と合致する。たとえば、ヘスターとディムズデイルの姦通は、共同体内部の法に違反するけれども、より高次の掟には沿う。これはエイハブのように非合理なものに執心する狂信的な悪でもあるのだが、悪を倫理的原理にまで高めるものである。また、「そうしないほうがよいのですが」（"I would prefer not to."）を繰り返すメルヴィルのバートルビーも、社会内の規範を逸脱するけれども、ある原則を選択して死へといたる（彼の場合は、悪魔的というより天使的悪といった方がよいかもしれない）[2]。要するに、あらかじめ与えられている選択肢から選ぶのでなく、その選択肢を規定している座標軸そのものを変える力としての悪――善のポジションそのものをゆるがす悪――がこの悪である。

② 無底の悪

次に、ポーが「黒猫」で「天邪鬼の精神」（spirit of perverseness）と呼ぶところの、動機なき動機――してはならないと知っているからこそしたくなる悪――がある。「黒猫」の語り手は、自分になついていた猫がなぜか気に障り、片目をくりぬき、木に吊して殺してしまう。また、犯行が露見する危険を冒して、死体の塗り込められた壁を叩いてしまう。別の短篇（「天邪鬼」）の語り手は、落下するときの眩暈を夢想して恐怖に震えながらも、断崖の淵から離れられない心の不思議さを告白する。ピムを危険に満ちた航海へと駆り立てたのも、この同じ精神であった。これはジジェクが〈無底の自由〉と呼んでいるものだが（Žižek［1994］98-99）、ここでは作田にならって〈無底の悪〉と呼ぶ。ここでいう「無底」（Ungrund）とは、ラカンのいう〈現実界〉にほぼ相当する。〈現実界〉とは、法や言語のシステムである〈象徴界〉が成立するときに切り離される混沌である。主体は、その主体性が消失して自己が非人称となる地点にまで身を放棄するとき、〈現実界〉の〈他者〉の享楽を味わう。大渦巻にのまれるとか極地に踏み込むとか、その先に進めば人間に開示されない秘密が開示される領域に、たとえ戻ってくることができなくても身を投じること――これが〈無底の悪〉である。ポーのいう「赤裸の心」（"My Heart Laid Bare"）には、まさにこうした〈現実界〉に惹かれずにはいない心の秘密が含まれるのではないだろうか。(3)

③〈ファルスの悪〉

最後に、ジジェクのいう〈イドの悪〉、作田のいうところの〈ファルスの悪〉があげられる。ラカンのいう「ファルス」とは、主体のなかに欲望を引き起こす究極の力で、主体が母子一体であったときに享受していた十全性の魅力である。もともと自分のものであったこの十全性は、世界内では欠如しているのだが、人はしばしばこのファルスを自分や他者がもっていると思い違える。これが〈想像的ファルス〉と呼ばれるものである。ジジェクは、このファルスをめぐる悪に、人種差別主義者の悪を分類する。ある民族グループ、たとえばユダヤ人は、彼らが自分たちのもっていないファルス（たとえば富）を不当にも所有するとして排斥されるのである。わたしたちはここに、たとえば『緋文字』のチリングワースの悪を入れることができるのではないだろうか。チリングワースは、ヘスターの姦通の相手を突き止めることに異様な執念を燃やす。自分がもっていない（性的）魅力をその人物がもっていて、その力が不当にも彼女を惹きつけたと直感するからだ。また、ゴシック小説を感傷小説と分ける主要な要素である〈無気味なもの〉も、この観点から考えることが可能である。〈無気味なもの〉とは、人間に通常は欠けている何かをもったものが接近していることへの不安である（Zupančič [2000] 225)。そうした〈完全なる他者〉の出現として分身の物語を読めば、ポーの「ウィリアム・ウィルソン」の悪もここに分類されるだろう(4)。

悪の議論の再考

以上三つの悪に、通常わたしたちが理解しやすい経験的な悪――〈自我の悪〉――を加えて、悪の類型分けを完了したところで、フィードラーに戻って、悪の議論を再考したいと思う。③の〈ファルスの悪〉について、フィードラーは、ロレンスやレヴィンと同じく、それがアメリカ文学において異人種への恐怖としてたびたび出現することを示していた。ポーにおいても、それは南部の黒人の表象という形をとることが指摘されていた。嫌悪と恐怖の対象として描かれるものにたいして、主体に欲望を引き起こす〈ファルス〉という言葉をあてるのは、一見納得されがたいかもしれない。しかし、フィードラーがポーのわずかの記述を見落とさずに挙げているところを参照すると、その嫌悪や恐怖は、異人種の（しばしば性的な）魅力と背中合わせに存在するのである（Fiedler 398）(5)。

次に、フィードラーが、ポーは「究極的な〈暗黒の力〉を欠いている」と主張することの妥当性について、簡単に触れておきたいと思う。「アメリカの古典作家のうち、ポーのようにカルヴァン主義にたいする免疫をもつ者はほとんどいない」（Fiedler 430）と指摘していることから、フィードラーは先に提示した①の悪（悪魔的悪）と②の悪（無底の悪）の違いに、ある程度気づいていたと考えられる。しかし、彼はキリスト教的な原罪意識という枠組み設定を出ないために、ポーの描く悪を根源的なものとしてとらえることができず、②の悪（無底の悪）を設定することができなかった。結果的に、フィードラー自身がカルヴァン主義のもとにあることになる。ポーはキリスト教的な〈善―悪〉図式以前の悪である〈無底の悪〉を描いていた。この悪をもうひとつの究極の力ととらえることで、フィードラーの示した「暗黒の力」「ファウスト的契約」のテーマはとらえ直され、広がりを見せるのではないだろうか。

また、フィードラーによれば、ポーの人物は悲劇性・英雄性を欠いているとされる。たしかに、ポーの作品には概して、通常の意味での社会や他者が欠如しており、その点において、結末がどんなに破滅的であろうと、一般的に悲劇とは受けとりがたい。しかし、極限を目指すポーの登場人物は、「欲望を貫徹せよ」――けっして到達できない無限を目指せ――というラカンの象徴的父の命令に従う人物の究極の行為であるという意味で、ラカン流にいえば「倫理的な」行為を遂行する人物なのである。(6)

それを悲劇ととるかどうか、英雄ととるかどうかについては、さらに〈主体〉や〈他者〉をめぐる議論を俟たなければならない。ジュパンチッチによれば、古典的な悲劇において問題となるのは、「支配された主体の究極的な〈非 - 主体化〉」である。「そこでは主体はもはや主体ではない――主体としての存在に欠かせないもの、つまり選択の自由を奪われている」(Zupančič [2000] 213)。フィードラーの念頭にある悲劇も、おそらくはそのようなものであるだろう。しかし、さらに根源的な意味での主体、「自由な主体」へとたどりつくために、「主体自身が不在である」ような地点に飛び込み、そのことで主体化を果たす人物を考慮に入れなければならない。そのときに利害を超えた自由が獲得できるのである(Zupančič [2000] 32)。

ラカン派のジジェク、コプチェク、ジュパンチッチらの仕事が次々と発表され、レヴィナス、バディウらの倫理にかんする議論との突き合わせが行なわれつつある時代に、わたしたちはこれらの問題をあらためて考える座標軸を手にしている。フィードラーが『アメリカ小説における愛と死』において開いたゴシックをめぐる議論は、この方向からさらなる可能性――アメリカ文学の究極性が追究される可能性――が開けてくるのではないかと思う。

第Ⅲ部　生のなかの死、死のなかの生

第六章　妖精《フェアリー》のカヌー、地の精《ノーム》の城——ポーの幻想の風景

夢想を誘う風景

「アッシャー家の崩壊」を読んだ人ならだれでも、ポーが、建物や土地の、漂う空気や光の、すぐれた書き手であったことを認めるだろう。ポーにとってそれらは、単に恐怖や無気味さを煽る道具立てにとどまるものではない。事実、風景自体を主題としたエッセイふうの作品がいくつかあり、それらのなかでわたしたちは、よく知られた作品とはまた別の——だが本質的な——ポーの一面に触れることができる。というのは、好きな風景、夢想を誘う風景、安息感を得られる風景の記述というものは、W・H・オーデンのいうように、「だれによって書かれたにせよ、作品自体よりも作者自身のほうがよくわかるようにできている」(Auden 223) からである。

もちろん、理想の場所、理想の風景といっても、「アルカディア」といえば牧歌的風景を、「桃源郷」といえば雲の重なり合う山深い地を思い浮かべるように、特定の社会、特定の文化には、ある種の風景イメージが共有されており、完全に個人の夢想のみで成立する風景というものはない。ほ

とんどの場合、それは個人の心象と集団の表象の二方向の組み合わせによって成立するのである（中村　六〇）。以下では、この二方向が組み合わさった形の作品――風景庭園にかんする伝統をふまえた芸術論でありながら、同時に、個人としての理想と嗜好を追求した作品――として、「アルンハイムの地所」（"The Domain of Arnheim" 一八四七年）を考察することにする。ただし、議論の重点はあくまで後者の、ポー的な風景の特徴、ポーの夢想のトポスの検討に置かれるだろう。

風景庭園

「アルンハイムの地所」は、一八四二年発表の「風景庭園」（"The Landscape Garden"）をほぼそのまま生かし、新たに後半部を継ぎ足す形で一八四七年に発表された。前半でポーは、富にも才能にも容姿にも恵まれた、エリソンなる幸福な人物を創出する。エリソンは、運命のいたずらで、二十一歳の誕生日に四億五千万ドルもの遺産を相続することになる。この富がどれほど莫大なものかというと、それは（利率を三分と見積もって）利子だけで年に「一三五〇万ドルを下らず」、「月にすれば一一二万五千ドル、一日にすれば三万六六八六ドル、一時間に一五四一ドル、毎分ごとに二六ドル」にもなる。さて、この巨万の富をどう使うかが問題となる。ありきたりの方法ではとうてい使い切れない。「もっとも広く高尚なる意味において詩人」（MIII: 1271）であったエリソンは、詩才を最大限に発揮して物質的な美を創造する領域として、「風景庭園」（landscape garden）という芸術領域を選びとる。

〈風景庭園〉という言葉は、一般に、十八世紀イギリスで確立された〈自然式庭園〉を意味する。歴史的にみれば、ルネサンスのイタリア庭園、プルボン王朝フランスの〈整形式庭園〉を経て、絶対王政の英国でさかんに行なわれた造園は、明確に政治的記号性を帯びた、秩序重視の整形式庭園であった。だが、ミルトンが『失楽園』（一六六七年）で神を庭師にみたて、エデンの園を自然風に描いたのをモデルに、十八世紀にはいってからは、造園は〈自然式〉に向かう。イギリス新古典主義を代表するアディソン、ポープらが新聞に楽園論、庭園論を発表し、「自然、多様、不規則」の美を唱え、それが洞窟や廃墟をもつ庭、ゴシックやピクチュアレスクの美学とつながり、のちにロマン主義の方向へと至ったことは周知のとおりである。一方、アメリカについていうと、大航海時代の種々の報告書にあるように、西欧からみたアメリカ大陸自体が、そもそも「世界の庭」（Gardens of the World）、「新しいエデン」（a new Eden）であった。だが、入植後の開拓者にとって、自然は危険にみちた荒野であり、ポーの時代にあっても、クーパーをはじめとして、西部小説はもっぱら自然を冒険の場とし、その壮大さを描いたのであった。しかし、原野の意義は、開拓者と文学や絵画に通じた人びとのあいだでは大きく隔たっており、後者はヨーロッパの感性で野生の自然を見て、障害ではなく崇高の美をそこに見いだした。自然保護という視点も、彼らの側から生まれたものである。(1) ポー自身は、『ジュリアス・ロドマンの日記』（*The Journal of Julius Rodman* 一八四〇年）などで、アメリカ的な広大なる自然に関心を寄せつつも、「アルンハイムの地所」においては、西欧の文学・絵画・美学に表われる人工の庭園、芸術としての庭園を土台にして議論を組み立

て、独自の理想の地を創造している。(2)

自然を造型する

芸術の美と自然の美という問題については、まず絵画の例が挙げられ、「天才画家が描くような風景の組み合わせは自然には存在しない」という事実が指摘される。そこにあるのは実際の自然でなく、理想化された自然なのだ。そして、理想化が達成されるのは、部分に改善を加えることによってではなく――「谷間のゆりの姿かたちを改善しようなどと企てる者があろうか」(MIII: 1273)――、組み合わせ(combination)や配置(arrangement)や構図(composition)を工夫することによるのだった。(3)そこでエリソンは、従来の代表的な二つの造園様式――自然派と人工派――に考察を加え、自説を展開していく。自然様式は「その方法を周囲の景色に適応させることによって田園本来の美を再生しようというもの」だが、エリソンはこれには批判的だ。というのは、自然派の成果は「何か特別の驚異や奇跡を創造するというより、むしろ欠点や不調和が一切ないこと」であり、そのような「消極的美点」は彼の意図するところではないからだ。一方の人工様式については、「庭園の眺めに純然たる人工を織り交ぜることによって、その美観が大いに増大される」ことは認めるものの、自分はそれ以上のものを目指すとする。つまり、人工派の技巧の過剰性、明示性を取り除き、人工でありながら人工の跡が前面に出ないもの、「全能の神の設計」(Almighty design)に近いものがエリソンの理想なのである。

ところで、この全能の神の設計という観念を一段引き下げて――人間の技巧という感覚と一致し調和するようなものにまで引きおろして――人間と神の中間的なものが生まれたとする。〔…〕その場合、興趣の感覚は失われないでいて、しかもそこに見られる人工は、中間的な第二の自然という趣を帯びることになるだろう。すなわち、それは神でもなければ神から生じたものでもなく、人間と神の中間を彷徨する天使のなせる業という意味で、やはり一種の自然と称すべきものである。(MIII: 1276)

こうした理念をもとに、エリソンはまず場所の選定にとりかかる。すぐ思いつく大洋上の島という考えにたいしては、それが静かで豊かな自然をもつものの、完全に孤立しているという理由で却下される。彼は完全な「人間ぎらい」ではなく、自分が造り上げたものについて、「詩のわかる人間の共鳴」を得たいがためである。また、歳月をかけてたどりついた高原は、そこからの眺めが「絵のような美しさ(the picturesque)の真の要素において、あの音にきこえたエトナ山頂からの眺めにもまさって」いたのだが、そのパノラマ的眺望ゆえに、エリソンの理想とは合わない。そうした風景は、「世間を逃れようという気分」(the sense of seclusion) にそぐわず、「ときたま眺めるにはこれほど結構なものはない」が「年中見ているとなると、これほどいけないものはない」のである(MIII: 1278)。

川旅と幻影の舟

場所にかんするこうしたエリソンの見解には、庭園について通例指摘される二つの願望——人に自分の力を示して見せる〈支配〉の願望と、自己保存的な〈逃避〉の願望——が認められる。エリソンの造園の特徴は、制作意図としては、一般に支配傾向の強い人工派の方に傾きながら、結果としては、逃避傾向の色濃い自然派的なものになっていることだろう。では、その、できあがった作品としての風景はどのようなものであっただろうか。実際にその地を読者に紹介するのは、エリソンの場所探しにも同行した語り手である。ごくさりげなく告げられているのだが、エリソン自身は、幸福を満喫しているかと思いきや、すでにこの世にはないのである。

さて、理論という主知的なものが出発点であったとしても、実際には、この造園という芸術は、道をたどり、川を行き、空を眺め、陽の光を感じることで鑑賞されるものであり、語り手の庭園案内もその進路に沿って進められる。そして、庭園というものが、本来の趣旨としては、視覚的効果をもっとも重視するものであるとしても、〈見かけとしての庭園〉は〈生きられた庭園〉と必ずしも同じではない。エドワード・レルフのいうように、「場所の経験のすべてを景観の経験として理解することはほとんど不可能」(レルフ　五三)なのであり、そのことを知る者にのみ、ポーの庭園幻想は開かれているのである。

アルンハイムと呼ばれるその地へは、川を利用する。周囲の風景は、人里から牧草地へと移り、やがて川幅が狭まり両岸が険しくなって、徐々に「隠遁的な感じ」(a sense of retirement)を深めてゆく。そのどこからがエリソンの壮大な造景の始まりなのか定かではないが、早朝に出発しても、川の流れが峡谷になるころには夕暮れが迫っているとあるので、相当に奥まったところであることはたしかだ。そして、この旅が徒歩でなく舟によるものだということが、まずは重要な意味をもつ。バシュラールによれば、ポーは水の根源的夢想によって特徴づけられる作家であるが、「アルンハイムの地所」においては、それは「水晶のように透明な水」であり、水に映る舟の映像である。

向こうが見通せないほど繁った木の葉の壁と群青色の繻子《サテン》のような屋根に囲まれた、そして床のない、魔法の輪のなかに、舟はつねに閉じ込められたかのようだった——何かのはずみで逆さにひっくり返った幻の舟が、ほんものの舟を支えようと、いつもつき従って浮かんでいて、ほんものの舟の竜骨は、いともたくみに幻の舟の竜骨の上に乗っているのだった。（MIII：1279）

バシュラールは、この幻の舟（a phantom bark）の夢想の魅力をこう語る——「水は反映によって世界を二重にし、事物を二重にする。水はまた夢想家を二重にするが、それは単に空虚な分身としてではなく、彼を新しい夢の経験に参加させることによってなのだ」。ここに使い古されたイマージュしか見ない読者にたいし、バシュラールはこう問いかける。「想像力による転移がついに実現されたとき——急に現実の舟の下に滑り込むあの舟、つまり幻影の舟へ、どうしてこのような読者が乗れるだろうか」(『水と夢』七八―七九)。

魔法の円環

鬱蒼と繁る木々が頭上をさえぎって、流れはいくたびも曲がりくねる。曲線や円は、〈グロテスクとアラベスクの物語〉を書いたポーのお気に入りの意匠であったが、(4)〈自然式庭園〉の基本図形でもあった。それは人の進むにつれて多様な視点を提供するという利点をもつが、ここでは川旅という、いわば眺めの定点の欠如によって、いっそうその効果を高めているといえよう。「流れの曲折はますます頻繁にますます複雑になって、まるで元のところへ逆に戻ってくるように思えることもしばしばなので、舟でゆく者は、どちらに向かって進んでいるのやら、すでにずっと前からかいもく見当もつかなくなっていた」(MIII : 1279)――このように方向を見失う者に、眺望の支配は不可能である。この川筋は、神のように上空から見下ろす者の視点をもっては語れない。それはある意味で、「一人で登校できるが道順は説明できない」子どもの空間認識(トゥアン『空間の経験』三九)に似ているといえるかもしれない。そして、たしかにこの迷路は、ポーが「ウィリアム・ウィルソン」で描いた子ども時代の迷宮の夢――部屋から部屋へゆくのに必ずいつも階段があるせいで一階にいるのか二階にいるのかわからなくなる、そして、通路が無数で曲がりくねっていて、いつのまにか元のところへ戻ってしまう、あの魔法の校舎――と重なり合うのである。

峡谷の壁を「一〇〇フィート」、池の直径を「二〇〇ヤード」、丘の角度を「約四五度」と記すポーの精確さは、現実の世界に足をかけ、観察する眼をくもらせまいとする努力――ジョルジュ・プーレがポーの作品全般にかんして述べた言葉によれば、「次第に執拗になってゆく断定的な言葉によって彼が語ることのリアリティをみずからも確信し、またわれわれにも信じ込ませるための、つねに絶望的な努力」（プーレ『円環の変貌（下）』一六）――である。だが、「魔法の円環」（an enchanted circle）にとらえられた舟上の人は、すでに別の世界へと入っている。峡谷の間を縫うように進んできた舟が、丸い池のようなところへ「まるで天から舞い下りたかのように」すべり込むと、その周囲は色とりどりの花でおおわれた丘である。この花の斜面は、驚くべきことに、緑の葉一枚すらも見えない、花びらだけの海なのだ。「勤勉で、趣味があって、しかも気高く、凝り性の、まだ知られていない種族の妖精が、思いもつかぬほど念入りに栽培したのか」（MIII: 1280）と思わせるようなその花々は、観察者の眼には宝石となる。花を宝石にたとえるのは、比喩としてはむしろ陳腐といってよいかもしれない。それに、「夥しいルビー、サファイア、オパール、金色の縞瑪瑙《しまめのう》などが、音もなく空からこぼれ落ちてきて、さながら宝石の滝のパノラマを繰り広げている」（MIII: 1280）とは、たしかに宝石の大盤振舞いではある。だが、立ち止まって、宝石の夢想に遊ぼうではないか。空からこぼれてくる花が宝石なのは、星の光を宿しているからで、それが澄んでいるのは水の透明さを借りてきたからなのだ。世界は二重、水は空だということを忘れてはならない。これはもうこの世の花ではない。ルドンの描くアネモネのごとく、宙に浮かび、内側から発する光で周囲に闇を作り出すような、そんな花なのだ。

妖精のカヌー

さて、ここで舟人は、それまで乗っていた舟から下りて、「象牙の軽やかなカヌー」に乗り換える。それは内側も外側も、鮮やかな緋色のアラベスク模様で飾られている。

この舟は舳先《へさき》も艫《とも》もいずれも先端がとがって、水面から高く突き出ているので、全体の形は不規則な三日月形に見える。それは、白鳥の誇らかな優美さでこの小湾の表面に浮かんでいる。テンの毛皮を敷きつめた舟底には、羽のように軽やかなサテン材の櫂《かい》が一本おかれているが、船頭も案内人もその姿は見えない。ここで来訪者は、どうかお元気で、あとは運まかせでいらっしゃればよろしいから、と告げられる。〔…〕ところが、どの方向に進めばよいかと思いめぐらしているうちに、旅人は、この妖精の舟がそっと静かに動いているのに気がつく。（MIII：1281）

このカヌーは、最初の舟よりもたしかにひとまわり小さい。わたしたちにはそれまで知らされていなかったのだが、最初の舟には案内人がいたのであり、今度のカヌーは一人用の大きさなのだから。だが、このカヌーが木の葉ほどの大きさだということがわかるだろうか。最初の舟では、旅人は、二重になってつき従う幻影の舟に乗り込んだのだが、ここで旅人は、さらに別の空想の舟に乗り換えたのだ。「凝り性の妖精」の作った宝石の花のカーテンを見たとき、すでに詩人はミニアチュールの世界に踏み込んだのである。この空想の戯れをたどるのは楽しい。水面に浮かぶカヌーに「白鳥の優美さ」をみたとき、空想の舟はもう白鳥の大きさだ。そこに「羽の櫂」をおくと、それはさらに小さく軽くなる。「妖精の舟」と呼ばれたときには、旅人は小人の姿である。一片のロマンス。

水にお伽の舟を浮かべるのがポーの愛した夢想だということは、「妖精の島」("The Island of the Fay" 一八四一年)を読めばわかる。白日夢のなかで、ポーは水に浮かぶ楓の樹皮の白い薄片に妖精を乗せ、水面の光の当たる部分から影の部分へとその舟がめぐるごとに、妖精の生涯の短い一年がひとめぐりしたと夢想するのだ。

アルンハイムの楽園

さて、長いアプローチの末、ようやくアルンハイムの楽園の全景が、眼前にその姿を現わす。

心を酔わすような楽の調べが押し寄せる。不思議な芳香が胸苦しいくらいに感じられる――ほっそりと丈高い東洋の木々――茂る灌木――金色や真紅の鳥の群れ――ゆりの花に縁どられた湖――すみれやチューリップや罌粟《けし》やヒヤシンスや月下香の咲き乱れる牧場――銀色にきらめくいくつもの小川が長くもつれあった線――さながら夢のように、こうしたものが入り交じって眼に映る。そして、こうしたすべてのものの真っ只中に渾然と、半ばゴシック風、半ばサラセン風の建物が、まるで奇跡のように中空に懸かってそびえ、無数の張り出し窓や回教風尖塔《ミナレット》やゴシック風尖塔《ピナクル》をみせて、真っ赤な太陽の光に染まって光り輝いている。そしてそれは、空気の精《シルフ》、妖精《フェアリー》、魔神《ジニィ》、地の精《ノーム》がみな力を合わせて造り上げた、さながらまぼろしの建物とも見えるのであった。（MIII : 1283）

異国趣味（Eastern trees, semi-Gothic, semi-Saracenic architecture）が強調されているものの、この楽園は、クルツィウスによるホメロス、ヴェルギリウス以来の悦楽境（locus amoenus）の類型――樹木、草地、泉もしくは小川、鳥のさえずりと草花――とほぼ重なる。[5] しかし、英語原文ではセミコロンとダッシュでつながれたこの最後の長い一文の、色と音と芳香で息もつけない恍惚感はどうだろう。意識家エリソンの物語として、知の優った語りから始まったはずが、最後には別の物語になっている。ここでは、語り手が「テクストに完全に降伏している」のだ（Dayan 89）[6]。「奇跡のように中空に懸かった」建物は、「空気の精《シルフ》、妖精《フェアリー》、魔神《ジニィ》、地の精《ノーム》」の作かとみえるお城である。そして、妖精のカヌーに乗った旅人は、すでに彼らと同じ種族であった。詩人の夢想のなかで、旅人はさらに軽やかになり、空に浮かぶだろう。その姿は大気のなかに蒸散する。プーレの言葉を借りれば、それは「存在の気化」であり、そのとき旅人は「壮大であると同時に知覚不能なほど微小」（『円環の変貌（下）』一六二）[7] なのだ。そこでは人間の感覚はもう風景自体の感覚である。

楽園の経験が完成されるとき、それを語る自己はもう存在しない。この理想宮の出現とそれに伴う感覚を、死後の土中での霊同士の対話というポーの特異な作、「モノスとユーナの対話」（"The Colloquy of Monos and Una" 一八四一年）のある一節と比べてみるのはきわめて意義深い。

> 一年たった。存在（being）の意識は次第に漠然たるものになり、単なる場所（locality）の意識が、それに代わって大きな位置を占めるようになっていた。実在（entity）の観念は場所（place）の観念のなかへと没入し始めていたのだ。かつて肉体であったものを直接取り巻いていた狭い空間は、肉体そのものになりつつあった。〔…〕
> 〔…〕存在の感覚はついにまったく失われ、それに代わって――いや一切のものに代わって――支配的かつ永久的な独裁者が、すなわち〈場所〉と〈時〉が王位につくことになったのだ。
> （MII : 616–17）

この驚くべき一節の表現を借りて、アルンハイムの楽園を完全に味わうためには、〈存在の意識〉を喪失し〈場所の意識〉と同化することが必要だと言うとすれば、それが完成される陶酔のときが〈死後の意識〉の状態と重なって映ってくるだろう。エリソンがすでにこの世にないことを思い出すとき――そもそも最初のパラグラフに「エリソンの短い生涯に」とあるのだ――、アルンハイムは彼の巨大な墓所ではないかという思いが湧いてくる。[8] 灌木に閉ざされた峡谷は、「弔いの陰鬱」（funeral gloom）に包まれる。アラベスク模様で飾られ、テンの毛皮を敷き詰めたカヌーは、柩にも似る。「枯れ葉ひとつ、枯れ枝ひとつもない」風景は、完全に腐敗や死を排除しているがゆえに、逆に生命をも排除する。そして、限りない曲折で方向が失われても、「西」だけははっきりしていること、旅人はつねに夕陽に向かって進んでゆくということ、そのことがアルンハイムを「死の国」に近づける。時間が停止したのか、逆行したのか、アルンハイムは永遠の夕暮れである。(9) 朝早く人里を出立した旅人が隠遁の雰囲気のなかへとはいってゆくころには、すでに夕暮れが迫っているのに、その後数時間たっても、太陽は没しないのだ。そして、ついに出現する建物は、「真っ赤な太陽に染まって光り輝いて」いる。だが、〈楽園〉と〈死者の国〉は元来通じ合うものではなかったか。「パラダイス」も「エリジウム」も、もともと天国であり、祝福された人びとが死後に住む楽土のことであったのが、地上的な悦楽の園や至上の幸福をも表わすようになったのだ。そして、Arnheim が"near Him"のアナグラムになっている(Ketterer 209n)と同様、Elysium という語は Ellison と似ていなくはないのである。

存在の消滅と至福

エリソンの風景庭園の物語は、彼がどこをその地と選び、どのように変更を加えたのかはついに明かされぬまま、不思議な昇華のうちに終わりを迎える。ただ言えることは、その風景が自然への身体の溶解を伴うものであること、そして、その感覚が存在の消滅のイメージを喚起するということである。この存在の消滅と至福は——こういう言い方をしてよければ——時間を経過した後の

〈死後の生〉のようでもあり、時間を遡行した先の〈誕生以前の生〉のようでもある。[10] シュルレアリスムの画家ルネ・マグリットに、「アルンハイムの地所」と題された印象的な作品のシリーズがある。[11] そこには、稜線が翼を広げた鷲（arn=eagle）の形をした大きな雪山と、それを背に、卵を抱いた巣がひとつ描かれている。ポーの作品とこれがどういう関係にあるのか、じつは以前から不思議に思っていた。だが、アルンハイムの夢とは卵の夢なのかもしれない。それは内面に広大な外部を包み込むポーの夢想の宇宙卵なのかもしれない。

図3　ルネ・マグリット「アルンハイムの地所」

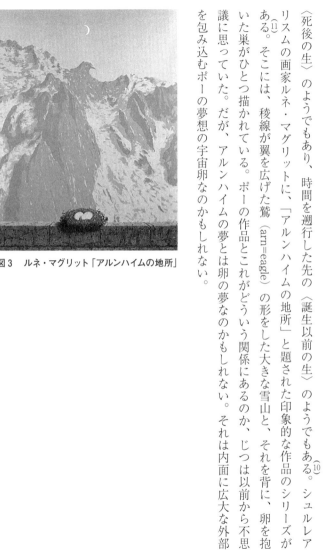

第七章　ポーにおける〈生きられる時間〉

生きられる時間

ポーの「妖精の島」（"The Island of the Fay"）に、語り手が水に映る影の移りゆくさまを眺めてわれを忘れる瞬間の描写がある。

> 木々の影は重たげに水に落ち、そこに埋没して、水底を暗黒で満たしているかのようだった。日がいよいよ低く落ちるにつれ、一つ一つの影は、その影を生み落とした木の幹からものうげに離れて、流れのなかに吸い込まれ、同時に、ほかの影が刻々木々から生まれては、先に埋葬された影にとって代わっている〔…〕わたしにはこんな幻想が湧いてくるのだった。（MII: 603）

影が水に吸い込まれるのに見入るとき、語り手自身も夢想のうちに吸い込まれていく。影の現われては消えるリズムが、語り手に、生と死の循環のリズムを思わせる。そのとき影は、もはや単なる水の反映ではなく、生まれ落ちては没してゆく、自立した存在となっている。彼の目が水に映る世界に生命を吹き込むと、まわりの現実世界の輪郭はゆらぎ、不分明になってゆく。「ランダーの別荘」("Landor's Cottage") にも、この経験と似ているが、より鮮明な描写がみられる。

この水中の空はまったく澄み切って、しばしば、その上にあるものいっさいをあまりにも完全に映し出すので、どこからがほんものの堤で、どこからが水に映った堤なのか、その境目も容易には見分けがたいほどだった。この池にうるさいほどうようよしている、鱒やそのほかの魚は、すべてみな、まるでほんとうの空飛ぶ魚のように見えた。まったく宙に浮かんでいるとしか思えないのである。(MIIII: 1333)

水は、同時に、それが映し出す空である。空を魚が泳ぐとき、倒立した世界のなかで、魚はより生き生きした様相を帯びてくる。バシュラールがポーの水の夢想について語った印象的なことばを引くなら、「共生するイマージュが深い水に鳥を、そして大空に魚を与えるのだ」、「魚は飛び、そして泳ぐのだ」(『水と夢』八二)。

引用にある、これらの経験——ものが生命を帯び、生き生きとし、見つめている者のなかへ入ってくるような感覚、あるいは、共存する二つの現象や動きが互いに共鳴し合うような感じ——は、共感覚（synesthesia）などとともに、日常世界の境界がなくなり、非現実の世界にわたしたちを誘う経験である。だれしも、絵を見ていて自分がその絵のなかにすっと入っていってしまうような気になったり、音楽を聴いていてその調べのなかに溶け込んでしまうような感覚を覚えたりしたことがあるだろう。また、打ち寄せる波を見ているとき、夕日があたりの空を染めるのを見るとき、自分のなかの何かが溶け出して周囲の空気と混じり合うような経験をしたことがあるだろう。ミンコフスキーはこうした「現実との生命的接触」を「生きられる時間」（le temp vécu）と呼んだ。

私が私の観想するもののうちに吸収されるとしても、観想されるもののほうでも生気づき、私と同じく生き生きするようになり、私の存在の底にまで浸透し、私の霊感の源泉となるのである。（『生きられる時間1』八六）

溶解体験

自己と外界の境界が失われることから、作田啓一は、こうした体験を「溶解体験」と呼んだ（作田［1978］九八、［1979］一〇七）。自己の境界という概念について、作田は、「自己の溶解」と「自己の拡大」という、一見似ているが区別すべきふたつのパターンを指摘する。両者の差異を理解することで、「自己の溶解」という概念がより明確になるので、彼の考え方の要点を以下にまとめてみよう。

自己の範囲というのは、身体によって占められる空間に限られるのではなく、それを超えて広がる。たとえば、わたしたちは、多くの道具を自分の身体の一部であるかのように使ったり、また、学校や会社、地域社会といったさまざまな集団に属し、しばしば自分をその集団と同一視したりする。このように、わたしたちは恒常的に自己の拡大を経験しているが、この場合、自己と外界のあいだには境界が依然として残っている。わたしたちが外界を操作利用の対象として機能的な側面でとらえる限り、いかに自己の範囲が広がろうとも、世界はあくまで「部分」としてしか経験されない。わたしたちの世界にたいする対し方ゆえに、世界が「全体」として経験されないのである。仮に、未知なもの、新しいものが現われても、わたしたちはそれを既成の知覚パターンにあてはめてとらえようとするので、自己の範囲は超えられることがない。ところが、もしわたしたちが客体を純粋な関心においてとらえるならば、主体たる自己は客体のなかに溶け込み、自己と外界を隔てる壁は消失し、相互の浸透が生じる。このとき、それまで自己の範囲を守っていたために見えなかった側面が、一瞬のうちに前面に現われ出てくる。見る者がそれに生命を吹き込み、また逆に、その生命が主体のほうへ向かうことによって、人は生き生きとした生命感をおぼえる。また、このとき人は、日常を生きるための注意（attention à la vie）を欠いた状態にあるので、日常的な目からみれば「放心状態」とみられやすい(1)。

では、この溶解体験を生むメカニズムとはどのようなものか、すなわち、生命感を感じるとはどういうことかについて、作田は次のように言う。人間の生理・心理過程は、心臓の鼓動、呼吸、細胞の活動など、すべてにわたってリズムの形をとっている。このような人間の内的リズムが、外界の寄せては返す波や、木の間をもれる光に見いだされるとき、内と外の過程が相互に浸透し合うということが起こる。そのとき、自己は外界と一体になる経験をするのである。したがって、溶解体験というのは、自然のなかにいるときに感じられることが多いが、そのほかにも、ゴッホの椅子の絵のように物に動き出すような生命を見たり、プルーストにおいて紅茶に浸したマドレーヌによって現在という時から連れ出されたりするときのように、自己の内なる感覚が外の事象と重なり合うときのさまざまの例をわたしたちは思い出すことができるだろう。そのとき人は、日常を超えた、もうひとつのリアリティのなかへ入っていくのである。

〈生きられる時間〉の反転

さて、溶解指向は人によってその強弱に差があるが、先に挙げた複数の例からもわかるように、ポーはその傾向の強い作家のひとりであったと考えられる。しかし、それらの作品は、ポーの作品のなかで、必ずしもよく知られているものではない。では、彼の代表的な作品では、溶解体験はどのように描かれているだろうか。

たとえば、「ライジーア」(“Ligeia”) のなかには、語り手が亡き妻ライジーアの目によって喚起された感情を読者に伝えようとする、次の一節がある。

ライジーアの美が私の魂を刺し貫いて、そのなかに聖殿のように座を占めてからこのかた、その大きく光る瞳が心のうちにかきおこす情緒に似たものを、多くの物質世界の存在物から感じた。〔…〕私はすくすくと伸びていく葡萄《ぶどう》の蔓《つる》にその情緒を感じた――あるいは蛾を、蝶を、さなぎを、あるいは走り落ちていく水を見つめるときに。大洋にも――また隕星の落下にも、感じた。並外れて老いた人のまなざしにも感じた。〔…〕また、弦楽器の音調によって、あるいはしばしば書籍のうちの章句によって、その情緒にみたされることがあった。(MII : 314)

外界のものが自分のなかのイメージと重なり合うことによって、ある共鳴のようなものが起こる。自然の生命の秩序、宇宙の秩序との深い一体感を感じさせる、幸福な瞬間である。こうした体験は、先に述べた溶解・浸透の体験であるが、「ライジーア」において、語り手のこうした心的傾向は、物語の進行につれて、人間性疎外の感覚へとつながっていく。外界のいろいろな事物のなかに見いだされていたライジーアは、その死後、ついには語り手の次の妻ロウィーナの死にゆく身体をのっとるようにして、その姿を現わすという、狂気的結末をこの物語は迎える。

また、「ウィリアム・ウィルソン」(“William Wilson”)には、次のような印象的な子ども時代の描写がある。

だが、それにしてもあの校舎だ!――なんと古い、異様な建物だったことか!――それでいてこの僕には、まことになんと妖しい魅惑の宮殿であったことだろう！　文字どおり紆余曲折したその構造——内部の区画の不可解さ、それらはまったく僕らの端倪《たんげい》を許さないものだった。たとえば任意のある瞬間に、人は二階建て校舎の、はたして一階にいるか二階にいるか、はっきり自信をもって言うことは困難であった。部屋から部屋への往来には、上りか、下りか、かならずきまって三段か四段の階段がある。それにまた、わきへそれる通路というのが無数にあり、——まったくなにがなんだかわからない、そのままいつのまにか元の場所へ帰っているというようなことさえありうるのだ。そんなわけで、結局、建物全体にたいする僕らの正確な観念は、あたかもあの無限というものに関して思索するときの観念と、あまり変わらなかった。

（MII：429）

アレン・テイトは「ポーにおけるすべてのものは死んでいる」（Tate 48）といっているが、ここにはたしかに、生きて自分の目にするものに驚いているひとりの子どもがいる。デュパンが家具の配置について説明するのは、それが推理に必要な情報だからだが、ウィルソンが校舎の構造について語るとき、彼の言っているのは、建物にたいする、（実際的ではなく）純粋な興味なのである。彼の伝えたいのは、子ども時代に経験した——たとえ非合理的であるにせよ——生きられた時間のことなのだ。しかし、同名の人物が自分に対抗するように感じられて以来、彼のそのような魅惑の時間経験も損なわれていく。学校の建物にたいして抱いていた無限を思わせる感覚は、第二のウィルソンの遍在という感覚にとって代わられる。

また、「アッシャー家の崩壊」（"The Fall of the House of Usher"）では、ロデリック・アッシャーは、無機物にも生命が宿り、相互に影響を与え合っているという考えを抱いている。しかし、その感覚は、彼にあっては、生命感の広がりではなく、建物と自分の崩壊を関連づける想像力としてはたらく。さらに、「告げ口心臓」（"The Tell-Tale Heart"）では、語り手は耳の感覚が異常にとぎすまされていて、ついには自分の心臓の音と、彼が殺して床に埋めた老人の心臓の音の区別がつかなくなってしまう。この主人公は、自分の内部のリズムが外へ流れ出ていって、とうとう他人の心臓に達し、それが自分のものであると思えなくなってしまうのである。

このように、自分の内なるリズムと外のリズムの同期する体験、自分の生命と外部のものの生命が交感をはたす体験――すなわち〈生きられる時間〉――をポーが描くとき、多くは幻覚、狂気、記憶の歪みという形で現われる。恐怖の色合いが支配的となり、破滅、死へとつながる経験となっていく。本来の〈生きられる時間〉が、生ではなく死への指向を示している。このように、生命感をポジティヴな形ではなくネガティヴに描くところに、ポーの作家としての重要な特徴をみることができる。

〈至福〉への指向と〈死〉への指向

では、なぜネガティヴになるのか、どういう仕組みでポジティヴからネガティヴへの転換が生じるのか、という問いが生まれる。この主題を次のように整理してみよう。第一に、これまでみてきたように、ポーの作品には溶解体験の記述が少なからず存在する。第二に、溶解体験は本来、生命の方向を指向するものだが、ポーの場合、この点で他の多くの作家たちと大きく異なっている。彼の主要なテーマである死や狂気は、語り手の溶解指向と密接にかかわっていて、物語の恐怖はそのためにいっそう高められている。そこで、溶解という体験を次の二つの方向で考えてみることにしよう。ひとつは〈至福〉あるいは〈恍惚〉という方向、もうひとつは〈恐怖〉あるいは〈死〉という方向である。言うまでもなく、先に溶解における生命感について論じたとき、本質と考えていたのは前者の方向であった。

多くの作家が溶解体験の〈至福〉や〈恍惚〉を描いているが、ここではエマソンの「自然」("Nature")から次の一節を引いてみよう。夜明けから日の出までの光景を、丘の上から眺めるときの感興を記述した箇所である。

細長くたなびく雲が、深紅の光の海に魚のように浮かんでいる。わたしはこの大地から、ちょうど岸辺から見るように、その沈黙の海のなかを眺める。この海のめまぐるしい変容を、わが身もともにするような心持ちがする。その活気ある魅力がわたしにまで届くと、わたしは朝風とともにふくらみ、朝風とともに呼吸する。わずかな、そして金もかからぬ要素で、自然はわたしたちを神さながらにしてくれるのだ。(Emerson 17)

空が海となるとき、その変容は、眺めている者の内部でも起こっている。自己と外界を隔てている壁がなくなり、両者は互いに浸透し合う。彼は至福のよろこびに満たされる。自然と交わり、完全な一体感を味わうこの体験こそが、あの有名な一節の意味するところでもある。「わたしは一つの透明な眼球となる。わたしは無であり、いっさいを見る」(Emerson 10)。

あるいは、ナボコフの自伝『記憶よ、語れ』(*Speak, Memory*)の次のような箇所にも、溶解体験は見いだせる。

聖像画の上、壁の高いところには、〔…〕額にはいった水彩画がかかっている。ヨーロッパによくある、無気味なほど鬱蒼としたブナ林をうねうねと、ひと筋のほの暗い小道がつづいている。下に生えているのは昼顔だけで、聞こえてくる音はどきどきする心臓の鼓動音だけだった。まえに母が読み聞かせてくれたイギリスのおとぎ話で、少年がベッドから踏み出して一枚の絵のなかにはいって行き、木馬に乗って、静まりかえった木々のあいだに描かれた道を進むというのがあった。わたしは、眠気とタルカムパウダーをはたいてもらった幸福感の霧に包まれ、なかばふくらはぎの上に坐り込んだような恰好で枕の上にひざまずいて、大急ぎでお祈りを唱えながら、ベッドの上にかかっている絵まで壁をよじのぼって、魔法にかかっているそのブナ林のなかに飛びこむことだけを考えていた。(Nabokov 68)

絵の風景のなかに心臓の鼓動の音を感じたとナボコフが書くとき、彼は自分と自分の外部のものとの間に一種の相同関係（homology）をみとめている。[2] ジョルジュ・プーレはいう――「感覚が物の生命一般とぴったり符合するあまりに、一方がいわば他方の比喩的表現となるような瞬間があって、そこでは、自分が生きていると感じることは、生命一般が生きていると感じること、時間持続の脈が打つのを感じることと同じになる」（『人間的時間の研究』三四八―三四九）。

一方、ポーにおいては、〈生きられる時間〉の至福は、恐怖へとその座を明け渡す。ポーはゴシック小説の道具立てを使ったが、彼の作品が現在にいたるまで恐怖の物語でありつづけるのは、その恐怖が、生命感に根源的にかかわる部分で描かれているからである。以下では、「ベレニス」（"Berenice" 一八三五年）を詳しく検討し、ポーにおける〈生きられる時間〉の体験とその反転の理由、メカニズムについて、探っていくことにしよう。

「ベレニス」

「ベレニス」は、女性名をタイトルとしたポーの一連の作品の最初のもので、物語はごく短い。語り手である主人公エグスは、生まれてからずっと現実と幻が逆転したような世界に生きている。幼いときから書斎に閉じこもり、神秘的な書物を読んだり、瞑想にふけったりして暮らすエグスにたいし、彼のいとこのベレニスは、彼とは正反対に、外で活発に動き回る美しい少女であった。しかし、やがて、ベレニスは病に冒され、やつれ衰えていく。元気だったころのベレニスにたいしては無関心だったエグスだが、衰えていく彼女の肉体的変化に関心を奪われ、愛ゆえにではなく結婚を申し込む。式の近づいたある日、エグスは書斎にはいってきたベレニスの変わり果てた姿にぞっとする。そして、そのとき目にしたベレニスの歯にどういうわけかとり憑かれてしまい、以来、彼女の歯のこと以外考えられなくなる。まもなく彼女が死ぬと、エグスは墓をあばき、その歯を盗んできてしまう。ただし、この場面は彼の記憶の暗点となっており、それを意識の明るみに出していくのが物語のプロセスとなっている。

語り手エグスは、世間との交渉を断ち、現実と幻の境界に生きるポー的主人公の一典型であり、この作品は、そういう人間にとっての現実世界の感じられ方を鮮烈に描いたもののひとつである。ここではまず、先に検討した〈生きられる時間〉や〈溶解体験〉が、この作品においてどのように表われているかということから始めることにしよう。

エグスの溶解指向

溶解の状態とは、社会的・機能的な機制が弛緩して、感覚が純粋に対象へと向かう状態であった。そこでまず、エグスの感覚器官の作用について考えてみよう。まず、視覚に著しい特徴がみられる。物語は全般にわたり「見ること」が支配的な位置を占めている。人間の五感のなかで、視覚というのは、聴覚と並び、味覚・触覚・嗅覚などの近感覚に対し、遠感覚だとされる。人間は生まれてすぐは近感覚のほうが発達していて、徐々に遠感覚を獲得し、自己を拡大していくのだが、エグスの場合、成長の過程に一種の停滞が生じていて（「奇怪なのは、私の生活の一部に一種の停滞が生じていることである」）、それが視覚のありかたにも表われている。彼にとっての視覚は、外界と彼をつなぐ道具――外界の情報を得、逆にそれによって自分にかんする情報を豊かにしていくための手段――とはなっていない。エグスの視覚は、みずからの世界を広げるのに役立つのではなく、もっぱら主観的尺度で対象を選び吟味するということで成り立っている。そういう意味で、彼の視覚は、幼児期の触覚などにきわめてよく似た、近感覚的なものだといえる。すなわち、視覚とはふつう主／客の区別を生じさせるものであるが、彼にあっては、視覚はその混交を招きやすい状態にある。

また、エグスにあっては、「見る」ということは、目の前のものを見るという意味と、それが内部にはいりこんできて――内観として――見えないものを見るという意味の、両方において重要である。その場合、視覚の集中度にかんして、次の二つの側面を考慮に入れる必要がある。すなわち、きわめて集中度の高い状態（focal attention）と、注意力を欠いた状態である。見るということは、エグスにおいては、しばしば目の前のものを見て*いない*状態を意味する。したがって、現実のことにたまたま注意を向けることになる場合、それは注視を欠いたぼんやりしたものとなる（「私は図書室の奥の部室に坐っていた。私一人だと思っていたのだが、目を上げるとそこにベレニスが立っていた」、「ドアの閉まる音で目を上げ、いとこが出ていったことを知った」）。このように〈見る／見ない〉ことにおいて、エグスは非常に客体に没入しやすい状態にある。現実にたいしては放心状態にある一方、自分の興味の対象にたいしては極度なまでに没頭しているエグスの様子を具体的に示す一節がある。

一冊の本の欄外あるいは本文中のささいな図案に注意を固定させて、長く飽きずに考えこんだり――夏の長い日の大部分を、壁掛けや床の上に斜めに落ちる奇妙な影の形を眺めて過ごしたり――ひと晩中、ランプの動かぬ焰や暖炉の残り火を見つめて自分を忘れたり――ひとつの花の匂いについて毎日毎日考えこんだり――変哲もない言葉を、繰り返しによってその音が心になんの意味も伝えなくなるまで飽きずに繰り返したり――運動と物理的存在の感覚を失うまで長く頑固に体を動かさないでいたり――これらが私の精神力の状態から結果した、もっとも普通で害の少ない気まぐれの例であった。（MII : 211–212）

色や形に直接触れようとする試み、匂いや音の純粋な感覚を得ようとする試みに、わたしたちは先に考察した溶解指向の特徴を見いだすことができるだろう。日常世界のなんの変哲もないものが、見る者の視線によって変容を起こす。本の余白のちょっとした飾り模様は最初に意味した形ではなくなり、ことばは繰り返し唱えることで意味を離れ、音として独自に立ちのぼってくる。ふつうなら、見ることは理解することを意味するが、ここで描かれるのは、見れば見るほどわからなくなってくる体験、既知のものが未知の様相をもって現われてくる瞬間である。エグスは周囲の空間と緊

密に結びつき、自己の境界は揺らぎ、内面が対象に向かって流れ出していく。(3)

犯人の時間と探偵の時間

さて、エグスの溶解指向を検討してきたが、次に、その傾向はどういう形で物語化されているのかをみていくことにする。溶解とは、元来、時間・空間の境界を超える経験なので、物語の水平的な流れを遅らせる傾向がある。溶解は、いわば、水平的な物語の進行にたいして垂直的な作用をもたらすと考えられる。しかし、よく知られているように、ポーは、物語というものは「効果の統一性」(unity of effect)を高めるべく、結末に向かって構成されなければならないと考えていた。溶解指向はエグスの重要な性向であるが、物語の展開の鍵となるのは、溶解から導かれる別のテーマ、すなわち自己分裂のテーマである。

さて、エグスの溶解は、現実世界における放心状態であることはすでに指摘した。それは自分のかかわっている世界にたいして、リアリティを感じないということである。彼が自分の状態や行動について傍観者であり、当事者意識を欠いていることは、たとえば"I found *myself* sitting in the library, and again sitting there alone."(MII: 217)や"I had done a deed—what was it? I asked *myself* the question aloud"(MII: 218ともにイタリックは引用者)などの表現に明示される。これらの例におけるmyselfという再帰代名詞の使用は、単なるレトリック以上の意味をもつ。なぜなら、エグスは自己の分裂を経験しており、主体としての自己(I)と客体としての自己(myself)を一致させることが、この語り手のかかわっている仕事（＝語り）であるからだ。この分裂は、彼を現実から守ると同時に疎外する役割を果たしている。この分裂した自己が統一されるなら、彼は自己を、現実感をもって感じられるようになるだろう。しかし、このことは同時に、彼が防御の壁を失い、裸のまま現実に直面するということをも意味する。

物語の進行にしたがって、主人公エグスの人格分裂の度合が深まっていき、一方で、語り手エグスによる過去の自分と現在の自分との統合も進んでいく。このふたつの逆行する流れを、次のように考えてみよう。一面では、この物語は「黒猫」や「告げ口心臓」のように、一人称の語り手による罪の告白の物語、いわば〈犯人〉の物語である。ところが、自己の分裂ゆえに、語り手は同時に、自分の犯した罪の跡をたどる〈探偵〉の役割も負わされている。すなわち、人格の分裂と統合というふたつの流れは、犯人の物語と探偵の物語というふたつの流れに読みかえられるのである。

犯人の物語においては、エグスは現実と幻の転倒した世界に住んでいる。この転倒は、人格分裂の度を強め、だんだん病としての様相を深めていく。ベレニスの歯を抜き取るという行為（明示はされていないが）にいたっては、完全に自分の関与しないこととして、記憶のなかの暗点となっている。幻の世界を生きるエグスにとって、歯を所有することは重大な意味をもつが、現実の世界を生きるエグスにとっては、その行為は存在すら消されてしまうのである。つまり、歯を抜く行為が行なわれるのは、彼の人格分裂が極限化し、人格解体にいたった瞬間なのである。

一方、探偵の物語は、語り手が現在の視点から自分の過去を読者に向かって話すという体裁になっている。話のテーマは〈Who was I?〉である。語り手にとって、過去の自分と現在の自分は連続性が欠けている。それを埋める作業、分裂した自己を統一する試みが探偵の物語なのである。探偵としての語り手は、想定される読者に向かって理性的に話を進めようとしている。視点があくまでも現在にあることは、物語の前半において、読者を想定した語句（「諸君はどうせ否定するだろう——しかし議論はやめにしよう」、「たぶんわたしのいうことはわかってもらえないだろう」など）がいくつか挿入されていることから判断できる。ところが後半、つまりベレニスの歯を目にして以降、こうした読者への言及、すなわち現在への言及がすっかり姿を消してしまうのである。そして、〈Who *was* I?〉という問いが〈Who *am* I?〉という問いに徐々に移行していく。ついには、現在の自分と過去の自分の統合という流れ（探偵の時間）と、人格の分裂の進行という流れ（犯人の時間）が、結末においてぴったりと重なり合う。ふたつの時間の枠が消滅するとき、語り手は自己の統合を果たすが、まさにそのときが人格の解体のとき、最大の恐怖の瞬間なのである。犯罪の現場にたどりついたとき、探偵の姿は消えている。あとに残るのは、破滅のただなかに放り出された犯人だけだ。このように、この物語においては、物語の構造と物語られる自己の構造とが同じ形をしている（すなわち、自己の〈統合／分裂〉の流れ、物語の〈探偵／犯人〉の流れ）。両者ともに、ふたつの逆行する流れがあり、そのふたつがまさに統一されようとする瞬間、ちょうどメビウスの輪のように、一方がもう一方の面に出てしまうのである。

生と死のパラドクス

これまで、エグスの溶解指向と、それが人格分裂という形で物語化されていることを示してきた。では、溶解が人格解離の面を強く示すとき、どういうことが起こっているのだろうか。結論を先どりしていえば、そこでは溶解においてもっとも大切な生命感が失われてしまうのである。

人間はだれしも、他者との関係においてつねに潜在的な不安をかかえている。精神医学者のR・D・レインは、『ひき裂かれた自己』において、そうした人間存在の不安のあり方を三つに公式化し、独特の印象的な言葉で表わした。「呑みこみ」「内破」「石化」（あるいは「離人化」）である。「呑みこみ」（engulfment）とは、だれか、もしくは何かとのかかわりにおいて、自己が吸収され、自己を喪失してしまうのではないかという怖れを指す。「内破」（implosion）とは、外のものがはいってきて自己のアイデンティティを破壊するのではないかという怖れを指す。「石化」（petrification）あるいは「離人化」（depersonification）とは、生きたものから死んだものへと変わる、あるいは変えられる恐怖であり、また、相手を感情をもたないものであるかのごとく扱おうとしたり、そのように扱われて死物と化すことの恐怖を指す。こうした不安にたいして、人は自己を孤立化させ、〈真の自己／にせの自己〉という分裂した存在になることで身を守ろうとする。人間にはだれしも、少なからずこうした傾向がある。たとえば、嘘をつく、良い子のふりをするなどの行為によって、他者に偽りの自己を示しておいて真の自己が侵害されるのを防ぐのである。だが、こうした場合でも、たいていは、自己のアイデンティティに支えられ、自己の人格の全体性、他者の実在性については疑いが生じない。ところが、アイデンティティが安定を欠くとき、分裂した自己は、みずからの生命を非常に脅かすものになる。というのは、現実と接触しているのがもっぱらにせの自己であるために、見えるもの、知覚されるものに実在性が感じられなくなり、世界は死んだものと感じられるようになるからである。このレインの図式をさらに単純化すると、生への指向が逆説的に死への指向と重なるということである。生きようとすればするほど――つまりにせの自己によって現実とかかわることを避ければ避けるほど――、真の自己は現実との接触を妨げられるがゆえに死へと向かってしまう。〈防衛〉の機能をもつ自己の二重化が、二重化ゆえに自己を破壊するものとなるのである。ミンコフスキーがいうように、そこでは、世界との「生命的接触」が失われている。

先に、エグスの溶解状態をよく表わす例として、彼がタピストリーに落ちる影やランプの焔をみつめたり、花の匂いを嗅いだりして長い時間を過ごすという箇所を検討した。このときの主客の溶け合う感じは become absorbed、lose myself、dream away などの言葉に見いだすことができる。しかし、エグスにとって、こういう体験は「快適であったことは一度もなかった」と語られている。ということは、彼にとって「われを忘れる」ということが、文字どおり、自分が吸いとられていく自己喪失の危機であったと考えられるのではないだろうか。〈生きられる時間〉にあっては、人は世界に向かって放散していき、周囲の生成と融合することで、生命の躍動を感じ、至福を味わう。だが、主客が溶け合うとは、ある意味で、自分自身を断念することでもある。しかし、エグスには自分自身を断念することへの怖れがある。〈生きられる時間〉では、人は自分の位置から客体の方へと内面において移動するが、エグスはあくまでも不動性に固執する。先の引用文には、彼がじっと動かずにいて身体の感覚がなくなるのを確かめようとするところがあった。これも、自身を周囲の空間と一体化させる様子（＝溶解）に見えながら、じつは精神と肉体を分離し、身体を死せるもの、無機物へと化す試み（＝石化）となっている。このように、彼にあっては、溶解への指向が逆に死への指向と重なってしまうのである。

歯への執着

この生と死のパラドクスにおいて、エグスがダブルバインドの状況――生きることが死ぬことである／死ぬことが生きることである――に陥っていることを前提とすれば、彼がなぜベレニスの歯に執着したかということに、ひとつの理由づけを行なうことができるだろう。

あの歯！　あの歯！　それはここにも、そこにも、どこにでも、目に見え、手で触れられるように私の前にある。長く、細く、真っ白な歯――初めておそろしく現われたときのまま、色を失った唇のまわりによじれている。〔…〕外界の無数なもののなかで私は歯のことしか考えられなかった。強い欲望でそれを欲した。〔…〕私はそれにさまざまな光をあて、あらゆる側に向けて見た。その性質を研究し、特異な点を探った。その形態を考え、その性質における変化を観察した。それに感受性や知覚力、唇を伴っていないときでも精神的表現力があると想像して戦慄した。（MII : 215-216）

女性の身体部位への執着として、歯というのはいささか突飛で奇異な感じを受ける。しかし、こう表現されてみると、ある特殊な魅力をもって感じられるのもたしかである。歯とは、次のような意味で、人間の身体において特異な部分であるからだ。すなわち、歯とは、人体のなかのもっとも無機物に近い部分、生きている人間の死せる部分である。しかし同時に、歯は、やつれ衰えていく肉体において、もっとも死の脅威を免れている部分でもある。肉は死んだら朽ちるが、歯は生命を保つ。すなわち、歯は、「死んでいるから死に侵されることはない」という意味で、エグスにおける生と死の逆説的な関係を象徴するものなのである。(4)

また、なぜそれを所有したいと思ったか――「それを所有することだけが私に平静をもたらし、正気に返すことができると感じた」（MII : 216）――についても、エグスの存在論的不安の状況にあって、possession（所有）という言葉が別の意味をもつことを指摘したい。彼は歯にとり憑かれていた（=possessed）。これは〈侵害〉であり、自己喪失の危機である。ゆえに、自分が歯を所有（possess）しなければ自己が保てないということなのである。ここにも両義的な関係、ダブルバインドの状況を見てとることができる。

ここまで、エグスの生きる世界において、生の方向と死の方向が逆説的な形で重なり合うことを示してきた。パラドクスとは、論理の整合性がない、道理に合わないということだが、最後に付け加えておけば、パラドクスがエグスの生を満たしているということが、この作品にちりばめられているさまざまの因果律の転倒――冒頭の虹のたとえ、テルトゥリアヌスの書物の一節、ギリシャの神学者による大岩のたとえなど――を説明するだろう(5)。

〈浸透〉が〈侵害〉に変わるとき

ここまで述べたことを要約しよう。まず、自己と外界が相互に溶け合うことのうちに感じられる時間を〈生きられる時間〉とし、具体的特徴を表わす概念として「溶解」という語を用い、その状態を説明した。それは現実への注意が弛緩し、流れる時間が意識に直接に感じられるような体験である。そして、ポーはそういう傾向の強い作家でありながら、物語において非日常の時間を描くとき、溶解指向の強い人物を狂気・破滅へと至らせる場合が多いことを、いくつかの例を挙げて示した。次いで、「ベレニス」における溶解指向を検討し、それが人格分裂のテーマにつながっていることを示した。そして、溶解における〈浸透〉が〈侵害〉に変わりうることに、本来生命感へと向かうものが逆転して死へ向かうところに、主人公エグスの病が起因すると述べた。

〈生きられる時間〉は、わたしたちに休息の時間を与えるだけでなく、死の観念を入りこませる。ポーにおける〈生きられる時間〉は、人間を内部から侵害する力として、彼の主人公たちを恐怖に陥れたのである。真に生きられるためには、内と外の通路は開けておかなければならない。しかし、開けておくと侵害される恐怖がある。防衛のために、通路を閉ざす。しかし、閉ざすと、なかでは空想に全能の自由が与えられると思いきや、壊疽《えそ》が進行していく。ポーにおける現実と空想の境界にある主人公は、このような逆説的な生を生きているのである。

第八章　死なない身体の喜劇――ポーにおける笑いと無気味なもの

ポーに特徴的な笑い

ポーは『フォリオ・クラブの物語』として構想された最初期の短編から、一八四九年の死の数か月前の「Xだらけの社説」(“X-ing a Paragrab”)まで、諷刺、パロディ、ほら話、バーレスクの類に属する作品を書き続けた。広義のコメディに分類されるそれらの作品は、有名な恐怖・ゴシック作品群の影に隠れて、読まれることも研究対象にされることもあまり多くはない。その理由のひとつとして、ポーの諷刺する対象が後世の読者にはわかりにくいということが挙げられる。しかし、作品の発表された同時代においても、読者の多くはポーの意図をじゅうぶんには理解しなかったようだ。ポーは、著名作家で知人のジェイムズ・ポールディングを通じて、それらの物語群を作品集として出版することをハーパー社に打診していたが、その企画は見送られた(一八三六年三月)。それらの作品が雑誌に発表されてからまだ日が浅いことが、出版見送りの第一の理由だったが、それに加え、作品の諷刺の対象が何であるかがわかりやすいとはいえず、したがって、読者が楽しめないことが理由として挙げられている。ポールディングは、ポーが切れのあるユーモアや博識を、もっと一般になじみのある主題――「一般庶民の欠点や短所、習慣や習俗の酔狂な点、とりわけ今日流行のイギリス文学の馬鹿げた気取りや誇張」――に向けることを提案している。(1)

諷刺というものは、時代と社会を共有することでそのおかしみと毒が受容されるのであるから、時代を経て、その毒の意味が失われ、面白みが感じられにくくなるのは事実である。「ペスト王」("King Pest" 一八三五年)には、当時のアンドリュー・ジャクソン大統領とその内閣へのあてこすりがあるとされるが、現代の読者が注釈なしにそれを読み取ることはほぼ不可能だ。また、ポー自身の提唱する創作理論に呼応した、「効果の統一性」を生むよう緊密に構成された作品群に比べ、それらの物語は作品としての出来がよいとは必ずしも言えない。デイヴィッド・ギャロウェイがペンギン版で、ポーの滑稽・諷刺作品を集めた作品集 *The Other Poe* を編んだとき、パトリック・F・クィンは書評で、「『ちびのフランス人は、なぜ手に吊繃帯をしているか』("Why the Little Frenchman Wears His Hand in a Sling")や「詐欺」("Diddling")を我慢して最後まで読み通した人間で、もう一度読もうという気を起こす者などいるのか? ポーが書いたというのでなければ、それらの作品はいま関心を呼ぶだろうか?」と、こうした作品群の価値に疑問を呈している(Quinn [1985] 13)。

しかしながら、ポーの仕事を全体としてとらえようとするとき、そうした作品群の検討を避けるわけにはいかない。(2) ポーに特徴的な笑いは、たしかにポールディングがいうような、「一般庶民の欠点や短所、習慣や習俗の酔狂な点」を面白おかしくからかうといった、「人間的な」笑いではない。死体と間違われたり、身体が切断されたり、目玉が転がったりする、「度を超した」笑いである。アメリカ文学におけるユーモアにかんする初期の研究において、コンスタンス・ルーアクは、ポーの笑いをアメリカの土着のユーモアの系譜に位置づけた。しかし、ルーアクはそこには収まらないポー独特の笑いとして、喜劇と恐怖の中間に位置するようなグロテスクなものにも注目し、それを「ヒステリーの気味が混じった非人間的なもの」と呼んだ（Rourke 183）。これはアレン・テイトの指摘――「イギリス、アメリカのみならず、わたしの知る限りにおいてフランスを見渡しても、ポーほど、非人間化された人間（dehumanized man）というヴィジョンを突き詰めた作家はいない」――とも呼応する（Tate 46）。ポーにおいて、滑稽な味をもつ物語群のなかで繰り返し出現する主題（生きながらの埋葬、死者の蘇り、えぐられる目、切断される首、分身、狂気など）が、恐怖の物語においてしばしば扱われる主題と共通することを、わたしたちはどう考えればよいだろうか。なぜ同じものをめぐって、一方で恐怖が、一方で笑いが導かれるのか。以下では、恐怖や無気味が、笑いやユーモアとどのような関係にあるのか、滑稽と無気味はどこでつながっているのか、といった関心のもとに、三つの作品[3]――「息の紛失」（"Loss of Breath" 一八三五／一八四六年）、「あ る苦境」（"A Predicament" 一八三八年）、「使いきった男」（"The Man that was Used Up" 一八三九年）――をとりあげて検討し、そこから、「恐怖や無気味」と「滑稽や笑い」を結びつけるものについて考察する。

絞首刑でも死ねない話――「息の紛失」

語り手ラコブレス氏（Mr. Lackobreath）は、新婚初夜明けに妻に罵声を浴びせようとして、急に自分の息がなくなったことに気づく。当惑した氏は、妻にはその事実を隠したまま紛失した息を探しまわるが、寝室のどこにもそれは見当たらない。家を出て、混み合った馬車に乗るが、他の乗客から息がないことに気づかれ、放り出される。死体とみなされて外科医に解剖され、実験対象にされそうになる。が、途中で逃れて窓から身を投げたところ、そこはたまたま通りがかった死刑囚移送の馬車の荷台の上だった。囚人と間違われて絞首刑に処せられるが、息がないので死ねない。死体として扱われて共同墓地に埋葬されるが、幸いにも、そこで息を過剰にもった男――隣人のウインドイナフ氏（Mr. Windenough）をみつける。その男と取引して、ラコブレス氏は無事に息を取り戻す。

事態の緊急性と衒学的な語りのちぐはぐさに起因する笑いは別として、この物語のおかしみは、息を紛失したために次から次へと苦境が襲うという、スラップスティック式の展開にあるだろう。息はまるで所有物のように、生きた人間から切り離されうるものとして扱われている。新婚の初夜明けに夫が妻を罵倒しようとするという状況、寝室でウインドイナフ氏から妻に宛てられた手紙の束がみつかるところから、一種の艶笑譚的な趣きもある(4)。だが何よりも、生命が維持できないはずの状況下で事態が展開してゆく面白さがある。押しつぶされても、耳や内臓を切除されても、絞首刑に処せられても、ラコブレス氏は死ぬことがない。襲いきたる苦境によって、ラコブレス氏の不幸は増幅されるが、それがさらなる笑いにつながっていく。息が失われているために「息の根を止める」ことができない不条理、〈死なない身体〉のおかしさである。

突拍子もない話で、ポーのコメディのなかでも純粋に楽しめるもののひとつであるが、ここには、別の物語なら恐怖や不安をかき立てうる要素が、滑稽な要素として内包されているのを見ることができる。そのうちのいくつかを確認しておこう。第一に、分身関係である。ラコブレス氏とウインドイナフ氏は「ウィリアム・ウィルソン」のようなそっくりな分身ではなく、相互補完的な分身である。ラコブレス氏が小柄で肥満体型である一方、ウインドイナフ氏は長身で痩せ型、ラコブレス氏の失くした息をウインドイナフ氏が偶然拾ってもっている。ラコブレス氏が共同墓地に葬られ、退屈しのぎに他人の棺の蓋を開けて死者についてあれこれと想像を逞しくしているとき出くわした、どこか見覚えのある「死体」がウインドイナフ氏だった。ウインドイナフ氏はラコブレス夫人の元・恋人あるいは現・愛人である疑いがあるため、ラコブレス氏は墓地に相手を認めて心中穏やかでないのだが、その気持ちは同時に、自己の分身に出会ったときの無気味さの感覚——なじみのないものなのにどこか親しい感覚——とも通じている。というのも、この分身は、「影」ともつながりをもっているのだ。ラコブレス氏は、その痩せた長身の「死体」に向かって、「影に同情を寄せるなんてだれが考えるだろうか?」(MII: 71)と相手を腐しているが、「息」を失くす話は「影」を失くす話のヴァリエーションとも解されるのである。(5)

さらに、死刑囚と間違えられて絞首刑になるときの描写には、〈最終の版では削除されているが）もともと不吉な表現が並んでいた。(6) ロープが首を絞めつけてくると、鼓動が早まり、鬱血がひどくなり、（「ある苦境」で首に時計の針が食い込んでくるときと同様に）眼球が眼窩から飛び出してくる。しかし、けっしてそれは耐えがたい感覚ではなかった、と語り手は述べる。

心臓がどくどくと打つのが聞こえた――両手と両手首の血管がいまにも破裂しそうだ――こめかみが猛烈にぴくぴくする――それに、両の眼が眼窩から飛び出しかかっている。だが、それにもかかわらず、そうした感覚はけっして耐えがたいものではなかったと言えば、信じてもらえないだろう。（MII : 78）

さらに、死へと移行する直前の感覚ともいうべきものが語られる。そこでは遠い過去の記憶がよみがえり、その光景が走馬灯のように流れ出す。

あらゆる能力のなかでも、真っ先に失われてしかるべき記憶が、逆に、四倍にも増強されたかに思われた。過去の人生のひとつひとつの出来事が、影のように、わたしの目の前を去来した。生まれた家のレンガのひとつひとつが――幼いころに親指でめくった初等読本の折れたページの一枚一枚が――少年のころ狩りをした森の木の一本一本が――大人になって横切った街路のひとつひとつが――その瞬間、まざまざと目に映った。繰り返そうと思えば、昔学んだどんな

せりふだって、章句だって、名前だって、幕だって、章だって、書物だって、唱えることができた〔…〕(MII : 78)

ここには死を前にした多幸感のようなものが流れているが、これらは喜劇というよりむしろ、恐怖の物語やシリアスな物語に適した表現ともいえる。物語の滑稽味を損ないかねない細部であるため、のちの版で削除されたのも納得できる。

もうひとつ、考えようによっては無気味なのが、ラコブレス氏が息を紛失して寝室を捜索したときにみつかった、奇妙な身体部品――入れ歯一セットにヒップ二つ、目玉がひとつ――である。ラコブレス氏の妻は、ジョン・A・B・C・スミス准将(「使いきった男」)のように、サイボーグなのだろうか?(7)

時計塔から転がる目玉――「ある苦境」

ポーのコメディには、一度読んだら忘れてしまう作品も少なくないが、なかには、意識下に長く残るような作品もある。ダニエル・ホフマンは、そのユニークなポー論において、思春期に彼につきまとったある場面について告白している。それは学校の教科書として使われた分厚いアンソロジーに収められていた、ある物語に由来する。主人公だか誰だかが、高い時計塔に登り、時計の文字盤に空いた穴から首を突き出している。と、そこに刻々と、時計の針が近づいてくる。大鎌のようなその針は首に食い込み、はるか下の舗道にぽたりぽたりと血が滴る。(8) 圧迫によって、やがて右の眼球が飛び出して転がり、その眼球が残った左の眼球を地面から見つめる。自分は苦境にある犠牲者であるが、同時に別のところからそれを観察する傍観者でもある――そんな悪夢のような物語を書くのはポー以外になかろうと思いながらも、ホフマンはそれがどの作品だったか、なかなか突きとめられなかった。「陥穽と振子」("The Pit and the Pendulum") の一節かと思って確かめてみるが、そこには見当たらないのだ。結局、それが「ある苦境」という作品だったとわかるのは、ずっとのちに、ガレージセールでポーの全集ひと揃いを買ったときだった (Hoffman 7-8)。

「ブラックウッド風の記事を書く方法」の一部を成す「ある苦境」は、当時人気を博したイギリスの『ブラックウッド』誌の作風を徹底してパロディ化した、諧謔に満ちた作品である。だれにも経験できないような苦境を経験して、そのときの感覚を記事にするのが売れる記事を書くいちばんの近道だ――そうアドバイスを受けたサイキ・ゼノビアという女性が、エディンバラの街を歩き、教会の尖塔に登る。そのあと発生するのが、ホフマンの悪夢にあるような事態である。センセーショナルな記事を書くためにブラックウッド氏から授けられたアドバイスに忠実でありながら、文章に箔をつけるためにサイキ・ゼノビアがちりばめた引用がことごとく間違っているため、全体が誇張された悪ふざけの調子で一貫しているのがこの作品の面白い点だが、ここには不安を誘う要素もまた現われている。まず、サイキ・ゼノビアは、教会の高く聳える尖塔を目にしたとき、登らずにいられない衝動に駆られる。

なんたる狂気がわたしにとり憑いたのだろうか？　なにゆえにわたしは宿命に向かって突進したのだろうか？　わたしは、その目も眩むような小尖塔に登って、町の広大な眺望をたしかめたいという、抑えがたい欲望にとらえられてしまったのだ。聖堂の扉は誘いこむように開いている。わたしの運命が勝利を占めた。（MII : 349）

ここで彼女を突き動かすのは、まさしく「天邪鬼の精神」である。切り立った断崖の縁に立ち、はるか下を覗き込みたいという欲望と同じものがここにはある。また、塔に足を踏み入れ、螺旋階段を上ってゆくときの、眩暈に満ちた感情も描かれる。旋回しては上昇してゆくその螺旋は、どこまでも尽きることがない。だが、そのてっぺんはもしかしたら、偶然か、あるいは故意に、とり外されているのではなかろうか——そういう思いに彼女はとり憑かれるのだ。

階段は、ついに果てることがないのではないかと思われた。螺旋！　そうだ、それは旋回してはのぼり、旋回してはのぼり、ついにわたしは〔…〕推量せずにはいられなくなった——推量せずにはいられなかったのだ。この果てしない螺旋階段の上端は、偶然か、あるいはおそらく故意に、とり外されているのではなかろうか。（MII : 350）

ここにあるのは、渦巻きの夢想と落下の夢想である。エディンバラの教会の尖塔は、螺旋階段と機械装置から成るピラネージの牢獄のイメージと重なっていて、ゴシックの無気味さを漂わせる。(9)しかし、その無気味な感じも、すぐに滑稽な調子に切り替わり、物語は先へと進む。鋼鉄の長針が首に食い込んだサイキ・ゼノビアは、「完全な幸福」を感じ、さらには恐怖を感じる。いまや眼球が飛び出そうとしているのだ。転がっていった片方の眼球と、そのあとを追うもう一方の眼球は、示し合わせたように、いっしょになって転がっていく。ついに首が落ちて通りに転がっていったとき、奇妙な問いがゼノビアを襲う――はたして頭がわたしなのか、胴体がわたしなのか。

この物語のおかしさは、こうした異常事態の無気味さや恐怖を括弧に入れる、〈現状の肯定〉にあるだろう。センセーショナルな記事を書くことが第一の目的であるため、生命の危機に瀕しても、事態を観察し記述することが優先され、生命体としての「死ぬ」という出来事は忘れられている。同じく切れ味鋭い大鎌が迫ってくる「陥穽と振子」であれば、語りを成立させるために、主人公は間一髪で危機を免れる。「ある苦境」がコメディである所以は、間一髪という事態がそのまま通過され、語り手が自己の死を忘れているところだ。眼球が転がり落ち頭部が切断されたゼノビアの語りは、どこから発しているかが不明であり、そこには奇妙な不安定さ、浮揚感がある。理論上は、肉体的に存続不能な状態になっていながら、ゼノビアが、「頭部が自己なのか、胴体が自己なのか」という形而上的な問いに気をとられるところもナンセンスである。最後に「一巻の終わり」(I have done.)となるが、まさしく語りの終わりと、(現実的に考えた場合の)生命の終わりがずれている。崖の突端で足場がなくなってもしばらくは歩みを止めず、足元が空虚だと気づいた瞬間に落下する漫画の人物と同様の笑いがここにはある。

「人間離れ」した勇者――「使いきった男」

ブガブー およびキカプー族インディアンとの戦闘で勇名を馳せた特別進級の准将ジョン・A・B・C・スミスは、非の打ちどころのない人物だ。体格といい、物腰といい、声といい、歯といい、髪といい、髭といい、どれひとつとして完璧でないものはない。好奇心をかき立てられた語り手は、いったい彼はどういう人物なのか、知人たちに聞いて回る。みな一様に、「不世出の勇者」「恐れを知らぬ闘士」「不滅の名声」「命知らずの猛者」と賛嘆の言葉を繰り返すが、肝心の情報は得られない。当のスミス准将はというと、彼は謙虚にもみずからの武勲については語らず、ひたすら偉大なる発明の時代である当世の機械テクノロジーを称えるばかり。業を煮やした語り手が准将の邸に訪ねていくと、早朝のことで、准将はまだ仕度ができていないらしい。寝室に通された語り手が目にしたのは、床に置かれた奇妙に大きい包みだった。包みのなかから、黒人の使用人に指示をする声が聞こえる。取り出された脚や腕や肩が順番に組み立てられ、目が嵌められ、口蓋が収まると、ついにはジョン・A・B・C・スミスその人の姿が現われた。

この作品は、当時の政治状況を諷刺するもので、ジョン・A・B・C・スミスは、一八一三年のテムズの戦いで先住民の名高い酋長を殺し、みずからも重傷を負ったという経歴のある、リチャード・M・ジョンソン副大統領であるという説がある（Whipple 81-95）。しかしながら、そうした背景に通じていなくとも、アポロの彫像にも優る完璧な均整を称えられた人間が、そもそも人工的な部品の集積体だったという結末には、皮肉の効いたユーモアがある。「人間離れした」人間というのは、じつは人間ではなかった、という話である。語り手は、この神秘的な人物の背景を知ろうと知人を巡り歩くのだが、つねに同様の断片的賛辞を聞かされ、肝心の情報になると決まって邪魔が入り中断されるという点にも、コメディの常套である、反復による誇張の面白さがある。

ところで、この作品でも、先の二つの作品と同様の、身体損傷のモチーフが重要となる。ジョン・A・B・C・スミスは、血なまぐさい戦闘で四肢を切断され、頭皮を剝がれ、目玉をえぐられ、舌を切り取られたらしい。しかし、それにもかかわらず――サイキ・ゼノビアが首を切られても死なず、ラコブレス氏が解剖されても自己を保っているように――ジョン・A・B・C・スミスも〈死なない人間〉なのだ。彼は初対面の語り手になぜか奇異な印象を与えるのだが、語り手はそれを「注目すべき何か」という以外には表現できない。彼を人間離れした人物にしている所以の「何か」があるのだ。それはちょうど、ライジーアの神秘的な美について、語り手が名指すことができないのと同じである。(10)

たったいま述べた注目すべき何かが――わたしの新しい知己にただよう得体の知れない奇妙な雰囲気が――彼のこのうえなくすばらしい肉体の造作に、全面的に、いや少なからずは、起因

> するとは、どうも信じきれないのだ。ひょっとしたら、それは物腰のせいだろうか――いや、そうともいい切れない。彼の身のこなしには、堅苦しさとはいわないまでも、整然としたところがあったのはたしかで――いくぶん四角ばった精確さとでもいうべきものが、その一挙手一投足につきまとっていた。(MII : 380)

彼の動きにはどこか整然とした硬さがある。それは機械的な硬さ、精確さといってよいだろう。人間なのか機械なのかわからない、生命体なのか無機物なのかわからないという事態は、無気味なものの基本的状況である。知人たちが一様に、ほぼ同じ言葉で准将を褒め称えるのも、機械じみた感じを与える。語り手は、准将を訪問したときに、包みの中身が徐々に形を整えるのを目にすることになるが、語り手は包みのなかからの奇妙な声の主を、「もの」(the thing)と呼ぶしかない。

人間とは呼べないものから発せられる声は、催眠術を解かれたヴァルドマール氏から発せられる声と同様の、無気味さを帯びているのではないだろうか。

笑いにおける不安・恐怖をかき立てる要素

諷刺を含んだコメディに分類されるポーの三作品において、グロテスクで恐怖をかき立てるような事態が笑いを生んでいること、不安に通じるような無気味の要素が含まれていることを確認した。死や身体切断のような、不安・恐怖をかき立てる主題が、笑い・ユーモアの物語に現われるとき、それをおかしいと感じさせるメカニズムとはどういうものなのか。また、コミカルな物語に顔をのぞかせる不安や無気味の要素は何を表わしているのだろうか。こうした問題意識のもとで、ここで改めて、三作品から抽出できる笑いの要因について整理しておこう（ここでも、笑いにおける、時事的な事象や特定対象へのあてこすりといった、諷刺や皮肉の側面については脇に措く）。

① 死なない身体

容易に気づかれる特徴だが、三つの作品はいずれも〈死なない身体〉を扱っている。サイキ・ゼノビアは眼球が外れ、首が切り落とされても、観察する自己を保持している。ラコブレス氏は息を紛失しても生き続け、はぐれてしまった息を取り戻すまで苦難を乗り越え奮闘する。ジョン・A・B・C・スミスは激しい戦闘で全身の器官を失っても、代替の人工部品によって見事に社交を続けている。登場人物の人間離れした不死身は「度が過ぎた感じ」を与え、笑いを生む要因となる。

② 身体性、モノ性の強調

人間が身体にとらわれた存在であることは、多くの喜劇の利用する根本原理である。どんなに高邁な精神の持ち主でも、バナナの皮で滑れば、肉体をもった「ただの人間」なのだ。ポーの作品においても、登場人物の身に降りかかる数々の災難が、彼らが身体をもつ存在であることを際立たせる。いくら博識ぶりを発揮して形而上的思考を展開しても、衒学を気取ってラテン語をちりばめて

■心理・質的研究

能智正博 編集代表,香川秀太・川島大輔・サトウタツヤ・柴山真琴・鈴木聡志・藤江康彦 編

質的心理学辞典

質的探究の「いま」を概観し理解するための1098項目を精選。多様な学問的背景をもつ人びとの対話と協働を促す必携の書！

ISBN978-4-7885-1601-4　A 5 判 432 頁・本体 4800 円＋税

杉浦京子・金丸隆太 編

スタディ&プラクティス はじめての描画療法

描画療法の基礎知識や理論，解釈の留意点，近年の研究課題や実践例等をわかりやすく懇切に解説。初学者にオススメの入門書。

ISBN978-4-7885-1594-9　四六判 160 頁＋口絵 6 頁・本体 1800 円＋税

横田正夫

描画にみる統合失調症のこころ アートとエビデンス

統合失調症の人びとが描いた絵に共通する特徴とは？　患者さんが実際に描いた約80点の描画を収載。障害像の解明を試みる。

ISBN978-4-7885-1593-2　A 5 判 160 頁・本体 2200 円＋税

川野健治・勝又陽太郎 編

学校における自殺予防教育プログラムGRIP《グリップ》 5時間の授業で支えあえるクラスをめざす

子供の自殺予防に効果的なプログラムを豊富な図表とともに具体的な実施方法をていねいに解説。教材はオンラインで入手可能！

ISBN978-4-7885-1596-3　A 5 判 136 頁・本体 1800 円＋税

熊谷高幸

「心の理論」テストはほんとうは何を測っているのか？ 子どもが行動シナリオに気づくとき

「心の理論」テストを子どもはどんな視点で捉えているか？　集団の中で生活しはじめた子どもの心のあり方を詳細に読み解く！

ISBN978-4-7885-1597-0　四六判 232 頁・本体 2200 円＋税

ティム・ラプリー／大橋靖史・中坪太久郎・綾城初穂 訳

会話分析・ディスコース分析・ドキュメント分析【SAGE 質的研究キット7】

ドキュメントや音声・ビデオデータのとり方と分析の実際，ノウハウを，質的研究初心者も挑戦できるよう具体的・実践的に解説。

ISBN978-4-7885-1599-4　A 5 判 224 頁・本体 2400 円＋税

■日本文学・心理療法

原田広美

漱石の〈夢とトラウマ〉 母に愛された家なき子

作家になる夢を実現させた漱石は，生育史の中でトラウマも抱えた。その関係を鮮やかに分析した女性心理療法家による本格評論。

ISBN978-4-7885-1598-7　四六判 284 頁・本体 2800 円＋税

■新刊

小林 盾・川端健嗣 編

変貌する恋愛と結婚　データで読む平成

少子化が続く現代。男女の恋愛・結婚事情に変化は起きているのか。全国1万2000人のビッグデータから，恋愛・結婚・家族についての経験と心理を克明に分析。その多様性と不平等を実証的に解明した日本における初めての大規模恋愛レポート。

ISBN978-4-7885-1630-4　四六判282頁+口絵4頁・本体2500円+税

武田俊輔

コモンズとしての都市祭礼　長浜曳山祭の都市社会学

縮小する地方都市の伝統は現代においていかに継承されるのか。近世以来の祭礼を通じて負担と名誉を分ちあう「町内」社会の変容とダイナミズム，観光や文化財行政を通じて編成される都市のネットワークを，コモンズ論の視点から分析する気鋭の挑戦。

ISBN978-4-7885-1629-8　A5判332頁・本体4600円+税

坂本佳鶴恵

女性雑誌とファッションの歴史社会学　ビジュアル・ファッション誌の成立

an・anとnon・noの創刊は女性雑誌の大きな歴史的転換点だった！「女の子」文化の展開とジェンダー，女性読者の拡大とアイデンティティ，女性の消費主体化とファッションへの欲望など，明治大正の婦人誌から1990年代ビジュアル・ファッション誌に至る流れを俯瞰する。

ISBN978-4-7885-1610-6　A5判392頁・本体3900円+税

大野光明・小杉亮子・松井隆志 編

運動史とは何か　【社会運動史研究1】

戦後史のなかで，無名の人々や学生が生活・労働・学問の場で巨大な力の支配に抗ってきた営みを，社会運動史に再構成する新たなメディア。史料に残されなかった社会運動の現場の出来事や語りに注目し，社会学・歴史学の専門領域を超える関心と手法とは何か。

ISBN978-4-7885-1609-0　A5判136頁・本体1500円+税

日本質的心理学会 編

質的心理学研究　第18号　【特集】ゆるやかなネットワークと越境する対話―遊び，学び，創造

既存の枠組みを越えゆるやかにつながるネットワーク，異質性や多様性を生かした創造的な活動がさまざまな社会課題や矛盾を乗り越える試みとして注目されている。特集は，質的研究ならではの強みを生かし多様な視点からその可能性を問う8論文を掲載。

ISBN978-4-7885-1617-5　B5判304頁・本体3300円+税

みても、彼らは身体から解放されることはない。むしろ、それぞれの身体部位が、当人とは別個の独立したモノ性を保持していることが強調されるのが特徴だといえる。機械と生きた人間との混同・混乱も、笑いの要因となる。(11)

③　アイデンティティの不確定性

取り違えや不一致は、一般的な笑いの要因である。三作品においても、自分（あるいは相手）は何者なのか、ということとの不確定と混乱が、笑いの要素の一部を構成している。「使いきった男」においては、ジョン・A・B・C・スミスはいったい何者なのかというのが中心的主題だが、語り手についても、そのアイデンティティは不明確である（語り手はスミスによって「ミスター・トムソン」と呼ばれるが、それは語り手の名前ではない）。「ある苦境」においては、頭と胴体のどちらが「わたし」なのか、という自己のアイデンティティの問題が提起されるほか、サイキ・ゼノビア自身が名前を呼び違えられることへの不満を最初に口にしている（"I am *not* Suky Snobbs."）。「息の紛失」では、ラコブレス氏は自分を生きた人間として扱ってもらえないだけでなく、死刑囚とも間違えられる。三作品に共通して、アイデンティティの不確定、取り違えのモチーフが使われている。

④　言語の比喩性と原義の浮上

三作品とも、比喩的・慣用的意味をもつ表現が、字義通りの意味となって立ち上がってくるのが確認できる。「ある苦境」では、「時の大鎌」(Scythe of Time)が時計の針としてまさしく物理的に近づいてくる。「息の紛失」では、「息を切らす」("I am out of breath." "I have lost my breath.")という日常表現が、字義通りの出来事として主人公を襲う。「使いきった男」では、"used up" という慣用表現(当時は「よく話題にされる、噂になる」の意味でよく使われた)が、「精根尽きる、使い尽くされる、用済みになる」の意味をもたらす。「目」(eye)を使った「なんとまあ!」("my eye!!")という語り手の感嘆表現が、あとにつづくスミスのせりふによって、文字通り「眼球」の意味に転移する箇所("O yes, by-the-by, my eye — here, Pompey, you scamp, screw it in!")もおかしみを生じさせる。こうしたところに、言語が慣習的用法から離脱して自由になる快感が生じている。このほかにも、純粋な言葉遊びの楽しみ、洒落やジョークは、これらの作品の基調をなしている。

⑤ 固有名とその一般化

人物の名づけの法則は、悲劇と喜劇では異なる。[12] ポーにおいては、「ライジーア」「アッシャー」「レノア」など、言い換え不能な固有名は、その人物がロマン主義的人物であることを示しているが、コミカルな物語においては、名前が一般名詞的な意味合いをもつ。サイキ・ゼノビアはSuky Snobbsという名前と間違われることを心配しているし、ラコブレス氏(=息無氏)というのは即物的な名づけである。ジョン・A・B・C・スミスというのも、ポカホンタスの物語が仄めかされているとはいえ、ごくありきたりの名前にA・B・Cがついたもので、個別の人間というよりは、記号としての無機的な人間であることを意味している。このことは、これらの人物が類型であることを示しており、苦境に陥る人物を扱う笑いに必要な距離感を生むのに役立っている。

さて、これらの要素は、どういう点において無気味さとつながりうるだろうか。前記の五つの特徴は、文脈が異なればそれぞれ無気味の要素にもなりうることは、ポーの別の作品と照らし合わせることによって理解されるだろう。①〈死なない身体〉は、ポーが「アッシャー家の崩壊」「早まった埋葬」などで扱った、生きながらの埋葬の主題と共通する。②身体性、モノ性の強調については、「告げ口心臓」の老人の目やベレニスの歯、ヴァルドマール氏の身体との関連性が思い浮かぶ。③アイデンティティの不確定性については、ただちに「ウィリアム・ウィルソン」が浮かぶだろう。④言語の比喩性と原義の浮上については、「アッシャー家」（the house of Usher）が館と家系をともに表わしていること、「崩壊」（fall）が物理的倒壊と家系の終焉をともに意味していることが思い出される。⑤の固有名とその一般性については、たとえば「プルートー」（Pluto）と名づけられた猫は、その名によって冥界の王たる本性を予兆し、「赤き死」（Red Death）は疫病の名前、かつ、その化身であった。これらは一種のアレゴリー的な作用をもつ名前である。

人間の有限性と笑い

無気味と笑いに関係があることは、かねてから指摘されている。よく知られるところでは、フロイトが「ユーモア」（一九二八年）の冒頭で挙げる「死刑台のユーモア」（gallows humor）がある。これは、絞首台に引かれて行く罪人のエピソードである。刑の執行が月曜のことで、道すがら、この罪人が「ふん、今週も幸先がいいらしいぞ」と言ったとすれば、そこにはユーモアが生まれる。フロイトによれば、死や病気や戦争などの暗い話題にかんするユーモアとは、超自我が苦境におかれた無力な自我に「そんなことは何でもないよ」と励ます機能をもつ。「無気味なもの」（一九一九年）においても、フロイトは、無気味なものが笑いの対象にもなりうる例を記している。フィクションの例として挙げられているのは、マーク・トウェインが旅先の宿の真っ暗闇で何かを探そうとして決まって同じ家具にぶつかるという、誇張されたドタバタ風のユーモアであり、オスカー・ワイルドの「カンタ―ヴィルの幽霊」の愉快な幽霊である（フロイト「無気味なもの」三四四、三五六）。

無気味なものが笑いと通じているということは、現実でもフィクションでも、実例としてはよく知られており、先にみたように、ポーにおいてもそのつながりが指摘しうる。しかしながら、どういうところで両者はつながっているのかということについては、じゅうぶんな議論はなされていないのではないだろうか。フロイトのいう超自我の機能ということで説明がつくケースもあるが、そうではないケースもありそうだ。少なくとも、ポーの三作品にみられるような笑いと無気味の関連は、そのような説明では理解しきれない。この点にかんしては、ラカン派の理論家アレンカ・ジュパンチッチの議論に触発されるところが多いので、ジュパンチッチの喜劇論から関連する部分を簡単に抽出し、紹介しておこう。

「精神的なものが本義となっているのに、人物の肉体的なものにわれわれの注意を呼ぶいっさいの出来事は滑稽である」というベルクソンの命題（『笑い』五四）にあるように、人間は神ではなく、「ただの人間にすぎない」（"Man is only man."）――欠点や弱点をもっている――というのが笑いの源である、と一般的に理解されている。だが、ジュパンチッチは、それだと単純すぎるとし、それに加えて逆の説も提起する。喜劇や喜劇的なものが教えているのは、「人間はけっしてただの人間ではない」ということ、「人間の有限性は、自身の身の丈に合わない、その有限性に見合わない情熱によって、大いに浸食されている」ということではないのか――じつは笑いとは、「人間はただの人間ではない」（"A man is not a man." "A man is inhuman."）ところに生じるのではないか――というのである（Zupančič［2008］49）。もちろん、通説のように、人間がただの人間にすぎないというところに笑いがあるのはたしかだ。肉体を離れた高い精神性をもつはずの人間が、肉体をもつ人間の限界を露呈するというのは滑稽である。だが、それとは逆に、肉体をもつ存在である人間が、肉体の限界を突き抜けてしまうところにも笑いは生じる。喜劇の人物はたいてい度を超している。過剰である。死んでいるのにぴくぴく動いてしまう。喜劇的人間がもっている欠点や弱点、途方もなさというのは、彼らが「ただの人間ではない」というところ――彼らが自分自身を超えてしまっているところ――にもあるのである。

ジュパンチッチによれば、真の喜劇的精神とは、「無限性の物理学」（physics of the infinite）である。一般に、人間は有限の存在で、限界（精神分析学的観点からいうと、欠如または去勢）を受け入れて生きているとされる。だが、わたしたちの有限性は、常にすでに「失敗した有限性」である。つまり、人間の有限性には穴が開いているのである。有限性から洩れ落ちたものは、ラカンによれば「対象a」と呼ばれるが、この「失敗した有限性」の隙間を通して、人間を超えたものが飛び出してくる。それが喜劇の糧になるのである。

ジュパンチッチのこの説は、先に論じたポーの作品にみられる、〈死なない身体〉の笑いを説明する議論として有効と言えないだろうか。異常な出来事、危機的な出来事が起こっても、登場人物は基本的にはそれを受け入れる（息の紛失、時計の針による斬首、戦闘による致命傷）。これらの人物は、なぜそうなったかという因果律には無関心で、継起する現実の事象への対応に気をとられる傾向があり、結果として、楽天的であり、自分が死んでいることにもうっかりして気がつかない。こうして、「生きている死体」という余計なもの、過剰なものが、世界内に平然と居すわる。欠如すべきものが欠如していない――「欠如の欠」が受肉したかたちをとる――のが、死体にまつわる滑稽さなのである。

欠如すべきものが欠如していないという事態は、無気味なものが生じる要件でもある。「ウィリアム・ウィルソン」では、同名のライヴァルは、語り手のウィルソンの身に名指すことのできない何かが付け加わった存在だ。そういう過剰な何かの接近は、不安の念を呼び起こす(13)。一方、喜劇の場合、その余計なものをあたかも当然のように受け入れているところに、おかしみが生じているのである。

「超人間」が生む笑い

ポーにおける喜劇、ユーモアに分類される作品のうち、時代性や社会性を括弧に入れて読んでもじゅうぶん面白いと思える三作品をとりあげ、その笑いの特徴と無気味さの共存を指摘した。ポーにおいて、生きながらの埋葬、臨死の感覚、死後の意識といった、恐怖やグロテスクの物語に頻出する主題が、ユーモアのある作品にも使われていることを確認し、無気味さと笑いの関係について、ジュパンチッチの議論を援用して考察した。〈死なない身体〉とは、世界内にありえないものが世界内に入ってくる、あるいは居すわる、その過剰性に由来する笑いであると考えることができる。身体という限界をもった「ただの人間」ではなく、身体の限界を超えた「超人間」が生む笑いを、ポー作品のなかに指摘できたと思う。

ポーの笑いには、同時代の雑誌や作家を揶揄するものが少なくない。本章で取り上げた作品にも、そういう辛辣な笑いや侮蔑的な笑いは含まれている。だが、ポーのコミカルな作品が時代を超えて読み継がれるとすれば、それはこうした、「ただの人間」を超えた、超人間的な笑いが含まれるからではないだろうか。それはさらには、非人間的な笑い、まったくの「非 - 意味」の笑いにまで至る。ポーの笑いは、人と人とを結びつける機能をもつような、共感を呼ぶ笑いではなく、人間が人間を離脱するような、反ヒューマニズムの笑いといえるかもしれない(14)。

第Ⅳ部　宇宙へ向かう想像力

第九章　『ユリイカ』における限界の思考——科学の言説と詩の言語

ポーの展開する宇宙論

『ユリイカ』（*Eureka* 一八四八年）は、ポーがそれまでさまざまの作品で描いてきた〈限界〉〈向こう側〉をめぐる光景や思考を、宇宙論として極限まで突き詰めた作品である。〈始原〉〈無限〉〈全体〉〈無〉〈終焉〉といった概念なり状態なりを、科学的な推論を積み重ねて一貫性のもとに語ろうとする試みとは、いったいどのような意味をもつ試みなのだろうか。どうして彼はそれを「散文詩」（prose poem）と呼び、かつ「**真理の書**」（Book of Truths）としたのか。ポーが展開する宇宙論は、〈限界〉を超えて〈無限〉に到達するための独特の飛躍を含んでいる。本章では、その乗り超えについて考えたいと思う。

〈無限〉の定義

「総体」としての宇宙、その成立、を語ろうとすると、わたしたちはたちまち困難に出あう。なぜなら、全体性を想定したとたん、その「外」を想定せざるを得ないからである。「始まり」についても、ことは同様である。「始まり」とはそれ以前の何かの終わりであるなら、その「何か」の始まりを問わずに「始まり」を語ることはできない。このように、宇宙を語ろうとするときに必ず頭に浮かぶ一群の概念は、際限なくわたしたちの理解を逃れてゆく。だが、また同時に、それらの問いは、古代から人を惹きつけてやまないものでもある。ポーはこの問題をどう扱ったのだろうか。

有限の世界を超える無限への憧れは、ロマン派の特徴のひとつである。周知のように、ポーもその詩論において、「星を求める蛾の願い」「天上の美に達せんとする狂おしい努力」を、人間の美的な渇望として挙げていた。だが、『ユリイカ』においては、ポーは「無限」という概念なり言葉なりを扱うのに非常に慎重である。

> そこで、ただちに、空の空たることば「**無限**」からはじめるとする。これは「**神**」とか「霊」とかいったことばと同様に、あらゆる言語に同類が存在するが、それはけっしてある観念の表現ではなく、ある観念をめざす努力の表現なのである。それは把握不能な観念を把握せんとする、はかない努力の表出にほかならない。人間はこの努力の方向を示唆することば――その背後にこの試みの対象が永遠に隠蔽されている雲を示唆することば――を必要としたのである。
> (*Eureka* 17-18)

ポーはここで、「**無限**」(Infinity)を「空の空たることば」(that merest of words)とし、「無限」という言葉で指し示されるものがあるともないとも言わず、無限なるものは「考えられない」し、無限があるとか限界があるとかを論証しようとして知性の境界を曇らせてしまうのは愚かしいことだとしている。したがって、「無限の空間」というときには、「考えうるかぎり最大の空間の広がり」を指すものとし、通常考えられている宇宙に「**星の宇宙**」(Universe of Stars)という言葉をあて、「本来の**宇宙**」(Universe proper)と区別しているのである。

無限についての観念を形成しようとしても、逆に有限についての観念を形成しようとしても、挫折せざるをえない。それは、カントが『純粋理性批判』で第一のアンチノミーとして論じた問題でもあった。カントによれば、「世界は時間的・空間的に有限である」というテーゼと、「世界は時間的・空間的に無限である」というアンチテーゼは、同時に成り立ってしまう。なぜなら、世界が始まりをもたないとすれば、現在までに無限の時間が経過したはずであり、過ぎ去った時間が少なくとも現在までで完結しているということと矛盾する。したがって、世界には始まりがなければならない。だが、世界の始まりがあるとすると、その前には世界が存在していない状態があったはずである。存在していない以上、そこには空虚な時間だけがあったことになり、そこでは、ある始まりを区切りとするような区別はないはずである。したがって、世界が始まりをもつという根拠は存在しないということになる。(1) ポーが直接カントのこの議論を読んでいたという証拠はないが、伝統的な形而上学の思考が陥らざるをえないパラドクスに、ポーもまた取り組んだということになる。(2)

単一なる状態から多なる状態へ

フィクションにおいて、ポーは語り手をしばしば「世界の果て」「時間の彼方」へと連れていった。たとえば『アーサー・ゴードン・ピムの物語』では、南下をつづけたピムが巨大な真白い姿のものに遭遇し、そこで日誌はぷっつり途絶えてしまう。原理的にみれば、「世界の果て」の経験とは時間・空間を超えた経験となるはずであり、空虚な経験となるほかはない。そのとき、世界に果てがあるかどうか、あるとしたらどういうものかという問題があるのではなく、「経験」ということ自体がそもそも不可能なのである。時空を超えたものは、人間に現象として現われることがない。そのことを『ピム』はラディカルな形で示していた。『ユリイカ』においては、ポーはまず、出発点として、無限をあくまでも「可能的な無限」「数学的な無限」として考える立場をとり、議論を進めていく。

『ユリイカ』は、序文のあと、未来（千年後の西暦二八四八年）の日付のある一通の手紙を入手したとして、その手紙の引用から始まる。そのなかで、人間が古くから論拠としてきた議論の方法である、演繹法と帰納法の二つのいずれか一方にこだわることを、アリストテレスとベーコンを引き合いに出し、ともどもに揶揄している。そしてポー自身は、あとにつづく宇宙論の本体において、両者を組み合わせ、物理学・天文学上の知見に基づくア・ポステリオリな議論（経験論）と、論理学、形而上学の法則に導かれるア・プリオリな議論を織り交ぜながら、話を展開していく。そして、とくに「直観」に価値を置き、直観とは、演繹ないし帰納に由来するがその過程が判然としないために意識にのぼらず理性をすりぬけているものだとする。ポーの直観によれば、最初の創造物は単純さ（Simplicity）の極致にある状態の物質であり、宇宙はその単一なる状態から多なる状態に拡散した姿をとっている。この拡散の力（斥力）の反作用が、われわれが「原理」（principle）と認める重力（引力）である。重力が観察されることにみられるように、原初の創造の行為はすでに終わっており、現在は反作用の段階にある。万象は多なる状態からふたたび一なる状態へ回帰するであろう――。

専門家によれば、ポーの宇宙論のなかには、後世の物理学を予見する明察もあれば、当時の科学の諸説からしても誤解とみなさざるをえない推論もあるようだ。だが、ここでは細部の論証の正否は脇におくこととする。

ふたたび原初の単一へ

さて、物理学、天文学、数学、哲学、論理学を総動員して、最終的にポーの議論は、宇宙が「原初の単一の状態」へと戻っていくという論点にまでたどりつく。著者としては、もっていきたい結論はみえているのだが、読者がついてこられるように、ポーはここまでの議論において、ところどころ激した部分を含みながらも、全体としては、つとめてコントロールされた明晰な語りを維持してきた。また、何度か「向こう側」をちらちらと覗かせながらも、それを「謎」として暗示するにとどめてきた。ところが、最終部で「仮説」を提示するにいたって、明らかに、調子や語法が変化をみせてくる。

そのあかつきには、測り知れぬほど底なしの深淵のいくつかで、想像を絶する太陽群があかあかと燃えさかることだろう。しかしこのすべても大いなる**終焉**を予告する前奏としての荘厳さにすぎなかろう。この**終焉**に較べれば、さきにわたしが描いた新しい創世の物語など、まことに取るに足りない戯言《たわごと》にすぎまい。凝縮をつづけながら、諸星団はますます猛烈に加速された速力で、共通の中心めがけて突進する――そしていまや、みずからの物質的雄渾さと全一《ワンネス》に帰さんとする精神的渇望にのみ見合う、電気の千倍もの速力で、**星**族の荘厳なる残党はついに閃光を発して一つに融合するのである。この避けがたい破局は間近い。(*Eureka* 100)(傍線は引用者)

議論の冒頭なら、ポーが使用するのに慎重を期していた(あるいは、留保をつけていた)はずの、最高の強度を伴う言葉――「測り知れぬほど底なしの深淵」(unfathomable abysses)、「想像を絶する太陽群」(unimaginable suns)など――が大胆に用いられ、終末のイメージとして燦然と輝きを放ち始める。ここにひとつの大きな飛躍がある。飛躍は、論理のみならず文体にも表われているのだ。さらに終末の予想図は進む。単一になった巨大な塊は真の終焉ではない。単一に戻る瞬間に、引力と斥力はなくなる。そもそも、「引力と斥力によってのみ物質は人間の意識に顕在しうる」のであり、「物質は引力と斥力としてのみ存在」する。したがって、その前提からすれば、引力と斥力がなくなるということは、すなわち、物質を構成するものがなくなるということである。物質は消失し、神の意志が創造をはじめた、原初の無が訪れる。

> **物質**がついに**エーテル**を排除して、絶対的な**単一**に復帰するあかつきには——**物質**は（しばらく逆説的な言い方をすれば）**引力**もなければ**斥力**もない**物質**——別言すれば、**物質**を有さぬ**物質**——さらに別言すれば、もはや**物質**ではなくなるのである。**単一**に沈みゆくにさいして、**物質**は同時に、**有限なる知覚力**が知覚しうるかぎり**単一**がそうあらねばならぬところのかの**無**に——そこからのみ**物質**が喚起され——それからのみ**神の意志**によってそれが創造されたとしか考えられない**物質的虚無**に——沈みゆくのである。（*Eureka* 102–103）

ポーはここにいたってもまだ立ち止まりはしない。まだ先がある。あらたな創造、あらたな放射、あらたな回帰がつづくというのである。その過程は「永遠に、永遠に、永遠に」つづく。

しかし、ここで万事が終わるのか？　そうではない。**宇宙的**規模の凝縮と消滅について、われわれがただちに考えうることは、新たな、そしておそらくはまったく異質な一連の状況が——再度の創造と放射と自己復帰が——再度の**神意**の作用と反作用が——つづいて起こるであろうということである。諸法則に卓越する、かの普遍法則である周期性なる法則に想像力をゆだねて、ここにあえて考察してきた過程は永遠に、永遠に、永遠に反復され、**神の心臓**が鼓動するたびごとに、新しい**宇宙**が悠然と出現し、また無に打ち沈んでゆくという信念をいだいて――あるいは、そういう希望にふけって――いけない正当な理由があるだろうか？（*Eureka* 103）
（傍線は引用者）

これがポーの宇宙論の結論である。神の心臓（the Heart Divine）が鼓動を打つごとに、ひとつの宇宙が生まれては、また無に帰してゆく。これが永遠に繰り返される。この結論は、最初から直観としてそのイメージをポーが感知し、それを証明する助けとなる事実なり推論なりを諸学問から集めて全体像としたものではないかと想像される。が、この結論を性急に示せば、読者には、汎神論の一種か、あるいは偏執狂の譫言《うわごと》と受け取られかねない。それを避けるために、読者が一気に読み通せる長さのものを書くことを信条として掲げたポーが、これだけの紙数を費さねばならなかった。そして説得せねばならなかった。『ユリイカ』を、人をかつぐ話（hoax）と論ずる向きもあるが、ポーの語調は真剣である。

『ユリイカ』が「詩」であるために

さて、理屈からいえば、ここで議論が閉じられてもおかしくはない。だが、そうはならなかった。

さらにつづけて、ポーは、この「神の心臓」とは、「われわれ自身の心臓にほかならない」と断言する。ケネス・シルヴァーマンの伝記によると、ポーの講演を聞いて感銘を受け、『イヴニング・エクスプレス』誌に好意的な記事を寄せた神学者のジョン・ヘンリー・ホプキンズは、後日出版社で『ユリイカ』の原稿を目にし、そこに講演にはなかった部分が付け加えられているのを知ってぎょっとする。講演は、「神の心臓の鼓動とともに新たな宇宙が生まれては消滅してゆく」という「崇高な思考」で閉じられていた。だが、ポーは、けっして滅びることのない自己があり、それが神とともに存在し、神と同一の性質を分有する、というヴィジョンを付け足している（Silverman 341）。ホプキンズはそれを、「科学的にみて」根拠のないものとし、最初に物質の放射を有限のものとしていたポーが、それを無限なる神の放射と同一視することは「科学的な自殺行為」に等しく、またキリスト教にとっては、その汎神論は異端のそしりを免れないとする。

だが、まさしくこの付け加えられた部分こそが、『ユリイカ』という作品をいっそう独特のものにしている部分ではないか。結論部のあとに添えられたその部分の意味を考えるとき、ポーが「大鴉」の成立事情を明かしている「構成の哲理」（"The Philosophy of Composition" 一八四六年）が示唆を与えてくれる。よく知られているように、この詩は、「わたし」が大鴉に、失われた恋人レノアに来世の遠い国でふたたび逢えるかどうかを問い、それにたいして大鴉が "Nevermore." と応えるところでクライマックスを迎える。「物語」としてはそこで完結しているのだが、ポーは、そこで終わっては「露骨で生硬すぎる」とし、それが「詩」であるために、あとの二連が必要だったのだと説明している。それとちょうど同じことが、ポーが「詩」として読まれたいとする『ユリイカ』にもあてはまるのではないか。「神の心臓」の鼓動、その無窮の運動、それを分け持つ存在としての自我、という結論でもって、じつはポーの宇宙の物語は完結している。しかし、そこにはさらに複雑さ、暗示性といった「意味の底流」をなす部分が必要である。完結を破る「意味の過剰性」が要求されるのだ。「大鴉」において最後の二連が付け加えられたのと同様に、『ユリイカ』においても、結論のあとに、完結を破る「意味の過剰性」ともいうべき、二つのまとまりがさらに付け加えられている。

そして、読者としてほんとうに戦慄させられるのは、そのあとの、この宇宙論の結論の依拠する「霊的な幻影」(spiritual shadows)について語られるところ以降なのである。つまり、『ユリイカ』の宇宙論本体の結論のあとに付された最後の二つのまとまり――〈記憶〉および〈預言〉と呼ぶことにしよう――は、その暗示性をもって、『ユリイカ』全体に浸透し、それを支配する。そのことについて考えることは意義のあることと思われる。

大文字の真理(Truth)と昇華

この最後の二つのまとまりは、それまでの叙述とのあいだに、ある根本的な断絶をはらんでいる。ヴァレリーが「神話」と呼ぶ領域へと『ユリイカ』を招じ入れるのは、この最後の跳躍に潜む力なのではないだろうか。この謎めいた部分について論じる前に、『ユリイカ』において諸学問の成果を軸に展開されてきた宇宙論の「科学による言説」と、それ以降の、〈記憶〉および〈預言〉部において語られる言葉の違いを明確にしておきたい。そのために、ここではラカンの理論に助けを借りたいと思う。世界の成り立ちにかんするラカンの基本概念を、念のため簡単に説明しておこう。

　ラカンによれば、世界は差異のない混沌から〈一者〉が抜け出すことにより秩序づけられる。混沌に穴が穿たれることによって、その空虚を軸に力の運動が方向を取り始め、世界が形成されていく。その効果によって生まれる秩序は〈象徴界〉、空虚は〈現実界《リアル》〉と呼ばれる。〈象徴界〉は、言語や法に代表される象徴のシステムである。人間はふつう、このシステムのなかで他の人間（小他者）と相互作用を営んでおり、それは〈想像界〉と呼ばれる。さて、これを主体の側から言い換えてみよう。人間は〈象徴界〉に参入するとき、意識する主体となるが、意識化できない自己の一部を欠如としてかかえる。このため、ラカンにおいては、主体は斜線を引いたS（$\not{S}$）で表わされる、分割された主体となる。〈現実界〉は〈象徴界〉にとり込まれることのない（すなわち、象徴化の作用を受けない）原初のエネルギーをもつが、それはさまざまな形をとって世界内に現われ（「対象a」と呼ばれる）、欠如をかかえた主体を魅きつける。主体が欠如をかかえることによって生じる〈現実界〉とのかかわりによって、ラカンの精神分析では症状の類型（ヒステリー、強迫神経症、パラノイア）が分類されるが、それとともに、昇華（sublimation）のパターンも分類されうる。昇華の形態として代表されるのが、芸術（魔術）・宗教・科学であるが、ここでは『ユリイカ』に関係するものとして、ひとまず科学の目指すところを簡単に整理しておこう。

ラカンによれば、科学の目標とは「主体を縫合（suture）すること」である（Verhaeghe 137）。つまり、かかえている欠如＝穴を縫い合わせて完全なものにすることを、科学は目指す。穴として感知される部分とは、世界内にはいってくる〈現実界〉のかけら――リアルなもの――である。たとえば、月は古来、解明できない魅力で人間を魅きつけてきたが、人類が月面着陸するにいたって、それまであった穴が少なからずふさがれた。月のもつ謎めいた部分が象徴化＝言語化されていったのである。しかし、この「穴をふさぐ」という過程には際限がない。未知の部分に不信感をいだく科学は、その穴を知で埋めていこうとするのだが、新たな知は、さらに、その知に解消されない部分、知られざるものの地平を、新たに拓いていくからである。あるひとつの真理に出会うことは、つねにまだ判明しない真理を背後にかかえることでもある。その象徴化されないものを排除して体系を完成させるというのが、科学の欲望である。

一方、芸術においては、科学のように〈現実界〉の力をせき止めることなく、世界内に招きいれ、それをコントロールしつつ、作品（代表象）として象徴化することが目指される。それが達成される場合が昇華である。科学が次々と解明していく事象を小文字の真理（truth）とするなら、ポーが『ユリイカ』で求める真理は、大文字の真理（Truth）である。科学で証明されるtruthにはそれを表わすシニフィアンが生み出されていくが、シニフィアンとは、他のものとの差異の関係、相関関係のうちにあるものである。一方、究極の知としての真理（Truth）にはシニフィアンがない。そのTruthの在りかを示すことが、『ユリイカ』における昇華であると考えられる。ついでにいうと、ラカンによれば、宗教が神の偶像を禁じるのは、究極の知としての真理（Truth）にはシニフィアンがないということと関係している。宗教は、世界の〈外〉のリアルなものを神の威光に置き換え、儀式化することで回避する。だが、Truth は啓示というかたちで世界内にはいってくることもある。(3)

ある宿命の記憶

さて、ポーにとって、『ユリイカ』の宇宙論本体の結論部は、それ自体で内容としては Truth を語るものであるはずである。だが、もしそこで終わっていれば、規模は壮大ではあるが、「アッシャー家」が崩壊し沼に沈む最後のように、完結する感じが支配する。「永遠に、永遠に、永遠に」やむことのない神の心臓の鼓動——読後にも、その鼓動が脈打ちつづけることが必要だった。それによって、語られる内容としての Truth の向こう側に、あるリアルなものの「力」を感知させる必要があったのだ。それはまずは、人間につきまとう〈ある宿命の記憶〉として語られる。

> われわれは現実世界のさまざまな因果のさなかをさまよい歩いており、それを取り囲んでいるのは、さらに広漠たる、きわめて遠い昔の、無限に恐ろしい、ある**宿命の記憶**——茫漠とはしているがけっして消え去ることのない、ある**宿命の記憶**なのである。
>
> われわれはとりわけ**青年期**をこのような幻影につきまとわれて生きる。だが、けっしてそれを夢と思いあやまつことはない。われわれはそれが**記憶**であることを承知している。**青年期**に

おいては夢と記憶の違いはあまりにも明瞭なので一瞬たりともまどわされることはない。
この**青年期**がつづくかぎり、われわれは存在しているという感じほど自然な感情はない。われわれはその感情をあますところなく感得している。（*Eureka* 103）

作品に響く預言の声

人は現実の世界において、さまざまの運命（小文字の destinies）をくぐっていくが、さらに「広漠たる、きわめて遠い昔の、無限に恐ろしい」ある宿命（Destiny）の記憶に囲繞されている。それは「記憶」であって、「夢」ではない。われわれにつきまとうこの「宿命の記憶」とは何か？　青年期には「夢」と思いあやまることはないが、壮年期にはその真実が疑われるようになる「記憶」とは？　ふたたびラカンに戻るなら、宿命の記憶とは、主体が象徴界に入るときに切り離してきたものにかんするおぼろげな記憶にほかならない。壮年期には、「世間知」によって、この記憶は理解しがたいものとなっていくが、それでも、ときに人は、その記憶が呼びかけてくる声を聞く。最後のパラグラフでは、まさしくその「声」――「低い声」――が語りかけてくる。

わたしはさきに**青年期**にわれわれにつきまとう**記憶**について語った。それはときには**壮年期**になってもわれわれに追いすがり――徐々に明確な姿をとり――ときおり低い声でわれわれにこう語りかける。

「**時の闇夜**のある時期に、静謐なる一人の**存在者**が存在した――それは絶対的に無限の空間の絶対的に無限の諸領域に群がる絶対的に無限数の同様の**存在者**の一人であった。〔…〕」

この「低い声」は「おまえ」(you)に向けて、語りつづける。「おまえが**星の宇宙**と呼んでいるものは、この方〔聖なる存在者 Divine Being〕が自己を拡張されている現在の存在様式にほかならない」。引力と斥力によって凝縮と拡散をつづける、その永遠の反復運動の果てに何があるのか。「声」の語りは、その果てを告げる次の言葉で閉じられる。

> 「〔…〕自己同一性の感覚がしだいに普遍的な意識に融合し――たとえば、**人間**はいつのまにか**人間**であるとは感じなくなり、ついには自分の存在を**エホバ**の存在と同一視するにいたるような輝かしい勝利の時代をむかえるものと想像していただきたい。ところで、すべては**いのち**――**いのち**――**いのち**のうちなる**いのち**であって――小なるものは大なるもののうちにあり、そしてすべては**聖霊**のうちにあることをゆめ忘れたもうな」(*Eureka* 105–106)

この「声」の語りが、この作品に異様な力を与えている部分である。『ユリイカ』の宇宙論は、おぼろげな記憶に導かれて、「声」を聞く。それはポーが書いているのであるが、ここでは理性をもった合理的な語りの主体、すなわち科学の主体は脱ぎ捨てられる。作者が消え、「他者」

〈Other〉の声——命じる声（「ゆめ忘れたもうな」）——が預言となって響いてくるのだ。語られる内容は、宇宙論の推論の帰結としてポーが提示した、先の説の言い換えである。つまり、ある存在者Being（＝神）が自己の凝縮と拡散の永遠の反復をするということ、自己を含めたすべての創造物（生物も無生物も含めて）はその存在の無限の個別化にほかならないこと、したがって、自己は、自己の同一性の感覚を保持すると同時に、神との同一性の感覚をも分かち持つのだということ、である。しかし、世界内の「欠如をかかえた主体」の場所から語るのでは、このTruthはじゅうぶんには伝えられない。それは〈他者〉から与えられなければならない。ここで、「主体のない思考」という逆説が果たされる。それがこの「声」であり、ポーが「詩」と呼ぶものである。

ここでの詩は、ポーの詩論にあるような「美」の領域ではなく、「真理」（Truth）を語る言葉のことであり、その本質が「声」にあるのだ。ここが科学の言説と詩の言葉の決定的な違いである。科学や哲学の真理は、たとえばパラフレーズして伝えることができる。必ずしも直接原典にあたらずとも、教科書や解説書を読んで理解し、次へ進むこともできる。だが、文学（詩）ではそれは不可能である。「声」の響きを聞くことが欠かせない。そこには「意味」に回収されない余剰が含まれているからだ。その声は、「時」を外れたところからやってくる。それまで語っていた「作者」（＝ポー）は、ここで、やってくるその声に耳を傾ける立場になる。自分の声だが、それを彼は〈他者〉の声として聞くのである。読者にしても、読み終わって響くのは、その〈他者〉としてのポーの声である。そのとき、伝えられる内容は先に論じられたことの反復であっても、それは驚くべき啓示となる。

われ見つけたり

ポーの読者にとって、彼の辞世の作ともいえる『ユリイカ』の末尾に、Death ではなく Life という言葉が繰り返されるのを聞くということは、意外でもあれば、胸を衝かれることでもある。「永遠の生命」によって自己の死（個別の死）が問題ではなくなるとしても、やはりどうしてもその言葉は、「自己の死」を喚起することを免れないからだ。ダニエル・ホフマンは、慧眼にも、『ユリイカ』にはポーの物語の主人公たちが苦しめられてきたその苦悩の「回避」があり、この作品はじつは、一貫性をもった長い合理的な「苦痛の追放」の作品なのであると指摘している（Hoffman 290）。ジェラルド・ケネディもその点を引き継いで、「ポーの〈真理の書〉は死の原理説明（a rationale for death）であり、そこでは〈死〉ということばがつとめて抑制されている」と述べる（Kennedy［1987］209）。たしかに、『ユリイカ』には、「作者の死」と「作品の生」が賭けられている。作品の冒頭に、「わたしの死後、この作品がもっぱら詩としてのみ評価されんことを」という言葉があるように、死があらかじめ埋め込まれ、死というリアルなものが作品となって大文字の生（Life）へと昇華されていくのである。

『ユリイカ』で展開される宇宙論は、科学の進歩に照らしてみれば、時代遅れのものとなったり、荒唐無稽なものと映ったりするだろう。だが、『ユリイカ』を不滅の作品にする力をもたらしているのは、先にも述べたように、作者につきまとう影のような〈記憶〉と、彼に響く「低い声」であると言ってよいのではないか。興味深いことに、全体としてみれば、『ユリイカ』には三つの声が響いている。ひとつは、西暦二八四八年の手紙の書き手が伝えるケプラーの声（「わたしは勝利する。わたしはエジプト人の黄金の秘密を盗みとった。この聖なる狂喜に身をゆだねよう」）、もうひとつは宇宙論本体部に挿入されるビールフェルト男爵の声（「神の何たるかを知るためには、われわれ自身が神とならなければならぬ」）、そして最後に響く「低い声」である。これらがポーの導きの声なのではないか。先に述べたように、最後の声は、ポーの声であってポーの声でない、〈他者〉の声である。だがこの宇宙論には、さらなる声が響いていることを付け加えておこう。それはタイトルの「ユリイカ」（われ見つけたり）という言葉である。アルキメデスの発したとされるこの言葉に、わたしたちは真理（Truth）を手にしたポーの歓喜の声を聞くことができる。

第十章　空飛ぶ時代の墜落の夢想——「ハンス・プファールの無類の冒険」

気球の誕生とポーの気球の物語

フランス革命を遡ること六年の一七八三年六月、ジョゼフ・ミッシェル・モンゴルフィエとジャック・エチエンヌ・モンゴルフィエのモンゴルフィエ兄弟は、暖められた空気（煙）が上昇する現象に着目し、この「魔法の力」をもつ空気を利用した熱気球を発明する（図4）。同じ年の九月、この兄弟は、パリのヴェルサイユ宮殿前の広場で、ルイ十六世と王妃マリー・アントワネット臨席のもと、羊とアヒルと雄鶏を乗せた気球を飛ばす実験に成功。同年十一月には、人間を乗せた熱気球の初の飛行が実現した。その十日ほどあとには、空気より軽い気体である水素ガスを利用して、物理学者ジャック・シャルルらが気球の離陸実験に成功。以後、パリの空に気球が浮かぶのを見ない日はないといわれるほど、たいへんな気球熱が高まった（Crouch 22, 41）。フランスのみならず、ドイツ、イギリス、オランダなど、ヨーロッパ一帯で人気の見世物として気球の公開実験が盛んになると、この流行はほどなくアメリカにも伝わる。アメリカで最初の気球による有人飛行が行なわれたのは、一七九三年一月、フィラデルフィアでのことだった。フランス人の気球飛行士ジャン＝ピエール・ブランシャールによる水素ガス気球の離陸は、ときの大統領ジョージ・ワシントンの見守るなかで行なわれた（Crouch 107）（図5）。

交通や輸送の手段としての実用化、あるいは偵察などの軍事目的での使用は、期待されたようには進まなかったことから、気球熱は一八二〇年代にいったんは下火となる。しかし、一般の人びとが気球に乗ってパノラマ的景観を楽しむという遊覧飛行の人気もあって、一八三〇年代にはその人気は再燃していた(1)。一八三三年九月にはボルチモアで、アメリカ最初のプロの気球飛行士チャールズ・F・デュラントによる飛行が行なわれている。ポーはその時期ボルチモアにいたので、デュラントの飛行を見物していた可能性が高い（Beaver 347）。また、新聞などで盛んにとりあげられる気球のニュースを、ポーが逐一追いかけていたのは確実と思われる（Thomas and Jackson 130）。ポーには、「ハンス・プファールの無類の冒険」（一八三五年）、「軽気球虚報」（一八四四年）といった、気球を主題にした作品があるほか、「使いきった男」（一八三九年）、「不条理の天使」（一八四四年）、「メロンタ・タウタ」（一八四九年）など、気球の話題が出てくる作品が少なくない。鉄道の時代に入った時期に、ポーの作品に鉄道にかんする目立った言及がほとんどなく、気球のモチーフがそこここに見られることは注目すべきことかもしれない。

本章では、気球による月世界訪問を扱った作品である「ハンス・プファールの無類の冒険」("The Unparalleled Adventure of One Hans Pfaall") を中心に考察する。この作品はポーが「壜の中の手記」（一八三三年）で懸賞金を獲得した二年後、二十六歳のときに発表した、彼の最初期の作品のひとつである。つまり、ポーは「海の物語」を書いたあと、ほどなくして、今度は「空（宇宙）の物語」に取り組んだということになる。「ハンス・プファール」は必ずしも成功した作品とはいえないが、空の旅がもはや夢や空想ではなくなった時代に書かれた飛行の冒険物語として、いくつもの興味深い要素を含んでいる。この作品は、新たなジャンルが生まれようとする過渡期の作品として、文学史的に重要な意味をもつだけでなく、人間が空を飛ぶ時代の新たな知見と知覚体験を盛り

図4　モンゴルフィエの熱気球

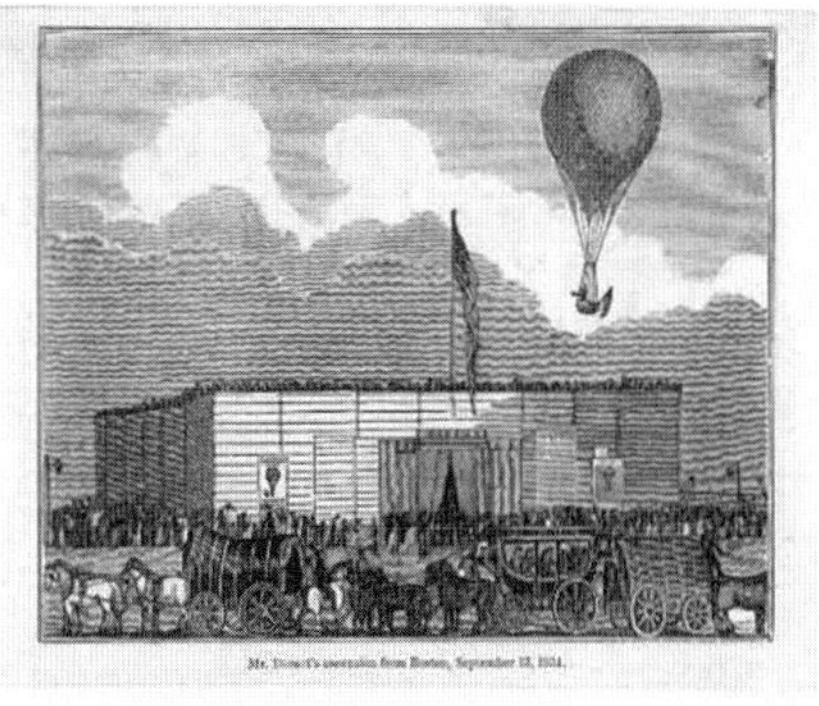

図5　デュラントのボストンからの飛行（1834年9月13日）

込んだ、新奇な「驚異の旅」の物語となっている。さらには、ポーの他の作品にも共通してみられる、極限的な体験にかんする想像力のはたらきが見てとれるのである。

驚異の旅としての月世界訪問記

マージョリー・H・ニコルソンは、『月世界への旅』（一九六〇年）において、気球という飛行機械によって現実の飛行が可能になった時期を遡る二つの世紀に焦点をあて、飛行・飛翔の想像旅行を論じた。ニコルソンは、十七世紀から十九世紀初頭——すなわち、ニュートンの「光学の筒」（望遠鏡）が発明されて宇宙や天体にかんする知が急速に発達した、いわゆる新科学（ニューサイエンス）の時代から、現実に気球による飛行が可能になった時代——の、西欧における月世界訪問記、宇宙旅行記の数々をきわめて幅広く丹念に読み込み、空想や想像力が科学に先んじた時代から、科学テクノロジーが空想を凌駕する時代への文学の推移をたどった。

ニコルソンが借用する十七世紀のジョン・ウィルキンズの分類によれば、月世界に到達するには四つの方法がある。つまり、①精霊や天使の助けを借りる、②鳥を使う、③人工の翼を使う、④空飛ぶ車（flying chariots）による、という方法だ。人間が空を飛ぶという話は、イカロスの神話にもあるように、古い起源をもつ夢想なので、そうした夢想の発生した起点を定めることは不可能だ。だが、終点は特定できる、とニコルソンはいう。それは一七八三〜八四年、まさしく「空飛ぶ車」である気球が空を飛んだときである。そのとき、飛行機械の上昇は、一方で別種の文学を大いに刺激しつつも、飛行の想像旅行に終止符を打つのだ（ニコルソン 一三）。ここでいわれる「別種の文学」というのが――当時はそういう呼び名はまだなかったが――今でいうSFである。想像による超自然の「驚異の旅」が、科学による別種の驚異の物語へと姿を変えていったのだ。

ニコルソンの論じるこの驚異の旅の終点に位置するのが、ポーであり、その後のジュール・ヴェルヌ（一八二八―一九〇五）であり、H・G・ウェルズ（一八六六―一九四六）である。ニコルソンは、ポーについては「ハンス・プファール」をとりあげて考察している。

「ハンス・プファール」について簡単に説明しておくと、この作品は、気球の旅のはじまりが四月一日の日付になっているとおり、嘘の話、ほら話の枠組みをもっている。ロッテルダムの広場上空の雲間から奇妙な気球が姿を現わす。驚く市民たちが口をあんぐり開けて見守るなか、気球は下降してきて、ゴンドラから変わった風体の者が顔を出し、その手から、市長（兼 国立天文大学学長）宛てに一通の手紙が投下される。その手紙の主は、ロッテルダムから数年前に姿を消したハンス・プファールなる人物であり、そこに綴られているのは、彼が気球に乗って街から姿を消すことになったいきさつ、彼の十九日間におよぶ月到達までの旅の実地報告だった。この作品は、諷刺や諧謔に富む伝統的な「嘘の旅行記」の系譜につらなるものでありながら、飛行にかかわる描写は、当時の天文学、物理学、地理学などの知見を駆使し、先端科学テクノロジーを用いた、臨場感あふれる読み物となっている。驚異の冒険譚やほら話と、科学的な信憑性（ほんとうらしさ）をもつ報告文が、妙なかたちで接合された物語といえる。

ポーのこの作品にたいするニコルソンの評価は、芳しいものではない。科学が空想を制覇し、それ以前の、ある特殊な文学形式が終焉を迎えたとき、それにとって代わったのは、もっと貧しく、新奇さに欠けた何かであった、というのである。十七世紀の文学的想像力に精彩を与えた「サイエンス」は、想像力を「いかにもありそうなこと」の範囲に閉じ込めることを常とする「テクノロジー」に道を譲った。ポーの作品は、出だしの諷刺とナンセンスの調子を一貫して通していれば、このジャンルの古典のひとつになりえたかもしれないが、多くの点――火薬の使用、望遠鏡やコンパスや電位針などの機器使用、鳩や猫を同行すること、月に空気がないことなど――で、先行する作品の二番煎じにすぎず、結局は竜頭蛇尾に終わったというのがニコルソンの見立てである。

私見によるなら、ポーは彼自身思っていたほど「科学的」でも「独創的」でもなく、むしろ下手に「それらしさ」など目指したため、ロマンティックな月世界旅行譚への達者なパロディということでスウィフトやヴォルテールの作とも比肩したかも知れない物語が、ひとつだめになってしまったのだ。(ニコルソン 三七〇)

ニコルソンが失望を込めて主張するのは、科学テクノロジーの時代になって、初期のロマンスの精髄であった何かが消滅したということだ。その「何か」をニコルソンは〈魅了〉(enchantment)の体験と呼んでいる。かつて科学と魔術(錬金術)が境を接していた時代、人間を魅了する特別の

〈魔術的な〉力をもっていた文学ジャンルがあった。それが「科学的」な装いで「いかにも」という現実味のあるものに変質したとき、文学における表現の「ほんとうらしさ」は格段に進化したものの、息をのむ発見の興奮や、かつての宇宙旅行者の奇行や、素朴に誘われる楽天的な笑いは失われたというのである（三六一）。

一時代の終焉に位置する作品としてニコルソンによって否定的な評価を受けた「ハンス・プファール」を、別のグループはＳＦの元祖として見いだした。ブライアン・オールディスやトマス・ディッシュによれば、後世の目から時代を遡ってＳＦというジャンルを構成すると、未来に属する科学テクノロジーを扱うジャンルの起源に位置するのがポーの「ハンス・プファール」――あるいはメアリー・シェリーの『フランケンシュタイン』（一八一八年）――である（Aldiss 58-59; Disch 34）[2]。進歩的な知としての科学テクノロジーが気球を生んだとき、新たに加わった要素は何か。〈魅了〉の喪失と科学的テクノロジーの導入のあいだで、ポーの作品を検討し、空の想像力をめぐる時代の特性とポーの独自性を探っていこう。

〈魅了〉から〈驚異〉へ

ニコルソンのいうように、気球の出現以降、空想の空飛ぶ物語から魔術的な〈魅了〉感覚が失われたとしても、新たなテクノロジーの出現は人びとを新たに虜にした。実体験として人間が空を飛べるようになったとき、人びとの心を捉えたものは何だっただろうか。リチャード・ホームズは、

『驚異の時代』（二〇〇九年）において、人間が気球で空高く飛ぶことができるようになったことで生じたいくつかの要素を、〈驚異〉（wonder）という言葉で表わしている（Holmes［2009］159-161）。具体的には、①気象学的な発見（気圧、雲や風の発生、天気の変化の仕組みなど）、②はるか上空から地上を俯瞰する眺め、③群衆の胸を躍らせる見世物（スペクタクル）としての大いなる魅力、である。それぞれについて、簡単にみておこう。

一つめの気象学的な発見について。気球での飛行によって、上空大気圏で、雲の形成や気流や気象前線の変動がかつてなかったかたちで体験され、それらは科学的現象として観測・研究の対象となった。繋留気球による実験飛行が数多く行なわれ、一八〇四年には、最初の気象学者とされるルーク・ハワードが、雲の基本四類型を示した『雲の変形について』という研究書を発表している。また、そうした大気・気象現象は、科学的関心を呼ぶだけでなく、審美的な現象としても人びとを魅了した。吹き荒れる風、積み重なる雲は、ターナーやコンスタブルの絵の主題、シェリーやコールリッジらの詩の主題にもなる。それらはロマン派的感性を大いに刺激する要素であり、恐怖の感情によって特徴づけられる崇高の美学にも貢献するものだった。

二つめの、上空からの俯瞰する眺めについて。気球からはじめて地上が俯瞰されたとき、地図に、それまでの知識を超えた新たな次元が加わった。町や田舎、川の屈曲する流れ、道や畑の展《ひろ》がり具合など、自然と人間の営む生活とのあいだの相互関係によって形成されてきた地形が、鮮やかに浮かび上がったのだ。人間が自然にたいして加えた変更のパターンが可視化され、地球は突如、ひとつの巨大な有機体として現われた。ホームズはその驚きを、二十世紀にアポロからみた地球が宇宙飛行士や大衆に与えた衝撃にも比肩するものとしている（Holmes［2009］161）。

三つめの、群衆を興奮させる見世物という点について。空中高く上がる気球は、民衆の希望や期待を集める驚異の乗り物だった。墜落の危険を伴う飛行は、気球乗りの恐れ知らずの勇敢さを示すものであったが、また同時に、気球は意のままに操縦できない——基本的に、上昇するには砂袋を捨て、下降するにはバルブを開いてガスを放出するという以外、操縦方法はない——ことから、ユーモラスで滑稽な魅力をもつものでもあった（これは後の飛行機にはない特質である）。気球のフライトは人気を呼び、離陸のさいには有料観覧席が設けられ、チケットの売上げは、慈善に使われたり、次の飛行の準備に注ぎ込まれたりした。デュラントがアメリカで初の飛行を行なったとき、ニューヨークには二万人の観衆が集まったという（Crouch 147）。

「ハンス・プファール」における〈驚異〉

ポーの「ハンス・プファール」には、ホームズのいうこれらの〈驚異〉の要素はすべて含まれている。体験される気象現象として、たとえば稲妻の描写がある。厚い雲の層に突入したハンスは、砂袋を投げ捨て急上昇することによって、そこを脱出するが、数秒後にその雲の塊を、火のついた木炭の塊のようなものが突っ切る。昼間の出来事だったが、それが夜の闇のなかで起こったなら地獄もかくやと思われる眺めだっただろうと記され、崇高（sublimity）という語も用いられる。雲の上に出たハンスからは、稲妻は足下に見える。「はるか下方の大きく口を開く深淵の底を覗きながら、想像のなかで下降していき、奇妙な丸天井の広間、血の色をした淵、凄惨で底知れぬ焔が燃える赤い不気味な割れ目のあたりをさまよい歩いていると、髪が逆立つのだった」（PI：405）というように、上空の出来事であるにもかかわらず、奈落の想像力に身を震わせる記述は、いかにもポーらしいといえる。ロマン派的想像力の発揮されたところである。

　はるか上空から大地や海を見下ろすという視覚体験については、ドミノの駒ほどの大きさに見える軍艦、なめらかな海が青の色を濃くしてはてしなく広がる美しさ、大ブリテン島、フランス・スペインの大西洋岸、アフリカ大陸北部の一部が一望のもとに見渡せる気持ちよさが語られる。珍しい記述としては、地球の表面が凹んでみえるという現象が報告されている（PI：408）。また、七〇〇〇マイルを超える高度で北極点が見える位置に達するとき、ちょうど赤道を境界として地球の北半球全体が「正射投影法による地図のように」視野に収まる（PI：418）[3]。「大地」としての earth が「地球」としての earth に変容するときといってよいだろう。北極点とおぼしき地点が「漆黒の暗さ」とされているのは、地球空洞説を示唆しているところである。

　上空からのまなざしという点において、もうひとつ付け加えるなら、そもそも気球はひとつの目（眼球）でもあった。気球は目の延長、もうひとつの目だったのだ（オディロン・ルドンがポーに寄せて制作したエッチング連作のひとつが想起される――「〈エドガー・ポーに〉Ⅰ　眼は奇妙な気球のように無限に向かう」（一八八二年））（図6）。これは気球と眼球がともに球体であり、さらにそこから眺める地球や月や太陽が球体であることを考えると、（飛行機とは異なる）不思議な連想の連鎖を呼ぶものといえるかもしれない。

群衆を魅了するスペクタクルとしての気球は、まさにこの物語の冒頭が伝えるところである。奇妙な気球の出現に、ロッテルダムの広場に集まった一万の群衆が舌を鳴らし、天を仰ぎ、一万のパイプが口元から垂れ、ナイアガラの滝のとどろくような叫びが上がる。気球の出現が引き起こした一種異様な「哲学的興奮状態」が、戯画化された調子で書かれている（PI: 387）。

気球から投下された報告文によると、ハンスが長年生業としてきたふいごの修繕は、時代の推移によって需要がなくなった。そこで警句のように差し挟まれているのが、「火を煽る必要があれば、新聞で煽るがよろしい（If a fire wanted fanning, it could readily be fanned with a newspaper.）」（PI: 391）という時代の風潮である。いまの言葉でいうなら、さしずめジャーナリズムの「炎上商法」というところだろうか。新聞や雑誌はポーの作品発表の媒体でもあることからすれば、このせりふは、センセーションを求める大衆に向けて書かれたこの作品の、自己言及的な性質を表わすものでもある。主人公が、「科学者」ではなく、ふいごの修繕屋（a mender of

図6　オディロン・ルドン「眼は奇妙な気球のように無限に向かう」

bellows）という「職人」であることにも注目しておこう。これは彼が気球を自作する能力と技術をもつ人物であることと関係する設定だが、同時に「ふいご吹き」（puffer）という語の連想から、金儲け目当ての山師、ペテン師という含みももつからである。これに関連していえば、のちの一八四四年に書かれた「軽気球虚報」が、気球による大西洋横断という「偉業」を報じる「フェイク・ニュース」という仕立ての作品であったことも、気球と群衆の強いつながりを示すものである(4)。

上昇（飛翔）と落下（墜落）の想像力

気球がもたらした新たな世界の驚きを、ポーの作品も共有していることを確認したが、次には、ポーのよく知られた他の作品にも触れつつ、「ポー的」ともいえる飛行の想像力のあり方を考察したい。ここでは、「体験としての飛行」（ポーは実際に飛んだわけではないが）をポーがどう描いたのかという点を扱う。新たなテクノロジーの下での「冒険」としての〈驚異〉の部分である。

ポーの代表的な作品においては、落下・下降・墜落という運動が顕著であり、それらはおもに恐怖の物語に分類される。一方、上昇・飛翔の運動にかんする物語には総じて軽みがあり、滑稽や諷刺やほら話の要素が目立つ。こうした違いは――直感的にはわかるとはいえ――一体どこからくるのだろう。

バーバラ・スタフォードによれば、大気に浮かぶ空の旅がそれ以前の旅と本質的に違う点は、「表面・表層（surfaces）と無縁である」ことだ（スタフォード 二八五）。陸や海の旅において、地面なり海面なりに触れている場合は、運動・移動の方向が（程度の差はあれ）操作可能なのに対し、気球の場合はナビゲーションのしがたさがその特徴である。雲、靄《もや》、蒸気といった、柔らかでとらえどころのない媒体に突入することには、危険や快感が伴う。だが同時に、支えとなる表面を離れて浮かぶということは、風まかせ、すなわち大気の具合や気象の変動に命運を託すことを意味し、そのことが気球の物語にどこか気楽で冗談めいた雰囲気を与えるのである。

また、そうした雰囲気は、上昇によって視点が高くなることとも関係しているだろう。はるか上空の視点から世界を眺めるとき、現在の地上の暮らしの深刻さに相対化の作用がはたらく。「ハンス・プファール」において、そもそもハンスが気球に乗って町を飛び立とうとした動機は、ふいごの修繕という稼業が立ちゆかなくなったことだった。借金に首が回らなくなって、自殺を考えるハンスが、たまたま書店で目にした気球にかんする本に想を得て、気球でこの世界を脱しようと思い立ったのである。自殺や死という要素が滑稽化される例は、ポーの他の作品（「息の紛失」や「ある苦境」）にもみられるところだが、この作品でも死はジョークとして扱われ、悲惨な事態がブラック・ユーモアに転化される。そして、もともとの自殺願望はいつの間にか消え失せ、この世を脱出して月に到達し、その冒険の成果をもって、あわよくばひと儲けしようという方向へと目標が切り替わるのである。諧謔や諷刺を旨とするポー作品では往々にしてあることだが、人物の名が体を表わしていて、この作品でも、空へ、宇宙へと飛翔する主人公プファール（Pfaall）は、その名に fall という要素を含んでいる。「上昇する」とは逆の「落ちる」という語が名前になっていることに、飛翔の試みを茶化す意図が最初から含まれているわけである（Beaver 339）。

先に述べたように、ポーにおいては墜落・落下の想像力が優勢を占めている。ガストン・バシュラールは、ポーには「重さ」の想像力があるという（『空と夢』一四六―一四八）。大渦巻への落下や異端審問所の地下の穴への落下のみならず、沼へと崩落する館、重く垂れ下がるカーテンまで、ポーの世界は重力の支配が濃厚な世界なのだ。地下の闇、底の見えない奈落への下降には原始的な恐怖が伴う。また、墜落・落下は物理的な現象であると同時に、比喩的な意味をもつ事象でもある。墜落はめまいや失神を引き起こすが、失神とは、存在の内部における墜落の体験でもあるのだ。こうした下方への垂直的想像力はポーの得意とするところだった。一方で、同じ垂直方向でも、上方への想像力には一種のオプティミズムがある。上昇には視界の開けがあり、解放があり、自由さがあるのだ。

「ハンス・プファール」において、ハンスのもともとの意図が現実世界からの脱出・逃避であったことは、上昇のイメージと無縁ではない。地下方向は脱出には不向きだからだ。しかし、上昇の運動がハンスに自由さの感覚を与える描写はあまり見当たらない。上昇の運動は、その力動性というよりも、もっぱら気圧の低下、酸素の希薄化がもたらす身体への影響と、それにたいする緊急措置として描かれる。高度が増すにつれ、生存の条件である呼吸や血流が脅かされる。頭痛がひどくなり、耳と鼻からは出血、目も眼窩から飛び出してくる。気圧の影響を緩和するため、ハンスはペンナイフで腕の静脈を切って瀉血をする。また、ゴンドラをゴムの袋で覆って内部を気密にし、呼吸を確保するため空気圧縮装置を動かし続ける。眠ってしまうと換気ができなくなることから、ハンスは一時間ごとに必ず目が覚める装置を考案するなどの奮闘をつづける。前人未踏の高度に達するとき、人間の身体が環境との折合いをどうつけていくか、生理学的な関心をもってリアリスティックに描くところは、ポー独特といえるかもしれない。このとき気球は、彼を上空へと運ぶ乗り物であるだけでなく、まさしく彼の肺、彼の拡張身体となるのである。

しかし、なんといってもこの旅の見せ場となっているのは、落下の危機である。先に、雲の塊のなかを稲妻が走る描写について触れたが、そこにおいても、雲の上方に出たハンスが下方にある雲の赤い裂け目を覗いて、そこに落ちたらどうなるだろうという恐ろしい墜落の夢想に襲われるというところが眼目だった。この旅では、空や大気の自由を味わうというよりも、墜落の恐怖が見せ場となっている。そもそも、気球が飛び立つときに最初の危機が訪れる。仕掛けた火薬の爆発によって気球は大きく傾き、ハンスはゴンドラから片足だけを引っかけた状態で投げ出されるのだ。いまにも墜落する、その恐怖の体勢を立て直してゴンドラに戻るというのが最初の危機脱出である。(5)

上へ向けて落ちる

落下の描写のなかでも、ポーがもっとも力を入れて書きたかったのは、「どんでん返し」――「転覆」という意味のフランス語 *bouleversement* が使われている――の場面だろう。気球が高度を上げ、ついに地球の重力圏から月の引力圏に突入するとき、上へ上へという運動が落下の運動に切り替わる。予想されたこととはいえ、いつ起こるかはわからなかったこの現象、上へ向けて落ちる〈高みへの墜落〉という出来事が起こるのは、出発から十七日目のことだった。うたた寝から目覚めると、ハンスは足下に地面が近づいてくるのに気づいて驚愕する。気球が破裂して地球に向けてまっしぐらに落ちてゆくのだと思い込むのである。しかし、じつは知らない間に上下が逆転していて、足下に見えるのは月だった。

四月十七日〔…〕まるで雷に打たれたようだった！〔…〕「気球が破裂してしまったのだ！」これがまずわたしの頭をよぎった考えだった。「気球がほんとうに破裂してしまった！——落ちていく——まっしぐらに、前代未聞の速さで落ちつつある！」〔…〕わたしはやっと、この現象を正しい見方で眺めることができるようになった。実際、眼下に見える表面と、わが母なる地球の表面との外観上の大きな違いに気づかなかったとは、わたしはまさしく驚愕のあまり正気を失っていたに違いない。地球はじつはわたしの頭上にあって、気球の向こう側に完全に隠されており、月が——栄光につつまれた月そのものが——、わたしの下に、しかもわたしの足下に横たわっているのだった。（PI: 421）

空が転倒され、〈上方＝深み〉に向けて落ちてゆくこの場面は、ハンスの気球の旅の一大エポックとされており、これを執筆していた時期に、ポーがこの場面を身振り手振りで興奮して語るのを聞いたという証言もある（Beaver 340-341）。[6] このあと二日間かけてハンスは月に引き寄せられ、落下の速度が増すなか、最後はもんどりを打って月の住人たち（「醜い小人たち」）の群がるさなかに墜落する。[7]

以上のことから、垂直的想像力において、ポーは上昇を描いても、落下の描写の方に力を注ぎがちだったといえる。ただし、同じ上昇と落下を扱ったものとしては、ポーの作家としての出発点に位置する「壜の中の手記」や、同じく海の物語である「メエルシュトレエムへの落下」の方が、はるかに迫力があるとはいえる。「メエルシュトレエムへの落下」では、大渦巻に接近しつつあるとき、海面が異様な上昇をみせる。[8] そして、高い山から滑落するかのような急降下があったのち、漏斗状の渦巻の深淵が顔を覗かせる。そのとき、上昇は、あとにつづく落下を恐ろしいものにするためにこそあるのだ。しかしながら、海の物語で語り手がある極限を経験すると同様、「ハンス・プファール」においても、ハンスが限界的な経験〈地球の果てを越えて向こう側へ出る〉をしている点、また、その経験の報告がいわば「向こう側」からの通信として送り届けられる点は、共通項として確認しておきたい。

「地球の出」（Earthrise）の光景――新たな〈魅了〉へ向かって

マージョリー・H・ニコルソンは『月世界への旅』で、科学が魔術と境を接していた時代の月世界訪問記にあった〈魅了〉の感覚が、人間が現実に気球で空を飛ぶ時代になって失われたと論じた。

図７　「地球の出」（Earthrise）、1968年

リチャード・ホームズは『驚異の時代』で、科学テクノロジーの発達とロマン主義の精神が共存する時代、気球による飛翔はいかに〈驚異〉の感覚をもたらしたかを示した。ホームズは、『驚異の時代』のあとに発表した『上方への墜落』（二〇一四年）において、気球での飛翔の歴史に焦点を絞り、広範な関連文献をさらに詳しく考察している。彼はそこで、気球による飛翔が、未開拓の地、未踏の地への新たな視界を人間に授け、有用な科学知に貢献した一方で、それでもなお、空を飛ぶことにまつわる夢や幻想は依然として残存するとしている。そして、それは「形而上学的な」夢なのだと指摘する（Holmes［2014］27-29）。飛ぶ夢の究極の目的は、「できるかぎり高く飛んで、地球を振り返り、人間というものの真の姿を見ること」（強調は原文）であり、それが古くから、諷刺的なかたちをとったり、幻視的《ヴィジョナリー》＝予見的なものとなったりしてきたのだ、というのである。「世界を別様に見る」（to see the world differently）という経験を象徴する例として、ホームズが挙げるのは、アポロ８号から撮影された有名な「地球の出」（Earthrise）の写真――月面の向こうに真っ黒な宇宙を背景にして半球状の青い地球が浮かぶ光景（図７）――である（Holmes［2014］29）。

この例から筆者は、それを「形而上学的な」次元というよりも、むしろ「存在論的な」次元と呼びたいのだが、この観点について最後に触れておきたい。この要素は〈魅了〉の感覚の別のかたちとも考えられるのではないかと思うからである。

ホームズは、ポーの「ハンス・プファール」で、月に降り立った主人公があとに残してきた地球を振り返って眺める場面を、ポーなりの「地球の出」ととらえ、この作品のもっとも忘れがたく詩的な箇所のひとつに数えている（Holmes［2014］67）。

わたしはたちまち異様な都会の真ん中の、醜い小人たちが群がっているさなかに、真っ逆さまに墜落した。その小人たちは、だれひとり、ひと言も発せず、わたしを助けようとするそぶりも見せず、阿呆のように突っ立っている。おかしなにやにや笑いを浮かべ、両手を腰に当てて肘を張り、わたしとわたしの気球を不審そうに眺めている。わたしは軽蔑の念をもって奴らから眼をそむけ、ついこのあいだあとにした、おそらくはふたたび帰ることのない、地球の方を見上げた。地球は、直径二度ほどの、鈍く光る巨大な銅の盾のような姿で、頭上の空にじっと動かずにある。一方の縁は、燦然たる金色の三日月型の光に染め上げられている。陸地や水らしきものは見えず、全体がさまざまに形を変える斑点におおわれ、熱帯と赤道帯が周囲を取り巻いていた。（PI：425）

月面に墜落した直後、ハンスはまずは奇妙な風体の月の住人たちに取り囲まれる。したがって、読者としても、この地球外生物に気をとられずにはいられない箇所ではある。しかし、たしかにホームズの指摘するように、その直後、ハンスが振り返って見上げる地球の姿には、特別のものがある。ポーにおける印象的な月としては、アッシャーの館の裂け目から顔をのぞかせる血のように赤い満月や、渦巻きで漏斗状になった海の深い奥底までを黄金色に照らし出す満月(「メエルシュトレエムへの落下」)がある。しかし、ここでの地球の描写にも、それらと同様に、ポーの神経が細かに注がれているのがわかる。おそらくふたたび帰ることはないと思って、「自分のいない世界を眺める」というときの奇妙な寄る辺なさの感覚も漂う。ルドンの宙に浮かぶ「眼球＝気球」は、奇妙で無気味な感情をかき立てるが、ルドンはポーのこうした感覚を感知して描いたのかもしれない。

ここで思い起こしたいのは、宇宙開発競争の時代、ハイデガーが、宇宙飛行士によって撮影された、月から見た地球の写真に衝撃を受けたことである。

> 月から送られてきた地球の写真を見たときにわたしはおののきを覚えました。わたしたちには原子爆弾なんかもういらない。人間の根こぎがすでにそこにあるのです。わたしたちに残されているのは純粋に技術的な状況です。今日、人間が生きているのは、もはやいかなる地球(＝大地)の上でもないのです。(一九六六年九月『シュピーゲル』誌へのインタヴュー。小林 一四六より引用)

ハイデガーは、その写真に、現代テクノロジーが「存在」の拠って立つ基盤（大地）を根こぎにし、人間が決定的に故郷を失ってしまう「無気味」を見た。故郷を失うこと、自分が帰属する場所にいないこと、異郷にあること、それこそがまさしく「無気味」(un-heimlich) なことなのだ。丸い地球が虚空に浮かぶさまにおののきを覚えたハイデガーにたいして、西谷修は、レヴィナスが人類初の有人宇宙飛行（一九六一年）にさいして発表した論考を対置させる。レヴィナスは「ハイデガー、ガガーリン、そしてわれわれ(9)」と題した一文で、人間が「あらゆる地平の外に存すること」こそが、場所の神話からの人間の解放だと捉えた（西谷 一九六―一九七）。

> 一時間にわたって、人間はあらゆる地平の外に生存した――彼の周りではすべてが空だった、というより正確に言えばすべてが幾何学的空間だった。ひとりの人間が均質空間の絶対性の中に生存したのだ。（西谷 一九七より引用。傍点は西谷による）

レヴィナスのいう、あらゆる地平の「外に‐存する」という文言に、西谷は ex-ister (exist) という語の十全の意味を読み取る。人間が「場所の神話」から解放されたとき、人間を所与の状況の外で見るチャンスが生まれる。ハイデガーにとって「無気味」と捉えられた事態は、レヴィナスにとっては「人間の顔を裸のままで輝き出させるチャンス」なのである。

科学テクノロジーが人間を「解放」するというとき、それはなにも、近代技術が人間の自然への依存を断ち切り人間の自律性を高める、という意味ばかりではない。テクノロジーは、さらに根源的に人間を「解放」する。人間を絶対的な「外部」に彷徨《さまよ》いださせるのだ。外から眺める地球、虚空に浮かぶ地球は、そのとき（「プラネット」の語源的意味において）「惑いの星」となる（西谷一九六八）。

宇宙飛行士たちの何人かが、宇宙から地球を見たときの体験を、宗教的なもの、神秘的なものとして語ったことはよく知られている。科学テクノロジーの前線で、科学に回収されずにわたしたちを揺さぶり魅了する何かがあることが、そこには示されている。「無気味」なものではあるが、それはわたしたちを「魅了」するものの別のかたちでもあるのだ。

ポーの半分冗談めいた物語から、こういうところに話がたどり着くのも妙なことかもしれない。しかし、科学テクノロジーによる「ほんとうらしさ」の裂け目から、ポーは気球の時代を通り越し、飛行機を追い抜いて、宇宙ロケットの時代のヴィジョンを提示してもいたのである。それは「ほんとうらしさ」以上のものであり、その予見性は、のちの『ユリイカ』にも通じるものだと思えるのである。

第Ⅴ部　無気味と死をめぐる文化表象

第十一章　ポーと映画

ゴシック文学からホラー映画へ

ゴシック小説は歴史的に、十八世紀から十九世紀にかけて文学の分野において重要な位置を占めていたが、二十世紀の変わり目に映画というメディアが誕生して以来、映画がゴシック文学に代わって恐怖という感情の表象領域を受けもつこととなった。ポーの原作の名を冠した作品や、彼の作品のモチーフに想を得た映画作品も、彼の生誕一〇〇年ごろから、映画というメディアの歴史と並行するようにして、数多く作りつづけられてきた。ポーの作品のかき立てる恐怖は、映画館の暗闇と強い親和性をもつのであり、その作品は、映画というメディアとその黎明期から深いかかわりをもってきたのである。映画においてホラーというジャンルが形成され、人気を博してゆく過程と、ポーの作品やポーに関連するモチーフを用いた映画が制作されていく歴史を概観し、それらに通底する恐怖の魅惑を考察していこう。

アメリカのホラー映画とポー

アメリカのホラー映画の揺籃期を飾る代表的な作品『ドラキュラ』と『フランケンシュタイン』は、いずれも、もともとヨーロッパに起源をもつ物語であった。ドラキュラ伯爵を演じたベラ・ルゴシはハンガリー、フランケンシュタインの怪物を演じたボリス・カーロフはロンドンと、両作品の主演俳優もヨーロッパの出身だった。このことは、文学におけるアメリカとヨーロッパとの関係と照応している。アメリカのゴシック小説を語るときにきまって言われるように、アメリカは伝統的なゴシック小説の舞台となるべき古城や寺院、廃墟を欠いていた。そのなかで、アメリカの作家たちは、ヨーロッパの伝統を受けつぎながら、独自の世界を築き上げていった。ポーの代表的なゴシック作品、「アッシャー家の崩壊」や「ライジーア」は、新大陸アメリカとは別の、旧世界に属する話となっており、それらは幾度も形を変えて映画化されていった。チャールズ・ブロックデン・ブラウン、ワシントン・アーヴィング、ナサニエル・ホーソーンらの作品も映画化されていくのだが、二十世紀初頭から途切れることなく映画化されてきたのはポーの作品である。ちなみに、一九九九年発行のドン・G・スミス著『ポー・シネマ——批評的フィルモグラフィー』は、ポーに触発された映画として、公開年順に八八本の映画をとりあげ、それぞれに短い解説を付している。必ずしも網羅されているわけではないが、スミスのリストによると、ポーのタイトルのうち、なんらかの形で映画になったものは、回数の多い順に、「黒猫」(一三回)、「告げ口心臓」(一〇回)、「陥穽と振子」(九回)、「アッシャー家の崩壊」(七回)、「早まった埋葬」(七回)となっている。このリストはその後もさらに伸びつづけている。映画化されるといっても、原作との関係はさまざまである。比較的原作に忠実なものもあれば、かなりの改変を加えたもの、複数の作品を合成したようなもの、なかには忠実なのはタイトルのみ、というようなものもある。主だったものについて、簡単に歴史をたどっておこう。

(1) 草創期〜一九三〇年

ポー関連の映画の嚆矢は、初期アメリカ映画の代表的な監督であるD・W・グリフィスによる『エドガー・アラン・ポー』(一九〇九年)であった。残念なことにいまは失われてしまったとされるこの映画は、生誕一〇〇年を迎えたポーへの関心の高まりのなかで撮影された伝記映画であった。ポーが妻のヴァージニアを看病するところへ、一羽の大鴉が舞い込む。それを不吉な前兆とみたポーが、詩「大鴉」を書く。一つめの出版社には断わられるが、二つめの出版社にその詩が一〇ドルで売れ、ポーは薬を買って帰る。だが、そのときすでに妻は冷たくなっていた、というのが大まかなストーリーである。ちなみに、同じ一九〇九年には、「タール博士とフェザー教授の療法」に基づいて撮られた、トマス・エディソンによる『狂人たちの叛乱』という作品もある。グリフィスはまた、『国民の創生』の撮影にかかる直前に、「告げ口心臓」と「アナベル・リー」に基づく『復讐する良心』(一九一四年)(邦題『恐ろしき一夜』)を撮ってもいる。

この草分けの時期においては、ホフマンの「砂男」とともにポーの「ウィリアム・ウィルソン」

に触発されたドイツ映画『プラーグの大学生』（一九一三年）がよく知られているが、ドイツ表現主義の傑作とされるロベルト・ヴィーネの『カリガリ博士』（一九一九年）が、アメリカの批評家たちにポーのことを思い起こさせたことも書き添えておこう。『ニューヨーク・タイムズ』紙は、『カリガリ博士』を、「エドガー・アラン・ポーが書きそうな殺人と狂気の幻想的な物語」と評している（Rigby［2007］23）。一九二〇年代には、ポーの物語は直接の素材として取り上げられるだけでなく、「早まった埋葬」のモチーフがいくつかの映画に使われた。また、『オペラの怪人』（一九二四年）には、赤死病の仮面が舞踏会に登場している。

フランス映画『アッシャー家の末裔』（監督ジャン・エプスタン、一九二八年）は、無声映画時代のポー翻案作品を代表する古典であろう。これは「アッシャー家の崩壊」と「楕円形の肖像」を組み合わせたような作品で、興味深いことに、ロデリック・アッシャーとマデライン・アッシャーが双子ではなく夫婦という設定になっている。視覚効果にすぐれ、評価の高い作品ではあるが、この映画では、棺から蘇ったマデラインが炎の燃えさかる館からロデリックを救出する結末となっており、原作での、最後にアッシャー家の末裔が息絶えるとともに館も沼に沈んでゆくという、二重の消滅のもたらすカタルシスは残念ながら失われてしまっている。

（2）ホラー映画の黄金期

一九二七年の『ジャズ・シンガー』をもってトーキーの時代に入ると、恐怖をかき立てる映画は新たな段階に入っていく。雷鳴がとどろき、扉がきしみ、風がうなり、悲鳴が上がる——こうしたことが音声を伴って表現されるようになったのである。一九三〇年代は、いわばホラー映画の黄金期であり、一九三一年には、ボリス・カーロフ主演の『フランケンシュタイン』が大当たりをとった。ポーに関連して、ここには面白い話がある。最初、フランケンシュタインの怪物役を打診されたのは、『魔人ドラキュラ』（一九三〇年）のベラ・ルゴシだった。ルゴシは脚本を読んで断わったのだが、そのあとそれを埋め合わせるような形で彼に回ってきた作品が、『モルグ街の殺人事件』（一九三二年）だったのだ（図8）。この映画のポスターには、「あの奇怪な『ドラキュラ』よりも奇怪にして、『フランケンシュタイン』よりも恐ろしくて身の毛のよだつ〔…〕」と謳われている(Smith 39)。この作品は、興味深いことに、ポーの「モルグ街」とヴィーネの『カリガリ博士』をかけ合わせたようなものであり、ルゴシ演ずるミラクル博士という怪しげな人物が操る（眠り男ならぬ）オランウータンが殺人を起こす。カーロフとルゴシの二大怪奇スターは一九三四年、ユニヴァーサル映画の『黒猫』で共演している。この作品は、ルゴシの演じる役名がポールジグ（Poelzig）という名前で「猫恐怖症」であるというところにポーとの

図8　**『モルグ街の殺人事件』**
（ユニヴァーサル、1932年）

つながりが仄めかされているとはいえ、原作とはかけ離れたものである。近親相姦、死体愛好、サディズムといったモチーフを含む『黒猫』は、一九三四年のユニヴァーサル映画最高の、一四万ドルの興行収入を上げた。カーロフとルゴシは一九三五年、ふたたび『大鴉』で共演する。ルゴシ演ずる医師ヴォリンは、ポー・マニアのいわゆるマッド・サイエンティストで、彼によってカーロフはフランケンシュタインの怪物を髣髴させる顔に整形される。ユニヴァーサルの『黒猫』と『大鴉』は、ポーとの関係を別にすれば、今見てもなかなかに興味深く、楽しめる作品ではある。いずれも興行面でポーの名を最大限に利用した作品であり、学校で推奨される類の映画とは思われないが、たとえば『大鴉』の宣伝資料は、ポーの物語がアメリカの学校では古典とされていることを利用して、〈なぜ「大鴉」はポーの傑作のひとつとされるのか〉のような主題で生徒に作文を書かせ、賞品として映画の入場券を提供することを提案している（Smith 58）。

一九三〇年代以降、アメリカでは映画制作倫理規定（いわゆるヘイズ・コード）によって、映画から「不適切」と判断される要素——低俗・猥褻・瀆神・違法行為など——はカットされることになる。また、イギリスでは、検閲委員会がいっそう厳しい基準でホラー映画を規制していく。ユニヴァーサル映画の『大鴉』（一九三五年）には「陥穽と振子」の拷問装置が登場することから、カナダのオンタリオやオランダで上映が禁止されたほか、イギリスの一部の地域でも上映禁止となった（Rigby［2007］161; Rigby［2000］18; Smith 58）。一九三七年には、イギリス映画検閲局によって、ホラー要素の強い映画に「H」（horrific）という基準が導入される。これによって、十六歳以下の者はＨ指定の映画をみることを制限された。一九四八年に作られたイギリス映画『アッシャー家の崩壊』は、Ｈ指定を受け、上映までに二年を要したという。

ふたたびアメリカに戻ると、ジュールズ・ダッシン監督の『告げ口心臓』（一九四一年）は、二〇分の短編でポーの原作をほぼ忠実に翻案し、その年のアカデミー賞最優秀短編映画賞を受賞している。この作品は現在インターネットの動画サイトで見ることができるのだが、心臓の音と時計の音の共振で神経の高ぶりを巧みに表わし、短編ということも功を奏して、オーソドックスではあるがポーを原作とする映画で成功している数少ない作品のひとつとなっている。

第二次世界大戦期には、現実の恐怖が世界を覆ったためか、ホラー映画は概して低調であった。ポー関連の作品も、注目されるものは少ない。

（３）冷戦期

第二次世界大戦直後から、世界は新たな潜在的恐怖に直面する。冷戦、宇宙開発の時代を背景に、ホラー映画というジャンルは、『月世界征服』（一九五〇年）、『遊星よりの物体ｘ』（一九五一年）、『ボディ・スナッチャーの侵略』（一九五六年）、『禁断の惑星』（一九五六年）など数々の作品を生んだ。日本の『ゴジラ』（一九五四年）の制作もこの時期である。ホラーとＳＦというジャンルの交差は、以前からマッド・サイエンティストものにおいてみられたが、この時期は、それが地球外からの生命体の襲来という形で前面に出てくる時期であった。

ポー関連では、一九五三年制作の七分間の短編アニメーション『告げ口心臓』（監督テッド・パーメリー）が注目される（これも現在インターネット上で視聴できる）。ジェイムズ・メイスン（一九六二年のスタンリー・キューブリック監督の『ロリータ』ではハンバート・ハンバートを演じた）が務めるナレーションでは、ポーの原作の文章が一部短縮されながらもほぼそのまま使われており、白黒のコントラストの効いた洗練された画像とともに、緊迫した雰囲気を伝える上質の作品となっている。映画は、メディアとして、文学よりはるかに商業としての側面が強いことを立証するように、配給元のコロンビアはこの映画の宣伝に力を入れ、上映館主向けの四ページものの宣伝資料で、次のように訴えている。「ポーの作品は古典として永遠のベストセラーです。ぜひお近くの書店や図書館に協力を呼びかけて、展示や販促をお願いします」、「あなたの町の生徒たちをクラス単位で『告げ口心臓』にご招待ください。一年生から最上級生まで、このエドガー・アラン・ポーの古典はどの英語のクラスにもうってつけです！」（Smith 85）。たしかに、ポー作品の映画版で、このように学校の推薦を得るにふさわしいものは少ないだろう。

（4）ロジャー・コーマンのシリーズ

一九五〇〜六〇年代にかけては、暴力・性描写の許容度が広がり、カラー技術が向上したことを背景に、イギリスのハマー・フィルムによる吸血鬼、ゾンビ、マッド・サイエンティストもの、アメリカのＡＩＰ（American International Pictures）による〈キャンプ〉的なもの[1]、ロジャー・コーマン監督、ヴィンセント・プライス主演の一連の低予算ホラーが人気を博した。この時期は、テレビの台頭してくる時期でもあった。

ポー関連の映画では、イギリスのハマー・フィルムが一九六〇年、「大鴉」と「黒猫」を利用した『猫の影』という作品を制作する。だがその後、もっぱらポー関連作品を世に送り出したのは、アメリカのAIPだった。ロジャー・コーマン監督によるものには、『アッシャー家の崩壊』(一九六〇年)、『陥穽と振子』(一九六一年)、『早すぎた埋葬』(一九六二年)、『恐怖の物語』(一九六二年)、『大鴉』(一九六三年)、『幽霊宮』(一九六三年)、『赤死病の仮面』(一九六四年)、『ライジーアの墓』(一九六五年)がある(2)(図9、10、11)。

コーマン第一作の『アッシャー家の崩壊』(一九六〇年)では、主演のヴィンセント・プライスは、神経過敏なロデリック・アッシャーを演じるために髪を真っ白に染め、独特のエクセントリックな役柄を作り上げた。彼はこの年、『ニューヨーク・ヘラルド・トリビューン』紙の年間最優秀男優賞を受賞している。八〇分から九〇分の長編に仕立てるために、コーマン作品の脚本はいずれも、原作にない人物やプロットを付け加えて全体を膨らませている(結果としてほぼ例外なく「悪いほうに」改作されている)。それらは大いに人気を博し、ヴィンセント・プライスはカーロフに次ぐ怪奇スターとなった。だが、作品はいずれも短期間で制作され、セットも使いまわしが多かったことから、後半はマンネリ化が避けられなかった。マンネリ化を逆手にとるように、コーマンはホラーにユーモアや滑稽な要素を積極的に取り入れて活路を見いだしている。アメリカのホラーは、こ

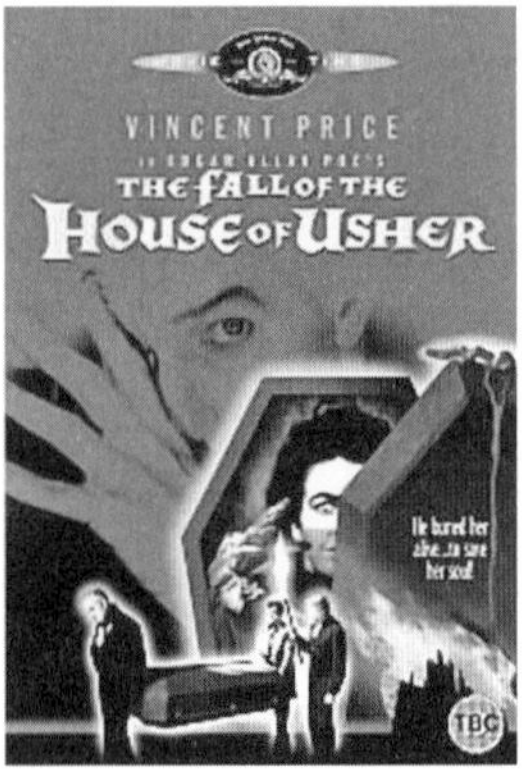

図９　『アッシャー家の崩壊』（AIP、1960年）

図10　『陥穽と振子』（AIP、1961年）

図11　『赤死病の仮面』（AIP、1964年）

の時期から、主として十代の若者向けのものになっていった。

ロジャー・コーマンがポーの翻案作品から離れた後も、ヴィンセント・プライスは『征服者・蛆虫』（一九六八年）や『長方形の箱』（一九六八年）に出演した。『長方形の箱』（邦題『呪われた棺』）では、ハマー・フィルムでドラキュラ伯爵やフランケンシュタインの怪物を演じたクリストファー・リーとの共演が見られる。

一九六八年には、ホラーをめぐる情勢は一変したと言われる。〈暴力〉に、よりいっそう焦点があてられるようになるのである。この年公開された『ナイト・オブ・ザ・リビング・デッド』（監督ジョージ・ロメロ）は、当時の社会不安を映すものとして、ホラー映画史に残る作品となった。ロジャー・コーマンのポー関連作品は、それにたいしてあくまで「時代物」のホラーであり、同時代の恐怖からは遠いものであった。むしろ、ポーのモチーフを現代的な文脈のなかで活かしていったのは、ヒッチコックである（ヒッチコック作品は通常、ホラーではなくサスペンス・スリラーに分類されるが）。ポーの愛読者であったことを公言するヒッチコックは、モーテルの背後の古い屋敷（『サイコ』）、目をついばまれた男の死骸（『鳥』）、生まれ変わりかと思われる美女（『めまい』）、死体の入ったチェストを前に歓談する犯人の青年たち（『ロープ』）、上空から襲ってくる鋭い刃先のようなヘリコプター（『北北西に進路をとれ』）などで、ポー読者に合図を送っている(3)。

一九七〇年代以降は、〈スプラッター・フィルム〉とか〈ゴア・フィルム〉と呼ばれる、血まみれものの新時代が訪れる。『悪魔のいけにえ』（一九七四年）、『エクソシスト』（一九七三年）、『キャリー』（一九七六年）、『オーメン』（一九七六年）といった作品が、より強烈なショックを求める多くの観客を惹きつけるようになる。

（5）非英語圏のポー映画

ポーの翻案映画は、ドイツ、フランス、イタリアをはじめ、多くの国々で制作されている。先にも挙げたとおり、エプスタンによるフランス映画『アッシャー家の末裔』は初期の古典であった。これ以外でとくによく知られているのは、国際的に名の通った三人のヨーロッパ人監督によるイタリア・フランス合作のオムニバス映画『世にも怪奇な物語』（一九六七年）であろう。この作品では、ロジェ・ヴァディムが「メッツェンガーシュタイン」を、ルイ・マルが「ウィリアム・ウィルソン」を、フェデリコ・フェリーニが「悪魔に首を賭けるな」を、それぞれ原作として使っている。ルイ・マルの「ウィリアム・ウィルソン」（邦題「影を殺した男」）は、主役アラン・ドロンの相手にブリジッド・バルドーを配し、イカサマのカードゲームの場面でウィルソンに彼女を鞭打たせている。ウィルソンの性的な放縦さを強調していることは、性的な要素が表立っては表現されないポーの原作と比較して興味深い。このオムニバスでもっとも評価が高いのは、最後に置かれたフェリーニの作品である。これは原作への忠実度は三話のうちもっとも低いのだが、精神において、もっともポー的なものを感じさせる。この点については、後に考察することにしよう。

スウェーデンのイングマル・ベルイマンは、直接にポー作品の映画化をしたわけではないが、

『野いちご』（一九五七年）や『狼の時刻』（一九六七年）において、ポーを思わせる分身や夢と恐怖のモチーフにすぐれた表現を与えた。また、『第七の封印』（一九五七年）の死神は、ポーの「赤死病の仮面」に想を得ているとされる。チェコのアニメーション作家ヤン・シュヴァンクマイエルは、独自の美意識のもとに、『アッシャー家の崩壊』（一九八〇年）、『陥穽と振子』（一九八三年）、『ルナシー』（二〇〇五年）などを発表している。

恐怖の魅惑――〈リアルなもの〉との出会い

ホラーは映画市場において、早い時期から一大ジャンルを形成してきた。現在にいたるまで、このジャンルはいくつかのサブジャンルや近接ジャンルをもちつつ、発展と変遷をつづけている。観客に恐怖を与える映画の人気が、絶えることなくつづいてきた理由はどこにあるのだろうか。

恐怖をかき立てる映画といっても、一級の芸術品として審美的な目に喜びを与えるものから、血なまぐさく俗悪なものまで広がりをもち、一概には論じられない。S・S・プロウアーは、映画における恐怖についてのすぐれた包括的研究である『カリガリ博士の子どもたち』（一九八〇年）において、ヴィーネの『カリガリ博士』やカール・ドライヤーの『吸血鬼』を娯楽としてのホラー映画から厳然と区別したうえで、娯楽作品にも芸術作品にも共通して存在する、「安全なかたちで怯えてみたい」、「危険から守られて自分の恐怖と向きあいたい」という観客の欲望について一章を割いて検討している（Prawer 48-84）。そのさい、彼は恐怖をもたらす要因として、表Aのようなカテ

A：恐怖をもたらすもの	B：観客が感じる喜びの根底にあるもの
・神聖なものが冒瀆される恐怖。悪魔崇拝。死者の復活。処女懐胎。罪深い科学者。 ・日常生活に凶暴な人間が侵入する。獲物にされる恐怖。 ・ほかの生物が人間の地位を奪う、人類の文明を破壊する恐怖。 ・人間自身の本能や内面の獣性が現われる恐怖。 ・人間のアイデンティティや人格の〈完全さ〉をめぐる不安。〈分身〉の主題。実体と仮面。 ・性的魅力を伴うものが襲ってくる恐怖。吸血鬼、猫女など。 ・よそ者が侵入してきて町を破滅させるかもしれないという恐怖。 ・社会的な負け犬が叛乱を起こすという恐怖。 ・科学的世界観がすべてを説明してくれはしないのではないかという恐怖。 ・切断された身体や顔の奇形、目の恐怖。	・社会的な敵意から生じる破壊の喜び（いじめられ傷つけられたものが残忍な復讐をする、かつて自由だったものが都市に閉じ込められる）。 ・死なないものへの不安と魅惑。 ・科学や魔術の可能性への好奇心と不安。 ・他人の極限状態をみたいという願望。 ・日常的な生存の恐怖（空想的にふくらまされた結婚の恐怖、子どもの恐怖など）。 ・悪や狂気の側とひそかな共犯関係をつくる（自分の知らなかった一面を知る）。 ・性的な欲望。性と残虐さのつながり。 ・場所の霊（地下室、屋根裏、呪われた屋敷、壁、塔など）。 ・馴れ親しんだものが異様なものになる感覚。

恐怖の要因と観客の意識の深層

ゴリーを列挙する。そして、恐怖を与えるこれらのものを観るときに観客の感じる喜びの根っこにあるものとして、表Bのような諸要素を挙げている。網羅的な記述であり、A群とB群が必ずしも明確に区別されているとはいえないが、おおまかにみれば、Aの諸カテゴリーはBの諸要素が映画のなかで具体的な視像をともなって現われる姿であるといってよい。

喚起される恐怖が、単にマイナスの情動であるだけでなく魅力をもつ情動でもある理由は、それがフロイト的にいえば「抑圧されたものの回帰」であり、さらにラカンの概念を使えば、〈リアルなもの〉の出現であるからだ。〈リアルなもの〉とは、死をも含んだ原初的生命のエネルギーで、「魅きつける」力をもつ。『エイリアン』における、増殖する不死の生命体を思い浮かべればよい(4)。ぞっとするものでありながら、われわれはそれに魅入られずにはいない。それは人間が主体として成立するときに切断されたもので、自分でない何かなのだが、同時に自分に親しいものでもあるのだ。世界内では〈リアルなもの〉は表象しえない。だが、その空虚の部分を埋めに現われるのが、大衆文化においてはホラー映画における「モンスター」であり「生ける死者」である。それが突如出現し襲ってくるとき、観客はショックを受け、恐怖に駆られる。または、嫌悪を催しぞっとする。だが、自分とは絶対的に異質のものとの遭遇でありながら、同時にそれは〈他なるもの〉としての自己との出会いの瞬間でもあり、観客はそこに魅力を感じずにはいられないのである。

観客が映画に感じる恐怖とは、観る時代、観る年齢、観る環境といった要因によっても左右される複雑なものである。だが、いずれにせよ、〈リアルなもの〉との破滅的な出会いがどう表現されるかがつねに重要なポイントとなる。ポーの原作においては、大渦巻、蘇る死者、分身など、〈リアルなもの〉との出会いはさまざまなかたちで描かれている。映画への翻案においても、早まった埋葬、黒猫の恐怖、呪われた家系、地下牢、拷問機械、仮面舞踏会、催眠術師といったモチーフはくり返し利用されてきた。それらは、一部の美的・幻想的なものを除き、もっぱら衝撃を与えるもの（ショッカー）として映画化されてきた側面が強い。その場合、ポーの作品は読者によく知られているだけに、ホラーとしては逆に不利な条件下におかれる。つまり、観客に衝撃を与えるはずの恐怖が、既知の恐怖になってしまうのである。ロジャー・コーマンの作品群は総じて、ポーの意図する〈効果〉を生かすことができていない。そこでは〈リアルなもの〉は飼い馴らされてしまっている。棺がひとりでに開き、手が伸びてくる、という手法は、たちまち使い古されるのだ（彼の作品を愛好するファンは少なくないが、彼らはそうした常套的な手法に〈キャンプ〉的魅力を感じるのだろう）。ポー作品のなかでももっともグロテスクなもののひとつである「ヴァルドマール氏の病症の真相」では、死ぬ間際のヴァルドマール氏が催眠術をかけられたまま数か月を過ごす。術が解かれるとき、その身体からこの世ならぬ声（というよりも「音」）が洩れ、「私は死んでいる」（"I am dead."）という言葉が発せられる――と同時に、身体が一瞬にして醜悪な液状の塊りと化す。ロジャー・コーマンのオムニバス映画『恐怖の物語』に収められた、この作品に基づく一話は、腐敗し融け出す身体を、チョコレート色の粘液状のもので明示的に表わすまでにいたっている。これは当時としては相当にショッキングな表現であっただろう。だが、たしかに嫌悪を催すものであるとはいえ、そこには原作の与える衝撃――「私は死んでいる」という不可能な発話自体の与える衝撃、〈身体をもたない声〉の衝撃――はほとんど感じられない。文学には文学なりの、映画には映画なりの表現があり、それぞれの詩学と文法がある。衝撃度でいえば、それは、ヒッチコックの『鳥』の一場面の衝撃――壁にもたれるようにして死んでいる男にカメラが近づいていき、鳥につついばまれて赤黒い穴となったその両眼に、パッ、パッ、パッと三段階の素早いカットで寄せていく――には遠く及ばないのである。

恐怖の接近――無気味なもの

周知のように、フロイトは「無気味なもの」において、馴染みのものが見馴れないものの様相を呈するとき、逆に、見馴れないものに馴れ親しんだものを感じるとき、無気味の感じが生じると論じた。その根底にあるのは、すでに克服されたはずのアニミスティックな心性、自他未分化の段階の心性とされた。フロイトのいう、「見馴れないものであると同時に馴れ親しんだもの」というのは、前節で述べたように、ラカンの用語を用いれば、主体成立に当たって象徴化を免れた〈リアルなもの〉である。それが突然襲ってくるとき、人は恐怖に戦慄する。一方、〈リアルなもの〉が接近しているという予感を覚えるとき、人は無気味に感じ、不安になる（Copjec 117-139）。

無気味さは、ポー文学において非常に重要な感覚である。たとえば「アッシャー家の崩壊」で、語り手は館に近づくとき、どう表現してよいのかわからない、ある陰鬱な気分に襲われる。「世にはごく単純な自然物の結びつきながら、かくもわれわれを捉えるものがたしかに存在するのだ。だがその力を分析することは、われわれの知力を超えたところにある――と、わたしは不満足な結論にすがらざるを得なかった」（MII: 398）。語り手は、館やそのまわりの光景の与える印象の不思議さの謎を解こうと、館のそばの沼に近づき、水に映る倒立した像を眺めてみる。特別に変わったところを名指しはできないが、たしかに何かがアッシャーの館を取り巻いている。そのヒントを、ポーは、「うつろな眼のような窓」という言葉で表わしている。語り手が館を見ているのだが、じつは彼は館からのまなざしを受けているのだ。本来視線の対象になるはずのものから逆にまなざしを感知するときというのは、人が無気味さを感じるケースのひとつといえる。(5)

表象化を免れた〈リアルなもの〉は、モンスターやエイリアンのような絶対的な差異をもつおぞましいものとして現われるだけではない。目に見える有形の差異をもたないもの、最小の差異しかもたないものとしても現われる。それはたとえばクローン羊ドリーのように、見かけ上はとくに異常なところはないのだがどこか不安をかき立てるものとして現われるのだ。ジュパンチッチによるこの「最小の差異」という概念は、〈分身〉の主題とも関連する、ポー文学にとって有用な概念である（Zupančič［2003］170）。文学というメディアが映像という「目に見える」メディアに移しかえられるとき、この「差異なき差異」をどう表わすかが、その作品の表現にとってひとつの鍵となる。ポーの翻案においては、おぞましいものは盛んに表現が試みられてきたが、もう一方の、最小の差異をもつものはそれほど試みられてきてはおらず、また、あまり成功をみていないというのが筆者の印象である。プロウアーは、雰囲気の喚起（どこへ通じるともわからぬ階段、影たちがあてもなくさまよう回廊、風にはためくカーテン、ひとりでに開くドア、靄《もや》のかかる水面）という点で、ジャン・エプスタンの『アッシャー家の末裔』を、ポーにたいする重要な、数少ない、映画による捧げものとしている（Prawer 83）。この「雰囲気」というのが、名指しえぬものが表わされているひとつの徴であろう。「ライジーア」において引用される、「その均衡に何らかの奇異をもたぬかぎり、絶妙の美とはなりえない」というフランシス・ベーコンの言葉（MII: 311-312）も、語り手が名指しえぬものに接近しようとしてその周りを回っていることを示している。有形の差異をもたないが〈それ以上の何か〉である、こうしたいわく言い難いものの魅力が、語り手がライジーアに感じる魅力である。映像となったとき、それが何らかの形で表現されないならば、観客はそこにポーの痕跡を認めないだろう。

フェリーニの「悪魔の首飾り」

以下では、ポー関連の映画作品のうち、無気味さの表現においてきわだって印象深いフェリーニの作品を手短に検討してみよう。先にも述べたように、オムニバス映画『世にも怪奇な物語』の第三話、フェリーニによる「トビー・ダミット」（邦題「悪魔の首飾り」）は、表面上ポーの短編「悪魔に首を賭けるな」（"Never Bet the Devil Your Head" 一八四一年）に拠るところは少ないにもかかわらず、ポーの人物像と作品世界を描いて独自の表現を達成した例外的な作品と感じられる。それはなぜなのか。

映画のストーリーは次のようなものである。トビー・ダミット（"Damn it" というののしり言葉に由来）という名のイギリス人のシェイクスピア俳優（テレンス・スタンプ）が、イタリア・オスカー賞を授与されるということで、ローマに招かれる。最新型のフェラーリを報酬として、「カトリックの西部劇」への出演依頼も受けている。取材陣の待ち構えるなか空港に着いたダミットは、「光は大嫌いなんだ」と、カメラのフラッシュを避けながらエスカレーターに乗る。その彼のもとに、白いボールがひとつ転がってくる。拾い上げたボールを白いドレスを着た金髪の少女に手渡すとき、少女は上目づかいの奇妙なまなざしを彼に向けた（図12）。翌日のテレビのインタヴューで、「神を信じますか」と聞かれたダミットは「ノー」と答えるが、「では悪魔は？」と聞かれると、「私の悪魔はかわいくて陽気だ、少女のように」と答える。授賞パーティで泥酔し会場を抜け出したダミットは、フェラーリに乗って街を猛スピードで駆け巡る。橋の一部が崩落している場所で足止めをくうが、崩れた橋の向こう側には白い少女の姿が浮かんでいた。少女はまたしても誘うような奇妙なまなざしを彼に投げかける。彼のフェラーリは、少女のいる向こう側をめがけ轟音を立てて突っ込んでいく。音が突然ふっつり途絶えると、霧にかすむ向こう側の橋の上では、水平に張られたワイヤーの一部が赤く染まって揺れている。少女は、ボールのようにころころと足もとに転がる頭部を、そっと拾い上げた。

ポーの原作では、「悪魔にこの首を賭けてもいいが」（"I'll bet the Devil my head."）というのが口癖のダミットが、橋のたもとに佇む奇妙な黒服の老人に挑発され、橋のなかほどにある回転木戸の上を跳び越えてみせる。だが、跳び越える手前でどさりと落ちた彼の身体には、首がなかった。橋の上の、首の通過するあたりに鉄線が張られていたのだ。件《くだん》の紳士は、こぼれる首を黒い前掛け《エプロン》で受けると、全速力で駆け去っていった——。映画と原作と較べてみると、主たる共通点は、悪魔の誘いにのって首をとられるという点にある。悪魔が原作では老人だが、映画では少女というわけだ。

図12 「悪魔の首飾り」（AIP、1967年）

この少女のために、映画は独特の無気味な魅力を帯びている。少女は日常の時空を外れた、異質の次元からダミットを手招きしているようにみえる。空港のロビーの喧騒、疾走する車、ジャーナリストたちのめまぐるしい取材攻勢のなかで、少女のいる空間だけが無音で、ボールのバウンドもスローモーションだ。真空の世界へ吸い込まれていくような感覚がそこには現出されている。〈少女〉は、十三歳の従妹と結婚し「アナベル・リー」を書いたポーを表象するのにうってつけの記号ではある。だが、同時に、この少女は、〈黒猫〉のように、日常のなかに現われて人間を手招きし、破滅に導くものの表象ともなっている（本書第三章参照）。忽然と現われてつきまとい、不安を与えつつ魅惑する——〈少女〉は、破滅することがわかっていながら越えずにはいられない境界線を示しているのだ。フェリーニ作品は、その意味で、ポー文学のエッセンスである「天邪鬼の精神」をみごとに映像化しえているのである。それがこの作品を、他のどの翻案作よりポーの世界に近づけている理由だろう。

この作品がポーを連想させる点は、ほかにも多々ある。原作が、当時の超絶主義文壇への当てこすりをたっぷりと含んだ諷刺的な「教訓」物語であることからすれば、映画のダミットが、当代のジャーナリズムとスキャンダラスな戯れを繰り広げる人物として設定されていることも、フェリーニの炯眼であろう。だが何より特筆すべきは、フェリーニが、ポーの作品世界に浸透する無気味さを、映画というメディアに本来備わる無気味さを通じて転化させたことである。映画冒頭で、空港に到着したダミットが目にする光景は、日常でありながら日常のリアリティがすっぽりと抜け落ちた奇妙な世界になっている。天井から吊り下げられた丸いテレビ画面の枠のなかには、アナウンスを繰り返す女性の顔が浮かぶが、そこでは、映像というものがそもそも不在のものを映し出す装置であること、存在を分裂二重化させるもので、生きた人間を死者のように見せ、死者を生きているもののごとく見せるものであることが示されているのだ。風にはためく尼僧たちの黒い装束、街の角々に立つ人形のような人びと、髑髏のように黒い穴をのぞかせる崩れた橋の断面――。フェリーニの作品は、馴染みのあるものが見馴れないものになる瞬間を表わし、日常のなかの名指しえぬ奇妙さを映像化している。「トビー・ダミット」は、映像におけるフェリーニの資質に、文学におけるポーの資質ときわめてよく通じ合うものがあることを示す、じつに興味深い作品である。

メディアが交差するとき

文学と映画は別のメディアであり、文学の映画版に期待をもって臨んでも、概して裏切られることが多い。プロウアーは、「映画の表現に移し変えられることにもっともよく耐えうる文学作品は、世界文学の一流の作品ではなく、マイナーな作品だとしておくのが無難である」というが、このことは、フェリーニの「トビー・ダミット」においても当てはまるように思われる。伝説や歴史書から小説をつくるのもたしかに才能が必要だ。だが、文学を映画というメディアに移しかえるとき、「創造的な映画の才能によるさらに大きな飛躍が必要」なのである（Prawer 85-86）。

これまでみてきたように、ポーの文学世界は、さまざまな形で数多くの映像作品に移しかえられてきた。とくに突出して多いのが、「ホラー」とされる娯楽映画の一ジャンルであった。この事態は、T・S・エリオットが、ポー作品について、「成長の特定の段階で、つまり少年期からまさに脱しようとする人生の一時期において、強く訴えかける」ものであるが、「人間全体としての成熟」が欠けており、大人が再読する類のものではないと断じたことを思い出させる（Eliot 269）。だが同時に、わたしたちはD・H・ロレンスが、ポーの物語を、生きているものを満足できるまで知りつくしたいという恐ろしい欲望を描く吸血鬼の物語になぞらえたことも、思い起こす必要があるだろう。「どぎつくメロドラマ的だが、それでも真実なのだ」とロレンスは喝破する（Lawrence 85）。

子どものころわたしたちを捉え、一生を通じてつきまとう物語には、生命と世界にかんする秘密がひそんでいる。それらの秘密は、文学から演劇へ、そして映画へ、とメディアを横断しながら、表現されることを求めつづけてやまない。洗練された美的な表現が達成されるか、粗野で俗悪なものになるか、その出来具合は分かれるだろう。だが、大衆的で通俗的な作品であるにしても、くり返し作りつづけられるところに、人間の感じる表現しえないものへの魅惑が隠されており、それらを一概に軽視することはできないのである。また言うまでもないことだが、恐ろしくも魅惑的なものが表現されるのは必ずしも「ホラー」というジャンルに限られない。

第十二章　疫病のナラティヴ――ポー、ホーソーン、メルヴィル

疫病が語られるフレーム

スーザン・ソンタグが『隠喩としての病い』で示したように、病のなかには、結核や癌のように特有の想像力を喚起するものがある。疫病も、個人および共同体にもたらす影響から、特有のイメージを伴って表象されてきた。疫病が慢性の病とは著しく異なって人びとの嫌悪をかき立て恐怖心をとらえるのはなぜか[1]。疫病が人びとを恐慌に陥らせる要因は、第一に、それが身体にもたらす劇的な変容である。黄熱病におけるチョコレート状の吐瀉物、天然痘における全身の皮膚の膿胞、コレラにおける激しい下痢や嘔吐などは、身体の崩壊過程をまざまざと眼前に現出し、看病にあたる者をもひるませる。第二に、その進行の速さである。コレラの場合、最初の徴候が現われてから数時間のうちに死に至ることもまれではなかった（Rosenberg 42）[2]。コレラや黄熱病の死に至る速度に比べれば、同じ感染病といっても、結核は慢性病に近い。第三に、その致死率の高さである。黄熱病の致死率五〇パーセントをはじめとして、数週間のうちに数千人にも及ぶ犠牲者を出すような疫

病は、人びとに恐慌を引き起こす(3)。最後になるがとくに重要なのが、疫病の感染・伝播力、すなわちその越境する力である。疫病発生となるや、患者は隔離され、水際での厳しい検疫態勢が敷かれるが、疫病はやすやすと境界を越え、障壁をくぐって侵入し、次々と犠牲者を出す（Humphreys 847）(4)。

集団・共同体を脅かす病である疫病には、隔離の問題、排除の問題、迷信や噂といったコミュニケーションの問題、社会階層の問題、罹患者をめぐる倫理の問題、医療の問題、都市の公衆衛生対策の問題など、さまざまの問題系がかかわってくる。感染源や感染経路が不明な疫病は、たいていの場合、「外来のもの」とされ、その原因は往々にして、大衆に嫌悪・反感をもたれるグループ（移民・ユダヤ人など）に帰されてきた。病を特定の病理学的過程として一義的に語ることはできない。それは社会的なフレームのもとに理解されるものなのである（Rosenberg 238 ; Dry and Leach 5）。病というものが、身体に統制のできない要素を抱え込むことだとすれば、疫病はとくに、個人の身体と共同体という集合的身体の両方のレベルでの統制不能性を露わにする。そうした疫病を語りのフレームに収めることで社会的・科学的に統制しようとするのが、プリシラ・ウォルドのいう「アウトブレイク・ナラティヴ」である（Wald 2）。ウォルドによれば、社会は病をフィクションのフレームを利用してとらえようとする。新奇な病が発生するとき、その病の正体を突き止め、経路を逆にたどって感染源を確認するのは、探偵小説の枠組みである。また、見知らぬ余所者《よそもの》が共同体を脅かすというのは、古来反復され、SF小説でも踏襲される物語のパターンなのである。原因が特定され疫病が封じ込められるまでの一連の出来事は、特有の語句やイメージやストーリー展開をもって繰り返し語られる。それは、蔓延する疫病がいかにして制圧されるかという物語である。ウォルドはこの「アウトブレイク・ナラティヴ」の原型を、二十世紀初頭のチフス大流行時に、メディアを巻き込んで大々的に展開された「チフスのメアリー」騒動にみる（Wald 84-104 ; 新田　二二四―二二五）。このとき、感染源と特定されたアイルランド移民の女性は、病原菌をばらまく社会ネットワーク上のハブとして名指され、社会的なスティグマを負うことになった。では、近代医学による原因特定と感染封じ込めという過程が確立する以前の時期において、疫病をめぐる言説はどのようなものだったのか。医学的、生政治的な語りが主流になり、ウォルドのいう「アウトブレイク・ナラティヴ」の筋書へと収斂していく以前の、十九世紀中葉のアメリカにおいて、フィクションのなかにどのように描かれていたか。エドガー・アラン・ポー、ナサニエル・ホーソーン、ハーマン・メルヴィルの作品を俯瞰しつつ、疫病の表象を考察する。

ポーと象徴としての疫病

「早まった埋葬」（"The Premature Burial"）の冒頭で、ポーは、「ある種の主題は、そのおもしろさではすばらしく心をそそるものであるにもかかわらず、それをまともな小説に仕立てようとすればあまりにも恐ろしすぎて使いものにならぬ、という場合がある」として、世界を襲った災厄を列挙する。「ベレジーナの渡河や、リスボンの大地震、ロンドンの黒死病、セント・バーソロミューの大虐殺や、カルカッタ城の暗黒の土牢で一二三人の囚人が窒息死させられた事件の記述を読むと、この上なく激烈な「快い苦痛」(pleasurable pain)に戦慄する。けれども、この種の記述が、われわれを感動させるのはその事実――その現実性――その歴史にほかならぬ。もしこれが作り話であったら、われわれはまったくの嫌悪の念をもってこれに対するであろう」(MIII: 954-55)。こうした災厄は、その性質ばかりでなく規模の大きさにおいて、われわれの想像力に鮮明な印象を残すのだが、ポーは、「ほんとうの悲惨、根元的な苦しみは、特殊なものであって、一般的なものではない」、「恐るべき極度の苦痛に堪えるのは個人としての人間であって、集団としての人間であることは絶対にない」(MIII: 955)として、災厄の途方もない事実性に戦慄しながらも、そこにおける個々の人間の苦悩をフィクションとして扱うことの困難を述べている。たしかに、結核のようにロマン主義化され個人に帰される病とは異なり、疫病の場合は、その蔓延する規模そのものの脅威からして、個々の人間の苦痛は背景に退けられがちである。じっさい、「早まった埋葬」にあるような、生きているうちに埋葬されるかもしれないという事態は、当時の医学上の診断の未熟さに起因するだけではなかった。それは、疫病に侵された身体を一刻も早く葬り去り、感染の危険から距離をおきたいという人びとの願望からくる、乱暴な処置の場合もあったのだ。(6) 疫病の恐ろしい進行具合からすれば、死にさいして、喪の悲しみやその後のメランコリーの感情が往々にして失われてしまうのもやむを得ないことかもしれない。つまり、ポーの創作美学からすれば、疫病による死は、個人に焦点を当てると、美と死というロマン主義的結びつきが作用しにくい題材ということになる。

では、ポーは疫病とどのようにかかわり、疫病を作品でどのように扱ったのだろう(7)。

まず、ポーの実人生と疫病禍の接点をみておこう。ポーの生きた時代である十九世紀を代表する疫病といえば、コレラである。アジア型コレラは、インドでは十六世紀からみられた病だったが、ヨーロッパでの流行は十九世紀になってからのことだ。十九世紀を通じて、コレラは三度の大流行をみるが、最初の流行は一八三一〜三二年のことだった。一八三一年にヨーロッパ各地に広がり、パリだけで一万八〇〇〇人の命を奪ったコレラは、翌一八三二年四月にはアイルランドの船によって北米カナダに到来する。アメリカは疫病の侵入に備えて厳重な検疫態勢を敷くが、それも空しく、ほどなくしてコレラはアメリカにも及んだ。ニューヨークでは、その年の末までに三五一五人の死者が出るが、犠牲者の大半は貧しい人びとで、死体は「ポッターズ・フィールド」と呼ばれる無縁墓地に運ばれた(Rosenberg 90)。コレラは人びとの移動に伴って、たちまち、ポーが滞在していたボルチモアにも及ぶ。一八三二年当時のポーの状況を示す文書や書簡は数少ないが、このときポーが現実に身近に見聞きし、また新聞・雑誌の報道を通して詳しく知ることになったであろうコレラ禍は、彼のなかで形を変えて作品として結実していった。

ポーの最初期の傑作「影」と死者の声

ポーの最初期の傑作ともいわれる詩的散文「影」(“Shadow—A Parable”一八三五年)は、ギリシヤ人オイノスなる人物が、いまを何世紀も遡る「恐怖の年」の出来事を、影の領域から生者に向けて語るという体裁になっている。その年、地上では「あまたの不思議と前兆が起こり、またあまねく広く、海を越え陸を越えて、疫病がその黒い翼を広げた」(MII：189)。災厄に見舞われた人気《ひとけ》のないプトレマイスの町では、オイノスを含む七人が、内側から固く扉を閉ざした邸宅にこもって宴を張り、黒檀の円卓の上に置かれた鏡を覗き込む。部屋にはもうひとり、すでに息絶え経帷子をまとったゾイラスという若者の姿がある。疫病に歪む、死んだゾイラスの両の眼がみずからに注がれているのを感じるオイノスは、やがて部屋のなかに、形の定かならぬひとつの黒い影の佇むのを感知する。オイノスが影に名と棲み家を問うと、影の答えは「ただひとりの人間の声ではなく、すでに世を去った何千という友人たちの、忘れもせぬ懐かしい声」となって、オイノスの耳に落ちてきた(MII：191)。

疫病に襲われ不作に喘ぐテーバイを舞台とする悲劇『オイディプス王』にあるように、災厄は古来、天体の乱れ(dis-astro)に起因すると考えられてきたが、疫病の原因や感染経路が不明であった一八三二年当時においても、疫病大発生の原因を、天空の星の配置や、不摂生で不潔な人間への神の下した罰に帰す説はなお有力だった(8)。都市の公衆衛生の改善が疫病予防に資するとされるのは十九世紀も後半になってからのことであり、じっさい、ニューヨーク市は、一八三二年八月三日を、断食と祈りの日とするという非科学的な方法で疫病に対処しようとしたのである(Alcabes 74)。「影」は、当時も残存する災厄にまつわる古来の連想を喚起しながら、死者のまなざしと死者の声によって、いわば向こう側から生者の世界に、共同体に堆積する記憶を届ける物語である。

疫病から普遍の死へ――「赤死病の仮面」

「影」は、疫病の町を背景に、災厄を逃れて宴を張る集団を描く点で、後年の傑作「赤死病の仮面」("The Masque of the Red Death" 一八四二年)を予兆する。「赤死病の仮面」も、疫病が猖獗を極める国が舞台である。〈赤死病〉とは、「鋭い苦痛がおこり、突然めまいがして、やがて毛孔からおびただしい血がにじみ出て、ついに息が絶える」(MIII: 670)というもので、その全過程がわずか半時間のうちに進行する恐ろしい病である。体じゅう、とくに顔面に真紅の斑点が現われることから、罹病者は「世の追放者」となり、だれの同情も得ることがない。プロスペロ公は赤死病を逃れて城郭にこもり、舞踏会を催すが、門で頑丈に扉を閉ざした城郭に、いつの間にか謎の仮面の人物が入り込む。その忌むべき赤死病の仮装者をプロスペロ公は追い詰めるのだが、ついに対面したとき、公は鋭い叫びを上げて絶命する。周囲の者たちが謎の人物の仮面と死装束を剝ぐと、背後には象《かたち》あるものは何もなかった。

この疫病は、その名からして中世の〈黒死病=ペスト〉を連想させることから、十四世紀半ばにペストを逃れて邸宅に引きこもった男女が物語をするという趣向の、ボッカチオの『デカメロン』に想を得たといわれる。が、また別の有力なソースも指摘されている。N・P・ウィリスは、コレラがニューヨークで大流行した一八三二年六月、パリの消息を伝える記事を『ニューヨーク・ミラー』紙に寄せている。パリのヴァリエテ座では、コレラの流行を尻目に陽気に騒ごうと仮装舞踏会が催された。なかにはコレラ患者の仮装をして「歩く疫病」を気取った者もいたという(9)。いずれにせよ、ポーは現実世界の疫病の恐怖と、中世以来の〈死を忘れるな《メメント・モリ》〉、〈死の舞踏〉のカーニヴァル的な要素とを結びつけ、疫病発生時の宴を、死すべき運命の人間がつかの間享楽に耽るさまとして描いた。疫病が猛威をふるうとき、裕福な者たちは、われ先に疫病の蔓延する地を離れる。疫病は万人を襲うという意味で平等なものだが、貧しく行き場のない者たちがより多く犠牲になるというのが歴史の真実である(10)。ポーの「赤死病の仮面」でも、プロスペロ公とその取り巻きたちは、自分たちだけは逃れようとする。だがそれは叶わない。なぜなら、赤死病の仮装者は、「現に生きている者の近い将来になるべき姿」、「恐るべき分身」(ホイジンガ 二九〇)だからである。「赤死病の仮面」は、疫病の脅威によって死が身近に剝き出しになった同時代の現実に想を得ながら、死を防ぎようのない、不可避的なものとして、象徴的、審美的に昇華させた作品である。自分の死は体験することができない。それは恐ろしい分身であり、その仮面の下の空虚こそが自分の死なのだ。仮面の人物との対面において、他者と自己が入れ替わる。〈他なるもの〉としての死が自己の死として経験される瞬間を描き、ポーの「赤死病の仮面」は、疫病という主題のもとに、死にかんする、時代を超えた普遍の相に達している。

ホーソーンと歴史としての疫病

ホーソーンも実人生において、疫病と浅からぬかかわりがある。ホーソーンの父親はホーソーンが四歳のとき海で命を落とすが、その原因は黄熱病とされる。一八四六年、のちの『ブライズデイル・ロマンス』（*The Blithedale Romance*）のモデルとされるブルック・ファームで天然痘が流行したことは、この共同体が閉じられる直接の原因のひとつになった（Delano 319）。リヴァプールで領事の任にあったホーソーン（一八五三―五七年）は、職務柄、入港する船の検疫のことにも通じていた。また、ローマを旅したおりには、娘ユーナが「ローマ熱」と呼ばれる流行病に罹り、重篤になる。フィクションにおいては、代表作『緋文字』（*The Scarlet Letter*）に、ヘスター・プリンが人びとの寄りつかない病者を訪ね介抱することで徳性の高さを示すというエピソード（十三章）がある。ホーソーンにはまた、疫病が直接の主題となった作品も存在する。短編連作「プロヴィンス・ハウスの伝説」（"Legends of the Province House"）の一編である「レディ・エリノアのマント」と、子ども向けに書かれた歴史物語シリーズの一編「拒まれた恵み」である。ともに、植民地時代のボストンの天然痘流行に材をとった語りである。十九世紀を代表する疫病がコレラなら、十八世紀を代表する疫病は天然痘であった。

「レディ・エリノアのマント」と伝説としての天然痘

「レディ・エリノアのマント」（"Lady Eleanore's Mantle" 一八三八年）は、ニューイングランドの歴史に深い関心をもつ語り手（「わたし」）が、マサチューセッツ植民地総督の旧邸（プロヴィンス・ハウス）で聞いた伝説を語るという、四編から成る連作物語のうちの三つめの物語である。「いまから一二〇年ほど前」、シュート総督（在任一七一六―二七年）の遠い親戚で、総督を後見人として頼る若き貴婦人エリノア・ロチクリフがロンドンからボストンに到着する。彼女の女王のような気高い美しさをいっそう引き立てるのが、豪華な刺繍を施したマントで、そのマントには人びとを魅了する不思議な力があるというのがもっぱらの噂だった。ジャーヴェイス・ヘルワイズという青年は、レディ・エリノアに恋をして気が触れ、馬車から降り立つ彼女の踏み台になろうとして、その足元に身をひれ伏す。レディ・エリノアを歓迎する華やかな舞踏会のさなか、町に疫病が発生したとの報が伝えられる。「天罰にして恐怖」である疫病――天然痘――は、通例とは逆に、上流階級から貧しい人びとへと猛威をふるっていく。家々には天然痘の罹患者がいることを示す赤い旗が掲げられるが、その旗はレディ・エリノアのいる総督邸にも翻っていた。会いにいったジャーヴェイスが、死の床にいる彼女からマントを剝ぎ取ると、群衆は、エリノアに見立てた人形をそのマントでくるみ、町を練り歩く。先頭に立ったジャーヴェイスが人形とともにマントを燃やすと、その忌まわしい疫病は下火になった。

この物語は、一般に、〈高慢〉という悪徳に対する天罰という「アレゴリーの物語」として解されている。ジャーヴェイスに向かって、「マントをまとうように自尊心で身を包み、本性に発する共感を軽蔑した」（Hawthorne［1974］287）ことを悔いるエリノア自身の言葉から、そのことは明示されていると考えられるからだ。ホーソーンは、高慢の罪という、いわば徳性にかんする普遍的アレゴリーを植民地時代のアメリカにおいて歴史化し、高慢と虚栄を旧世界の属性とし、やがてそこからの独立を果たすことになるピューリタンのアメリカ、民主主義のアメリカの前史を、伝承というかたちで描いた。しかしながら、表面の主題である天然痘の脅威やそれをめぐる民衆の反応や想像力については、自明の前提とされるせいか、従来あまり議論がなされていない。寓意と史実と伝承が重ね合わされたこの物語を、天然痘をめぐる出来事や種々の言説と突き合わせると、いくつかの興味深い点がみえてくる。

マサチューセッツは十七世紀以来、何度か天然痘の流行をみるが、一七二一年の大流行では六〇〇〇人が死亡したとされる（Gross 549）。「レディ・エリノアのマント」における、天然痘に襲われた人びとと社会の反応の記述は、この大流行時の様子を概ね反映している。罹患者を出した家には赤い旗が掲げられ、この病が引き起こす、「人間性を奪う」ほどの恐怖から、「墓は大急ぎで掘られ、一同じように大急ぎで病原菌をもつ遺体に土がかけられた」（Hawthorne［1974］283）。天然痘は、一〇日前後の潜伏期のあと、頭痛、高熱、下痢、嘔吐がつづく。したがって、町に天然痘発生の知らせが流れる以前、エリノアがマントとともにこの病気を旧世界から運んできたとすれば、舞踏会のときに「顔色が燃えるように赤く」なっていたことや「今にも床に頽《くずお》れそうなくらい疲労困憊している」ことは、エリノア自身がすでに発症していたことを示す（278–279）。ジャーヴェイスが訪ねていったとき、「しなびた顔」で水を欲しがるエリノアのようすは、天然痘患者の症状として精確である。天然痘では、膿疱が身体の表面をおおうだけでなく、口や喉や鼻や内臓にも形成されて、いたるところから出血することから、患者は水分の摂取すら困難になって脱水症状が極度まで進行する。家族、友人、あるいは鏡を見た当人にすら、その人とわからないくらいの変容を引き起こすことから、病室からは鏡が遠ざけられたとも言われる（Shuttleton 72-81）。ジャーヴェイスが、「レディ・エリノアはどこだ」、「この病気女め、どうしてお前は俺の愛する人の部屋に隠れているんだ」（Hawthorne［1974］287）と叫ぶほどエリノアが変わり果てた姿になったというのは、この病気の、人を変貌させる恐ろしい威力を示すものである。

「プロヴィンス・ハウスの伝説」の聞き手たちは「レディ・エリノアのマント」の話にこぞって強く心を惹かれ、この話に熱い賛辞を呈したと記される（288）。それは、この伝説が政治的含意のみならず、疫病と民衆の物語として、嫌悪と魅力の入り混じる独特の想像力を喚起するためであろう(11)。「レディ・エリノアのマント」は、歴史化されたアレゴリーであると同時に、字義通りに、疫病の感染力・変容力を物語化して伝えている。この作品は、疫病を共同体に最初に持ち込んだ人物が名指され、その人物が病気に苦しむ〈患者＝犠牲者〉でありながら、共同体に災厄をもたらす〈犯人＝加害者〉として扱われ、〈スケープゴート＝生贄〉にされる、という過程をたどるという点で、二十世紀における「アウトブレイク・ナラティヴ」と同形の物語をなしている。病に侵された共同体は、生贄を捧げたのちにその疫病の終息をみる。混乱した共同体に秩序が回復されるとき、共同体という身体は、病からの免疫を授かったといえる。

ソンタグが『隠喩としての病い』において指摘したように、ある種の疫病には一定の連想が付随している。ラクロの『危険な関係』において、メルトゥイユ夫人が天然痘でその美貌を失うのが彼女の悪徳への応報であるのがその例である（Sontag［1990］44）。「レディ・エリノアのマント」においても同様に、エリノアは天然痘によって、高慢さの源でもある美貌を破壊される（命を落とすことになったかどうかは書かれていない）。天然痘が文学的想像力において、とくに女性と結びつけられ、女性の虚栄への罰として描かれる病であることは特筆しておいてよいだろう（Shuttleton 71）。天然痘は、男性にあっては生命の危険として語られ、女性にあっては美貌の破壊として語られる、ジェンダー化された疫病なのである。

　天然痘伝播の媒体という点においても、この物語は興味深い。よく知られているように、天然痘はもともとアメリカ大陸にはなく、大航海時代にヨーロッパから持ち込まれ、以来、先住民に対していわば「生物兵器」のような役割を果たした。じっさい、戦闘によるよりはるかに多くの先住民が疫病によって命を落としたのであり、それがなければヨーロッパ人による新大陸の征服はなかっただろうというのが現在では通説である（Diamond ほか）。天然痘を扱うホーソーンの物語において、疫病がヨーロッパから「マント」に潜んで侵入し、新大陸の人びとに甚大な被害をもたらしたことは、流布していたいくつかのエピソードと呼応する。エリノアがイギリスからもってきたマントは、死に瀕したある女性の手によって刺繍を施されたものだった――「災いの足跡を逆に辿ってわかったのだが、この恐るべき災いはすべてここから発していたのである」、「饗宴の席で彼女の周囲にあれほど不思議な威力を撒き散らしたあの豪華なマントに病原菌が隠れていたのは、全く疑う余地がない」（Hawthorne［1974］284）[12]。天然痘は飛沫感染、接触感染によって広がるが、罹患者の衣服や寝具に触れることによっても広がる。菌の付着した毛布を先住民に贈って感染させるという、いわゆる「天然痘の毛布」の話は、ヨーロッパから人びとが新大陸にやってきて以来、繰り返し語られてきた(13)。天然痘罹患者によって刺繍されたマントがエリノアの手に渡り、それが新大陸に運ばれ、その地の人びとを混乱に陥れたというホーソーンの物語は、〈病原菌に汚染された織物(毛布)を敵に贈る〉という物語のひとつのヴァージョンとも言える(Mayor 61)。

「拒まれた恵み」における疫病と啓蒙

「レディ・エリノアのマント」は、天然痘を運ぶマントの不思議な力という点において、空想的で超自然的な要素を含み、ロマンス化された歴史として人を魅きつけるが、一七二一年当時の天然痘をめぐる社会事情に目を向けると、この物語からは重要な要素が省かれていることに気づく。それは天然痘予防のための接種(inoculation)という主題である(Colacurcio 440)。これを補完するかのように、ホーソーンは医科学的な立場から、同じ年の天然痘への対応を伝える別の物語も書いている。子ども向けに歴史を語り聞かせるという趣旨の『おじいさんの椅子』(*Grandfather's Chair*)という作品群の続編で、歴史上の著名人をめぐる出来事を語るシリーズの一編として、ピューリタンの聖職者コットン・マザーと天然痘接種の主題を扱った「拒まれた恵み」("The Rejected Blessing")である。天然痘がボストンの町を襲った一七二一年のある日、コットン・マザーは書斎でロンドン王立協会の発行する出版物を読んでいて、ある記事に目を留める。そこには、天然痘の恐怖を取り除くためにギリシャやトルコ、アフリカでかねてから実践されてきた方法――「人痘」――のことが記されていた[14]。教区の人びとや自分の子どもが疫病に罹患する危険にさらされていることを心配する彼は、この記事が自分の目に触れたのも神の恩寵と、町の医師たちを訪ねてこの手法の実践を呼びかける。医師のことごとくがその呼びかけを拒絶するなか、ただひとり、ザブディエル・ボイルストンという医師だけが接種の効果を信じ、みずからの家族を実験台にすることを決意する。そのことを知った他の医師たちは強く反発し、コットン・マザーとボイルストンを激しく中傷する。町の人びともこの新しい手法に疑念を抱く。天然痘に罹るのが神意によるものなら、それを妨げる手だてを採ることは罪深い、というのだ。ボイルストンは悪い病気を町に広めようとしている、とか、コットン・マザーは悪魔にとり憑かれた、とかいう噂も流布される。マザー師が町を歩くと、人びとは嘲笑し、彼の家には手榴弾まで投げ込まれた。しかし、町では、天然痘で数百人が命を落とす一方、マザー師の息子サミュエルを含め、接種を受けたほとんどの人たちは免疫によって助かる。後年、接種が普及したとき、人びとは亡きコットン・マザーの遺徳を偲ぶことになった。人びとは、「自分たちが悪しざまに罵った事柄こそが、師の行なった最善にしてもっとも賢明なことだったとわかる」（Hawthorne［1972］104）のである。

ごく短い物語にまとめられているので、史実はかなり簡略化されているが――たとえば、コットン・マザーが接種のことを最初に知ったのは自宅に仕える黒人奴隷を通してだった（Williams 60-61）――、魔女裁判でも名高いピューリタンの聖職者であるコットン・マザーのもうひとつの側面である、科学者としての功績に光を当て、歴史の評価のバランスをとろうとする作者の姿勢がみられる。疫病と共同体との関係でいえば、身体をわざと病気に罹らせ免疫をつけるという接種の手法は、隔離によって疫病を防ごうとする方法と対照的である（Bashford［2004］16）。民衆が接種の方法を理解して受け容れるには、感染の恐怖や医学への懐疑を克服するための啓蒙が必要であった。しかし、黒人奴隷やトルコ、アフリカなどの地での実践をもとにして民衆に効果を説くことは、強い抵抗を招くことでもあった。宗教者であり同時に科学者でもあったコットン・マザーをめぐる物語には、その間の事情が簡略なかたちで反映されているといえる。

メルヴィルと病者への共感

疫病においては、裕福な者は自宅で治療を受けるか、安全な地へと避難できる。だが、貧しい者は非衛生的な環境を逃れることができず、感染をいっそう広げることになる。貴賤にかかわらず、また人種やジェンダーにかかわらず、広がっていくのが疫病の特徴だが、結果的には、いちばんの被害が及ぶのは移民や下層階級、社会のなかの弱者であった。したがって、疫病においては、階層の問題が大きくかかわってくることになる。メルヴィルの『レッドバーン』（*Redburn* 一八四九年）は、感染した他者の苦痛への共感を描くエピソードを含むことで、疫病の主題にとって重要な意味をもつ。

『レッドバーン』は、メルヴィルが十九歳のとき（一八三九年）に、セント・ローレンス号でニューヨークとリヴァプールの間を往復した体験を下敷きにしたフィクションである。少年レッドバーンは、仕事を求め、海や異国への憧れを胸に商船に乗り込み、初めての航海をする。船旅は彼に、海の性質や航海でのさまざまな作業を教えるだけではない。下級船員の立場から、彼は社会の不平等と腐敗、醜悪な側面を目の当たりにする。F・O・マシーセンはこの作品を、「『白鯨』以前のメルヴィルの作品のなかでもっとも感動を誘う作品」（Matthiessen 396）としているが、それは、期待が幻滅へと変わる出来事が繰り返されるなかでも、レッドバーンが変わることなく、義憤に駆られながら社会の貧困の現状へと共感に満ちた視線を向けているためだ。とくに、リヴァプールで極貧の母子が餓死しようとするところに行きあうエピソードには、居ても立ってもいられないレッドバーンの憐憫の情が溢れ出ている。疫病をめぐるエピソード（第五八章）も、そうした記述のひとつである。(15)

リヴァプールからの帰路、レッドバーンの乗ったハイランダー号は、数百人のアイルランド移民を載せる。換気もままならぬ三等船室の劣悪な環境のなか、悪性の熱病（おそらくはチフス）が発生する。一等客室の乗客で、それまで医師と名乗っていた人物は、自分は医師ではないと言い張り、三等船室に入ることを拒否する。移民たち自身、感染者のいる一隅を遮断しようとバリケードを築き、「たてこんだ牢獄」（Melville［1969］287）のような船室には、ぽっかりと空白のスペースがあく。しかし、陸とは違って、船上となると、「伝染病院そのものに幽閉されたと同じこと」（288）であり、感染者はみるみるうちに増え、死者たちはあわただしく水葬に付される。こうして、十日足らずで熱病は終息する。新聞記事ではごく簡単にしか記載されることのないこうした事件を、語り手があえて記すのは、苦しみにあえぐ者たちの絶望の声を読者に届けたいがためである。

アメリカへ渡ってくる移民を制限しようという議論が盛んになりつつあった時代に、移民船についてレッドバーンは次のようにいう。「ここではこう考えてみようではないか。すなわち、彼らがこの国〔アメリカ〕に着いたというのなら、それは神の理によってやってきたのだ――たとえ彼らが全アイルランドとその悲惨を持ち込んだとしても。〔…〕移民はこの国に来るのだし、来ねばならぬ運命にあり、来る意志をもってやって来たというのなら、どうやってくるのがいちばんよいかだけ考えようではないか」(292)。運良く生き残った者のなかには、みながパニックに襲われたことをからかいの種にするような輩もいる。「わたしたちは文明化された肉体をもちながら、魂は依然として野蛮」で、「世界のありのままの光景に盲目であり、その声は耳に届かず、その死には死んだ反応をするのみ」なのである(293)。自分の身や自国の利益を守ろうとして障壁を作ることに躍起になるのが世の習いであり、疫病にあってはことさら、そうした自己愛、自国愛が前面に出やすい。しかし、メルヴィルはここで、国籍や人種や階級を超えた普遍の立場に身をおき、移民の苦しみのなかに人間としての共通の苦悩をみて、苦悩のなかで繋がることができるはずだと説くのである。その言葉は真情に溢れている。

差異なき世界の恐怖

ポー、ホーソーン、メルヴィルのいくつかの作品にみられる疫病の主題を検討してきた。最後にこれらを大まかに整理しておこう。

疫病は、想定される境界を越えて勢力を拡大してくる事象であり、感染とは、境界が無化される事態である。境界は、なにも空間的なものに限られない。時間的な境界、身分的な境界、自己と他者の境界も侵蝕される。社会とは、境界が画する差異によって成り立っているものであるが、疫病は境界を侵犯し、その差異を無効にしてしまう。社会にたいするこの脅威が、疫病のナラティヴを支配している。現状の社会秩序を維持したいともっとも強く願うのが上の階層の者であるからには、疫病の物語で、支配階層にとっての脅威という側面が強調されるのも頷ける。ポーの「赤死病の仮面」では、プロスペロ公が赤死病の仮装者と対面して息絶えると、残りの人びとも次々と斃れ、最後には差異の消失した、死一色の支配する世界が現出する。ホーソーンの「レディ・エレノアのマント」では、おぞましい疫病の拡大によって差異なき世界が広がっていく。それを食い止めるのがいわば生贄の儀式であり、それによって差異の確保された秩序ある世界が回復される。メルヴィルの『レッドバーン』第五八章では、疫病に侵され共同体から他なるものとして切り離されていく人びとの悲惨な状況が描かれ、他者の苦痛を自分の苦痛とする、共感による同一化が訴えられる。疫病における倫理性の問題系の出現である。

天然痘やコレラなど、疫病の多くは、十九世紀後半以降の近代医学の発達により、原因が特定され経路が解明され、また、医療や公衆衛生施策によって、感染が抑えられ克服されるようになってきた。広くいえば、疫病においては、フーコーのいう生政治、すなわち集団としての人びとの身体・生命を管理しようとする統治のテクノロジーが、医学の進歩と相まって、成果を上げてきたのである。しかしながら、新種のウィルスによる新たな疫病は、いまなお人びとを不安と恐怖に駆り立てており、グローバル化の進んだ現在、疫病蔓延の危険性はいっそう増している。そうした疫病の強力な感染力には、生政治によっては制御できない、他者性と差異消失の危険がつねに潜んでいる。そうした脅威が現代においても噴出し人びとをパニックに陥らせることは、エイズやＳＡＲＳの例に顕著にみられるとおりである。十九世紀末以降、「医療化」の道をたどってきた疫病をめぐる物語は、いまも容易に脱－医療化し、神話的な要素やゴシック的な要素を噴出させる。疫病が小説や映画などでも繰り返し描かれる所以である。

注

はじめに

（1）ロレンスが『アメリカ古典文学研究』のなかで具体的に論じるポー作品は、主として「ライジーア」と「アッシャー家の崩壊」である。「ライジーア」は「限界を超えた愛の物語」であり、愛する二人のあいだの意志の戦いのなかで、愛が「極限まで行ってしまう」。愛の対象を極限まで知り尽くしたいという欲望が、その相手から生命を吸い尽くす。「なぜ、人はそれぞれ自分の愛するものを殺すのだろうか。その理由は簡単だ。生きているものを知るということは、すなわちそれを殺すことなのだ。〔…〕〈精神〉とは一種の吸血鬼だ」（Lawrence 74-75）。

（2）トドロフは、境界の体系的な探索というポーの包括的傾向を「極致主義」（superlativisme）と名づけ、ポーの極端を目指す性質がその文体にも及んでいるという文法上の特徴を指摘する。そして、ポーが「最上級、誇張、対照法」（le superlatif, l'hyperbole, l'antithèse）といった「やや安易なレトリック」を武器として、過度の感情を表わすところが、もっと控えめな描写に慣れた現代の読者にとって、古くさく感じられるところなのだとしている（トドロフ［2002］二一九）。

（3）意識の境界を描く作家としてのポーにもっとも深く迫ったのは、ジョルジュ・プーレの現象学批評であろう。プーレは、ポーが覚醒した意識状態と、睡眠や気絶や狂乱状態の――暗闇のなかの――意識状態のあいだの移行を描くことにとくに注目し、きわめて細緻な記述を行なった（プーレ［1990］五一―三九）。
（4）本書のいくつかの章にラカンの〈現実界〉の概念を利用しているが、ポーとラカンといえば、ラカンによる『エクリ』冒頭の「「盗まれた手紙」についてのセミネール」と、それに端を発した、デリダ、バーバラ・ジョンソン、ジェーン・ギャロップらによる一連の論争がよく知られている（Muller and Richardson (eds.), *The Purloined Poe* 参照）。また、その後のポー研究においても、ラカンに言及される場合は、この「盗まれた手紙」をめぐる議論におけるラカンである場合が多い。この関連でいうなら、ポー研究において、ラカンは、もっぱら彼の〈象徴界〉および〈想像界〉の理論に結びつけて参照されてきたといえる。本書においては、ラカン理論を援用するさいは、その〈現実界〉の概念を重視した。

第一章

（1）ケプラーは"Double"や"Doppelgänger"という語の代わりに"second self"を用いる。"Double"や"Doppelgänger"が、身体的な意味においても精神的な意味においても「二重性」(duplication) を表わすのにたいし、問題となる関係にとって重要なのは必ずしも「二重性」ではないからである（Keppler 3）。
（2）ジラールの理論を要約するにあたり、作田啓一『個人主義の運命』を参照した。なお、ジラールは、食欲や性欲など、媒介者なしに起こる「欲求」(besoin) と、媒介者を通じて起こる「欲望」(désir) を区別している。
（3）ふたりのウィルソンの相互模倣関係を論じるにあたって、ジラールに言及したものに、J・ジェラルド・ケネディの議論がある（Kennedy［1987］131-132）。
（4）「告げ口心臓」における同様の場面を思い起こされたい。そこでも主人公は、夜、老人の部屋に忍び込み、ランプでその顔を照らす。ふたつの物語を比較して、ケネディは、「ウィリアム・ウィルソン」のこの場面に死の予言的イメージを指摘する（Kennedy［1987］130）。それを敷衍すると、以下のように考えられる。ここで主人公が同名のウィルソンの寝顔にみたものは何か。それは「自分に似ている顔」ではなく、「自分と同じ顔」であった。しかも、「同じであって異なるもの」、つまり「わたしの死」の顔であった。これは〈無気味なもの〉の現われの顕著な例といえる。

（5）マリー・ボナパルトは精神分析的立場から、この第二のウィルソンを語り手の「超自我」の体現とみる（Bonaparte 539–555）。

（6）本章および第二章では、crowd にたいし、「群集」の字をあてている。これはもっぱら、一時的、偶発的に集まった多数の人間を指す。一方、第十章では、「民衆」「大衆」など、ある階層的、心理的つながりを連想させるものとして、「群衆」の字を使用した。

（7）エリアス・カネッティのいう「接触恐怖」（Canetti 15–16）。

（8）ただし、巽孝之が指摘するように、ジャンルとしての探偵小説の発生を「モルグ街の殺人」（一八四一年）とするなら、年代順からいって、「群集の人」（一八四〇年）が探偵小説の一変種であるのでなく、むしろ探偵小説が「群集の人」の一変種であるとみることもできる（巽［1989］七七）。

第二章

（1）ブランドは、語り手の追う未知の男がベンヤミンのいう badaud（野次馬、物見高い人）だとする（Brand 84）。

（2）これ以外に、老人が「解読をゆるさぬ書」にたとえられるところから、〈人間＝書物〉というテクスト論からのアプローチもある。
（3）ポーは、一八四四年五月二十七日付の記事で、近く行なわれる大統領選を前に政治的興奮が一段落していること、それに関連して、フィラデルフィアで起きた大きな暴動（mob-disorder）――アメリカ国民党とアイルランド系カトリックの衝突――がようやく終息したことに触れている（"Doings of Gotham" 96）。
（4）トクヴィルとジラールを結びつけて個人主義と自由・平等について考察する、西永良成『〈個人〉の行方――ルネ・ジラールと現代社会』を参考にした。
（5）井上健は、ベンヤミンがポーの bazar という語を「百貨店」と誤解していることを指摘している（井上四二）。
（6）デュボアは謎一般に énigme の語を充て、後者の謎に mystère および secret の語を使っている（Dubois 146–147）。
（7）ジジェクは、この同じメカニズムについて、古典的探偵小説とハードボイルドの違いを、ラカン的な欲望の理論で説明している（Zizek,［1991］118–121）。彼によれば、古典的探偵小説の最大の魅力は、冒頭で依頼人が語る物語の無気味で夢のような性質にある。そこには強烈なリビドー的力が作用しており、探偵の機能とはわれわれをその呪縛から解き放つ――〈現実界〉との遭遇から守る――ことにある。古典的探偵は金銭的報酬を受け取ることでこのリビドーの回路に巻き込まれずにすむが、ハードボイルドの探偵は金を軽蔑するため、巻き込まれ、たいていは「宿命の女」によって危険な目に遭遇する。
（8）ジョナサン・エルマーは、ポーの文学を「社会の閾」（social limit）にある文学と位置づけ、「閾」を形成する概念に、ラカン―ジジェクあるいはコプチェクの概念を導入している（Elmer 173）。

第三章

（1）この〈偶然〉は、ラカンがアリストテレスの『自然学』を引いて説明した「テュケー」（tuché）の概念にあたる。ラカン『精神分析の四基本概念』（七二―七四）参照。

（2）トドロフは、幻想文学における「幻想」を、自然的な説明をとるか、超自然的な説明をとるかについて、テクスト内の人物が感じるためらい（これを読者が共有することになる）に求めている（Todorov [1975] 53）。

（3）三重円の構想については、作田啓一氏の教示を得た。

（4）猫＝魔女、妻＝魔女、ゆえに猫＝妻、として、この物語を、動機を隠蔽された妻殺害の物語と読む解釈については、ダニエル・ホフマンの議論を参照（Hoffman 229-237）。

（5）黒猫を、ポーの母親エリザベスのトーテムと見るマリー・ボナパルトを検証し、さらに神話・元型批評を行なうものに、福田立明「黒猫はどこからきたか――ポオの精神分析批評検証の試み」および「黒猫はどこからきたか その二――精神分析批評から神話・元型批評へ」がある。

（6）訳文は八木敏雄訳（岩波文庫）を利用した。ゴシックの語は、原文で冒頭が大文字であることを示し、傍点はその語がイタリックであることを示す。

第四章

（1）父親なら、「老人」（the old man）や「彼」（he）としか表わされないのはふつうではないし、一か所、「さも親しそうに名前で呼びかける」という表現があるところをみると、父親殺し説は否定される（当時、子どもが親を名前で呼ぶことはなかった）。マボットによる注2参照（MIII：798）。象徴的レヴェルでは、マリー・ボナパルトの精神分析的批評が、老人をポーの養父ジョン・アランであるとしている。彼女によれば、語り手が老人を「愛していた」とか、老人から「ひどい仕打ちを受けたことがなかった」とか、老人の「財産を狙ったわけではなかった」とかいうのは、すべて実生活でポーが養父にたいして感じていたことの正反対の形であって、それが物語として顕在化したものである（Bonaparte 491-504）。ボナパルトの説は興味深い点が多いが、ポーの伝記的事実にもとづくエディプス関係への還元主義が顕著であり、物語の謎にたいして、必ずしも説得的とはいえない。

（2）「死番虫」（death-watch）とは、甲虫の一種で、古い家具などに巣くい、雄が雌を呼ぶときに頭を木で打って音を出すという。その音は余命を測る時計の音で、その家に死人が出る予告だとされた。ここでのdeath-watch とは、虫であり、死の刻を告げる時計であり、かつ、死をみとる不寝番である。

（3）次の箇所を参照。「そう、相手はそんなふうに考えて、気を紛らわせようとしました。だが、そんなことは無駄だった。無駄だったのです。なぜなら、〈死〉が黒い影を射しかけながら忍び寄り、犠牲者を包み込んだのですから」（MIII : 794）。

（4）ただし、最初に発表された版（*The Pioneer*, 1843）では "He had the eye of a vulture" となっていたのが、のちのグリズウォルドの版（1850）では "One of his eyes resembled that of a vulture" となって、複数形が使われている箇所がひとつある。

（5）「内在する時間」「通過する時間」という用語は、ヘニヒスヴァルト（R. Hoenigswald）の表現を、また、「私の時間」「世界の時間」というのはシュトラウス（E. Straus）の表現を、ミンコフスキーが借りたもの。

（1）以下のものを参照。Bernard Rosenthal & Vincent Freimarck (eds.), *Race and the American Romantics*; Bernard Rosenthal, "Poe, Slavery, and the *Southern Literary Messenger: A Reexamination*"; John Carlos Rowe, "Poe, Antebellum Slavery, and Modern Criticism"; Joan Dayan, "Amorous Bondage: Poe, Ladies, and Slaves."

（2）メルヴィルの「バートルビー」については、別のところで詳しく論じた（西山「生成する天使――メルヴィル「バートルビー」を読む」）。

（3）ポーの「マルジナリア」（"Marginalia [January 1848]"）の次の箇所を参照。「人間の思想、意見、感情という普遍の世界を一挙にして改革しようという野心を持った者は、機会が眼前にある――不朽の名声を博する途が、まっすぐ坦々として彼の前に開けている。彼はただ、小さな一冊の本を著わせばよい。その題は簡単であるべきで、――ほんの数語で――「赤裸の心」（"My Heart Laid Bare"）というのである。ただし、この本はその題名に忠実でなければならない。〔…〕だが、それを書くこと――そこに困難があるのだ。だれもあえて書かない。書こうとしない。書く勇気があっても、だれも書くことができない。焔となったペンに触れ、紙はねじれ、燃え上がってしまうだろう」（ER: 1423）。

（4）小川和夫は、「ウィリアム・ウィルソン」に描かれる「悪行」がじゅうぶん説得的ではないことを、この作品の重大な難点だと指摘する。放蕩の限りを尽くす酒宴やいかさま賭博、美しい人妻との密会などは、通俗的な悪であって、ドストエフスキーの『悪霊』の描くような本質的な悪ではないからである（小川 七五―七七）。たしかに、この作品で具体的な悪行として挙げられる行為は「通俗的な悪」の範囲内のものである。しかし、本作品のウィルソンの堕落は、経験的な「自我の悪」を超えた部分でとらえる必要があるだろう。

(5)『ピム』において、最南のツァラル島でピムの一行が目にするのは、男根崇拝を思わせるトーテムポールであり(第一九章)、特産品として珍重される、「過度の肉欲で消耗した身体を回復させる」効用のある海鼠《なまこ》である(第二〇章)。フィードラーによれば、ポーが『ピム』において黒い種族の性質の一部として暗示する好色性は、アメリカ南部の黒人のステレオタイプを踏襲するものである。

(6)ここに、ホーソーン、メルヴィルとポーを隔てる悪のありようの違いが示唆されている。フィードラーがゴシックを悲劇にまで高める要素として考えているカルヴァン主義的原罪意識は、先の〈超自我の悪〉に関係する。ジジェクによれば、英雄的な人物は「非道徳的であるが倫理的である」(Žižek [1994] 67)。

第六章

(1)以下の書物を参照した。川崎寿彦『楽園と庭』『楽園のイングランド』。Leo Marx, *The Machine in the Garden*; Yi-fu Tuan, *Topophilia*.

(2)エドマンド・バークやカントといった美学の流れのなかにポーの風景観を位置づけて論じたものに、リュングキストの仕事がある(Ljungquist 1–46)。

(3)想像力のはたらきによって、人間は新しいものを生み出す(creation)のではなく、新しい組み合わせを生み出す(combination)のだ、というポーの詩学に通じる考え方。

(4)リチャード・ウィルバーは、ポーの作品において、規則的な角張った形は日常世界を、円やアラベスク模様は夢の世界や来世を表わすと指摘する(Wilber, "The House of Poe")。デイヴィッド・ケテラーによれば、アラベスク模様は、理性の世界の知覚を溶解させ、理想的なリアリティを生み出すものである(Ketterer 36)。精神科医の中井久夫は、ポーの庭園譚を扱ったすぐれた論考において、うねうねとたどるこの舟の旅に酩酊の過程を見る（「ポーの庭園ものをめぐって」）。

（5）E・R・クルツィウス『ヨーロッパ文学とラテン中世』（二六七―二九三）を参照。

（6）語りにおいて、徐々に主語が人から物へと移り、受動態が多用されるようになることなど、ダヤンは*Fables of Mind*において、この作品にかんして多くの貴重な指摘をし、この風景が人間としてのアイデンティティを犠牲にしてのみ成り立つことを示した（Dayan［1987］80-104）。この本からは多くの示唆を得た。

（7）プーレ『円環の変貌』の、ボードレールを論じた章に現われる表現。

（8）ハリー・レヴィンが「それは魂の旅なのか、肉体の旅なのか？　その目的地はwombなのか、tombなのか？」（Levin 126）といったのをはじめとして、この楽園と死のつながりを指摘するものは数多い。近年では、セント・アーマンドが本作品を秘儀的な「アメリカ版『死者の書』」として読み、ここに描かれている旅を、「死の域を通り抜けた死後の旅ゆき」としている（St. Armand 147-148）。

（9）伊藤詔子は、この作品の特別の時間感覚のありように、場所の「魔所性」を指摘している（伊藤［1986］一七三―一七四）。

（10）エリソンの死をめぐる事情は明かされていないが、エリソンがアルンハイムを、死後のまなざしが楽しむ理想の風景として造形したとすれば、彼の死は一種の自死であることが仄めかされているとも読める。

（11）伊藤詔子はマグリットの絵の構図――崇高な雪山を眺望する窓――に「異次元の到達不可能な領域を覗く空間の裂け目」をみる（伊藤［2017］二二九）。

第七章

（1）「生活への注意」（attention à la vie）は、ベルクソンが『物質と記憶』（一九五）、『精神のエネルギー』（一四九）で用いた語。

（2）ナボコフにおける、自己と外界の相互浸透の経験については、別のところで論じた（西山「記憶から創造へ――ノスタルジーを超えて」）。

（3）関連して付け加えるなら、自然との一体感としての溶解体験は、ロマン派の重要なテーマのひとつである。Edward H. Davidson, *Poe: A Critical Study* 参照。また、溶解傾向は、母子間の一体感とも重要なつながりがある。マリー・ボナパルトは精神分析学的立場から、ポーにとって、幼児期における母親の死がいかに決定的なものだったかを指摘している

（4）ハリバートンは、ベレニスの歯は、「生のかたみ」（a memento of life）であると同時に「死のあかし」（a proof of death）だと、その両義性を指摘している（Halliburton 203）。

（5）「この美しさから、わたしがひとつの醜さの型をとりだすのはどういうわけなのか」（MII : 209）。「神の子の死は不条理であるから信ずべきである。埋葬されたあとに復活したとは、不可能であるから確かなことなのである」（MII : 213）。「その岩はどんな人間の力、あるいは強い風波の力にも毅然として抵抗するのに、アスフォデルがかすかに触れるだけで震えるのである」（MII : 213）。

第八章

（1）『サザン・リテラリー・メッセンジャー』誌の発行人トマス・ウィリス・ホワイト宛てのポールディングの書簡。「さまざまな種類の知識が一定程度要求されるが、読者はそれらになじみがなく、したがってジ

ョークを楽しめない」、「料理は一般読者の口には高級すぎる」」。Thomas and Jackson（193）およびSilverman（133）参照。

（2）喜劇・諷刺的作品群にかんしても、いくつかの重要な議論はなされてきた。主な文献については、Stuart Levine and Susan F. Levine 参照。

（3）「ある苦境」は「サイキ・ゼノビア（ブラックウッド風の記事を書く方法）」（"The Psyche Zenobia (How to Write a Blackwood Article)"）の一部を成すが、ここでは独立して扱うものとする。

（4）マリー・ボナパルトはこの作品を非常に重視し、多くの紙幅を割いて詳細に分析している。それによれば、「息」とは男性の性的機能であり、この物語はポーの性的不能を扱っている（Bonaparte 373-410）。

（5）この物語のソースのひとつとして、マボットはシャミッソーの『ペーター・シュレミールの不思議な物語』（『影をなくした男』一八一四年）を挙げている（MII: 52）。これは魂を売る話とも結びつくため、マリー・ボナパルトは、ラコブレス氏が息を取り戻す最後の取引の場面に立ち会う「第三者」を「悪魔」と解している（Bonaparte 404）。

（6）初出時（一八三五年）の二六パラグラフ分が、一八四六年の版では六パラグラフに圧縮されている。

（7）ジョナサン・スウィフトの辛辣な詩（"A Beautiful Young Nymph Going to Bed"）では、夜疲れて帰宅したコリーナ（娼婦）が、鬘やクリスタルの義眼や入れ歯を外し、醜悪な正体を露呈する。ポーはこの詩が念頭にあったかもしれない。

（8）ポーのこの作品では「血が滴る」描写はない。そこまで描くとグロテスクの度合いが行き過ぎて、滑稽味が損なわれてしまうのだろう。ホフマンはいわば、明示的に書かれていない恐怖とグロテスクの側面を、意識下に受け止めたと言えるだろう。

（9）池田美紀子はすぐれた比較文学研究において、この箇所をド・クインシーの『阿片常用者の告白』（*Confessions of an English Opium-Eater* 一八二一年）の一節と比較し、興味深い考察を行なっている（池田　三五五—三五六）。
（10）「使いきった男」の冒頭は、「ライジーア」の冒頭とよく似ていることが従来から指摘されている。
（11）これは、自動人形など無気味なものの主要な主題でもある（フロイト「無気味なもの」）。
（12）固有名と喜劇・悲劇の関係については、ジュパンチッチの議論が参考になる（Zupančič［2008］37）。
（13）拙論「見つめ返すまなざし——アウラ、プンクトゥム、対象a」参照。
（14）過剰さがさらに先鋭化した作品もポーにはある。活字が足りずにxばかりになる意味不明の記事（"X-ing a Paragrab"）のように、不条理で〈非-意味〉である笑いについて、柄谷行人は坂口安吾との関係で示唆に富む視点を提示している（柄谷　八九—九〇）。

第九章

＊『ユリイカ』の訳文は八木敏雄訳を使用し、ゴシックの語は、原文で冒頭の文字が大文字であることを示す（Truth など）。また、訳文でゴシックの語に傍点がつく場合は、それが原文でイタリックになっていることを示す（*Memories* など）。
（1）カントの議論については、熊野純彦『カント——世界の限界を経験することは可能か』を参照した（熊野　二〇—四八）。
（2）『ユリイカ』において、カントについては、「オランダ人」で、「超越論なる哲学の一派の創始者で、その奇妙な名は頭文字がKからCになっただけで、いまに伝わっている」（*Eureka* 9-10）と揶揄する調子で書かれている。リモンはこれを、ポーが自分の負うものを隠蔽するやり方だとしている。ポーはカントを、カーライルを通して読んだとされる（Limon 88-90, n36）。

（3）スティーヴン・ホーキングが一九八一年にヴァチカンでローマ法王と謁見したとき、法王は、「ビッグバン以後の宇宙の進化を研究するのは大いに結構だが、ビッグバンそれ自体は探究してはならない、なぜならそれは創造の瞬間であり、したがって神の御業なのだから、と語った」（ホーキング　一六七）。ラカン理論と昇華にかんしては、新堂粧子「昇華の三形態と芸術の三様式」（上・下）を参照した。

第十章

（1）気球による遊覧飛行の人気を反映するように、ポーの「メロンタ・タウタ」は、一〇〇〇年後の未来にあたる、二八四八年の気球遊覧船からの手紙という設定になっている。

（2）メアリー・シェリーの『最後の人間』（一八二六年）は、翼つき気球が移動に使われる未来世界を描く。

（3）凹状に見えるという記述とその理屈づけはほんとうらしく見えるが、気球乗りや飛行士からの実際のそのような報告はない（Pollin 478）。また、地球の半球が見えるというのも間違いで、せいぜい三分の一が限度だという（Pollin 484）。ちなみに、安部公房は、「ＳＦの流行について」（一九六二年）というエッセイで、「わたしはヴェルヌやウェルズなどよりも、むしろポーこそ近代ＳＦの先駆者ではなかったかと考えている」とし、「ハンス・プファール」のなかの、地球の表面が凹面になって見えるという箇所に言及している。ポーの描くところが「事実に合致するかどうかは、また別問題」であり、それよりも「発見にともなう驚きの感情を、読者のなかにどれだけ引き起こしえたかが、まず問われなければならないのではあるまいか」として、ポーの仮説を高く評価している（安部公房　三八〇）。

(4) 気球による大西洋横断が実現したのは一九七八年。
(5) 一八二四年、W・W・サドラーという気球飛行士が気球のゴンドラから放り出されて片足でぶら下がるという出来事が実際にあった (Beaver 347)。
(6) ジョン・H・B・ラトローブ (「壜の中の手記」を懸賞受賞作に選んだ審査員のひとり) によれば、一八三三年十月の時点で、ポーは「ハンス・プファール」の構想を練っていたという。ラトローブの証言は記憶がやや不確実との指摘もあるが、この語りの部分は信憑性がある。重力の逆転というアイディア自体は、シラノ・ド・ベルジュラックの『日月両世界旅行記』(一六五七—六二年) やジョージ・タッカーの『月旅行』(一八二七年) にもあって、ポーのオリジナルではない。
(7) ポーには当初、続編の構想があった。書かれることはなかったが、この耳のない地球外生物とのコミュニケーションを、ポーがどのように描くつもりだったのかは興味深いところである。
(8) ここに作用するのは月の力による満ち潮。
(9) エマニュエル・レヴィナス『困難な自由 (増補版・定本全訳)』三浦直希訳、法政大学出版局、二〇〇八年、に所収。

第十一章

(1) スーザン・ソンタグが提唱した審美的様式で、伝統的な美意識に対抗して、マニエリスムの絵画やサブカルチャーの映画にみられる「不自然なもの、人工的なもの、誇張されたもの」を愛好する感受性として定義される (ソンタグ「〈キャンプ〉についてのノート」四三一—四六二)。
(2) AIP作品の邦題は、原題とかけ離れているものが多く、原題を思い浮かべにくいことから、本文では原題に沿った訳をあてた。邦題は、順に、『アッシャー家の惨劇』（*The House of Usher / The Fall of the House of Usher*）、『恐怖の振子』（*The Pit and the Pendulum*）、『姦婦の生き埋葬』（*The Premature Burial*）、『黒猫の怨霊』（*Tales of Terror*）、『忍者と悪女』（*The Raven*）、『怪談・呪いの霊魂』（*The Haunted Palace*）、『赤死病の仮面』（*The Masque of the Red Death*）、『黒猫の棲む館』（*The Tomb of Ligeia*）となっている。

（3）ヒッチコックとポーについては、以下を参照。Dennis R. Perry, *Hitchcock and Poe*; Jonathan Freedman and Richard Millington (eds.), *Hitchcock's America*.

（4）ジジェクは、ラカンにおける〈リアルなもの〉（現実界）について、さまざまな映画の例を引いてくり返し論じているが、ホラー映画と無気味なものとの関連では、たとえば、『汝の症候を楽しめ』の第四章を参照。

（5）ラカンは、人間が母子一体の原初的身体から象徴的切断を経て主体（$\$$）となるときに手放されたもので、主体の欲望を引き起こす動因を「対象ａ」と呼ぶが、そのひとつに〈まなざし〉がある。〈まなざし〉については別のところで論じた（西山「見つめ返すまなざし——アウラ、プンクトゥム、対象ａ」）。

第十二章

（1）大衆の反応がなければ「疫病」とはいえない（Alcabes 51-52）。近年では、肥満や糖尿病まで「エピデミック」という名で呼ばれることがあるが、感染によって大衆に混乱と恐怖を引き起こすものを、ここでは「疫病」と呼ぶ。

（2）『マーキュリー』紙（ニューヨーク）の一八三二年七月十八日の記事によると、「モット通り六二番地の

ある娼婦は、昨日の十時には飾り窓に出ていたのに、三時半には霊柩車で運ばれていった」（Rosenberg 42）。
（3）実際の死者数と疫病をめぐるレトリックは合致しない。たとえば、一九一八年に世界中で大流行したスパニッシュ・インフルエンザの犠牲者の数は、第一次世界大戦の犠牲者の数をはるかに上回るにもかかわらず、この感染病を主題化した文学作品は驚くほど少ない（Crosby 135-139）。症状や感染ルート、病原菌の運び手などの諸条件によって、疫病が人びとの想像力に訴える力は大きく異なる。
（4）ソンタグは、疫病のレトリックにおいて顕著なものを、軍事的なメタファーにみる（Sontag［1990］95）。
（5）一八一二年、ナポレオン軍がモスクワから撤退するさいに、ベレジーナ川（ベラルーシ中部）を渡ろうとしてロシア軍に襲われ、数千の溺死者を含め、約二万人の兵が失われた。
（6）「早まった埋葬」に付されたケネディの注によると、とくに黄熱病やコレラが猖獗を極める時期には、生きたまま埋葬されるケースが報告されている。Edgar Allan Poe, *The Narrative of Arthur Gordon Pym of Nantucket and Related Tales*. Oxford: Oxford UP, 1994, p. 300.
（7）ポーには、本章でとりあげる作品以外に、同時代への諷刺を込めて書いたとされるグロテスクな作風の「ペスト王」（"King Pest"）、コレラを逃れてニューヨークを離れた人物が田舎の屋敷で経験する出来事を描いた「スフィンクス」（"The Sphinx"）という作品もある。『アーサー・ゴードン・ピムの物語』では、ピムの乗った船が遭遇するオランダ船で、遠くからは乗組員たちの笑顔と見えたものが、近づくと歯を剝き出しにした髑髏《どくろ》であることがわかる、というエピソードがある（第一〇章）。これは、黄熱病とみられる疫病によって乗組員が全滅した船であった。ポーはぞっとするようなゴシック的恐怖の効果——快い苦痛

——を求めて、こうした〈幽霊船〉の伝説を利用した。
（8）ロベルト・コッホがコレラ菌を発見したのは一八八三年のことである。
（9）マボットの注参照（MII：668-669）。当時パリに滞在していたハイネが、当の舞踏会のことを書き残しており、ウィリスの記事はそれに負っている（Weiss 94）。コレラが蔓延するロシアのペテルスブルクでの仮装舞踏会にまつわる記事（*Expositor*, May 1839）をポーが読んでいたとの説もある（Cary 77；Reece 114-115）。
（10）コレラがニューヨークに伝播したとき、ニューヨーク歴史協会の創設者は、コレラはありがたいことに、「不節操で不潔な下層民で、汚い棲み家に豚のようにかたまって暮らしている連中に限られている」と述べた（Alcabes 75）。
（11）とくに、この物語に革命の民衆と疫病の暴徒との重ね合わせがみられることは興味深い。階級の差異を無化するという意味で、革命が疫病と重ねられるとしたら、革命にたいするホーソーンの見方には非常に複雑な含意がある。
（12）感染の曖昧性、感染源特定の不可能性が指摘されている（Colacurcio 437）。
（13）疫病には、罹患した者が故意に他者に感染させるという噂や伝説がつきまとう。そこには、敵（他者）にたいする行動の倫理性の問題がかかわってくる（Mayor 66-67；Fenn 1552-1580）。先住民と天然痘の話でいえば、ワシントン・アーヴィングの『アストリア』にも、毛皮交易に関連する入植者と先住民の接触で、天然痘が蔓延するエピソードが語られている。
（14）人体にとってより安全な接種法として、エドワード・ジェンナーが牛痘の効果を確証するのは、これよりずっとあとの一七九六年である。コットン・マザーと天然痘については、巽孝之が論じている（巽

[2005] 五二―五七)。
(15)『レッドバーン』と自伝的要素を照合する研究によると、メルヴィルが一八三九年に乗った船の乗客はわずか三二名であり、全員が無事にニューヨークに着いた。したがって、船上での熱病発生のエピソードは直接の体験ではないとされる(Gilman 201)。ただし、『レッドバーン』執筆当時、「ジャガイモ飢饉」で数十万のアイルランド移民がアメリカに押し寄せ、船上で多数が死亡した船は「棺桶船」(coffin ship)と呼ばれたこと、校正をしていた時期にニューヨークがコレラ禍に襲われていたことが記述のもとになったと考えられる。

あとがき

大学を卒業し、大阪心斎橋の、いまはない小さな出版社で、学習参考書や問題集をつくっていた。教科書改訂期には同時に数十点の企画を並行して進行させながら、「受験勉強」の先にあるもののこと、それに触れることを、想っていた。母校の大学の大学院を受験しようと、六年ほど勤めた出版社を辞めたとき、具体的なプランがあったわけではない。卒業論文はD・H・ロレンスだったが、受験のさいに昔の不出来な卒論を提出するに忍びず、あらたに論文を用意することにした。どの作家がよいのか、いろいろ読んでいるうちに、ポーの「群集の人」に行き当たった。こんな作品があるのかと、心から驚き、「ウィリアム・ウィルソン」と併せて考察したのが、わたしのポー研究の出発点になる（これが本書第一章のもとになっている）。

長年にわたって書き継いだ論文で構成される本書は、最初から全体の構想があったわけではない。また、必ずしも一貫した理論枠組みを目指したものでもなかった。ある時期以降は、自発的に何かの作品を選んで考察するというよりも、シンポジウムや論文集にお誘いいただいて、その都度、そこで与えられたテーマや企画の趣旨に沿って考えるということのほうが多かった。しかし、まとめるにあたって全体をながめてみると、自分でもそれまで明確には意識していなかった、ポーという作家にたいしてわたしのもつ関心の傾向がはっきりしてきた。

本書では、ポーという作家の本質を、境界に触れる、極点を追求する、境界線の向こう側を瞥見する、あるいは限界を超出するという出来事や体験に求めている。そして、それらの出来事や体験の本質、および、そうした体験を求めずにはいない精神のはたらきや欲望のありようについて考察している。意識や知の境界線、時間や空間の限界点に触れるとき、通常の意味の「主体」を離脱するようにして、もっともポー的な「主体」が現われる。限界を突破することに失敗して破滅するにせよ、その間際まで行くこと——それは美学でいうところの〈崇高〉の経験と通じ合うものといってもよい。語源において、sublime とは sub-limis、すなわち limit に届こうとする限界の状況を指すのだから。

境界に触れるにとどまらず、その境界線を超えた先まで到達するのもまた、ポーという作家の特徴である。その先とは、主体がもはや主体ではいられない領域である。ポーにおける死後の意識、土地や場所と同化する感覚、無機物と区別されなくなる存在とはそういうものであった。そして、その究極の果てに想定されるのが、『ユリイカ』において、宇宙のリズムである引力と斥力による永遠の反復運動が無に帰し、すべての物質が消失するときである。

「境界を超える」という事態は、神秘主義や幻想文学における「超自然」と似ていると思われるかもしれない。しかし、トドロフがいうように、「ポーが幻想的であるのは、彼が超理性的

（surrationnel）だからであって、非理性的（irrationnel）だからではない」（トドロフ［2002］二二四）。理性や合理性を突き詰めたところに、理性や合理性では説明できない領域を開示するのが、ポー作品の特徴である。

補足するなら、もちろん、限界（limit）にはもうひとつの意味がある。社会や時代の認識、人間関係や人間心理の描写という面で、ポーが作家としての「限界」（limitations）を示していることもたしかである。ポーという作家を十九世紀前半のアメリカ社会という文脈の枠内において、人種やジェンダーの観点から、あるいは文化研究の立場から、考察する研究は、この三、四十年ほどのあいだに大きな進展をみた。周知のとおり、それはアメリカ文学史を見直す流れと連動している。しかしながら、本書でのわたしの目的は、あくまでポーという作家の特異性を追究するところにあった。

考察にあたっては、そのポーの特異性を、さまざまな学問の知見を借りて、理論的に説明することを目指した。本書の副題にある「リアル」はラカンの〈現実界〉のことを指すが、ラカンのこの理論を利用したのは、執筆年代でいうと、第三章「黒猫の棲む領界」が最初である。それ以前に書かれたもの（第一章、第四章、第六章、第七章）には、この概念は出てこない。本書をまとめるにあたり、全体にわたっての理論的整合性が保たれているかどうかが気になったが、全体を読み返したとき、三十年近く前に書いたものと最近書いたもののあいだに、自分としては、それほど大きなずれは生じていないと感じた（初期のものに若さゆえの気負いがあるにしても）。わたしの関心の中心はつねに変わらなかったため、作品の読解にさいして、それぞれの執筆段階でさまざまの理論を援用しても、結果的には、それらの理論が相互に排除しあうようなことにはならなかったように思う。したがって、原稿は、引用文を原文から日本語に直したり、全体の統一のための修正や若干の補足を行なったりしたほかは、基本的に、初出から大きな変更はしていない。

＊

本書をまとめるまでには、たいへん多くの方々にお世話になった。

奈良女子大学大学院でアメリカ文学をご指導いただいた伊藤貞基先生、藤田佳子先生、森岡裕一先生に感謝申し上げる。先生方には、在学中、わたしの気ままな研究スタイルを認めてくださり、その後も、書いたものをお送りするたびに、つねに丁寧な感想とあたたかい励ましのお便りをいただいた。フランス文学の田村俶先生にも、つねに変わらず励ましてくださり、また今なお課題を与えてくださることに感謝申し上げる。田村先生の監修のもと、共同でフーコーの批評的伝記（『ミシェル・フーコー――情熱と受苦』）を訳したことは、わたしにとって貴重な経験だった。そのときに、ブランショやバタイユの「限界（-体験）」の思考、フーコーのいう〈外〉の思考、ハイデガーの「思考しえぬもの」という概念に接し、それらがみな同じところに発するものだと知った。それによって、ポーを現代思想のアポリアと結びつけて考えることができるようになった。

また、お読みいただければわかるとおり、本書に収められたいくつもの論文は、作田啓一先生のお仕事に直接多くを負っている。文学や芸術作品への感動や、不意に浮かび上がる記憶、言語化をすりぬける体験をどういう思考の言葉で表わしたらよいのか知りたいと思っていたとき、先生の〈溶解体験〉という考え方に出会った。そのことは、わたしにとって、とりわけ大きな意味をもつ出来事だった。そもそも、卒論のテーマにロレンスの『虹』を選んだのは、アナとウィルが月光に照らされて麦の刈束を運ぶ場面の、波のようにうねるリズムに圧倒される思いがしたからなのだが、そのときはそれをどうやって「論文」というかたちで書けばよいのか、まったくわからなかったのだ。幸運にも、一九九七年ごろから、京都松ヶ崎の作田先生のご自宅で開かれる小さな研究会（「塾」と呼んでいた）に参加し、先生が創刊された同人誌『Becoming』に執筆する機会を得ることとなった。その経験をとおして、難解なラカン理論を含め、どれだけ多くのことを学んだかわからない。毎月一回、あるいは二か月に一回、十五年以上にわたって先生の塾に通ったことは、わたしにとってかけがえのない経験である。亡き作田啓一先生に心からの感謝を捧げる。作田理論の先達である亀山佳明先生、『Becoming』の編集にあたられた新堂粧子さんにも、長年たいへん多くを教わってきた。記して感謝する。

感謝を申し上げるべき方々のお名前をすべて挙げることはできないが、学会のシンポジウムや共著企画でポーについて考える機会を与えてくださった方々、研究会や学会誌の編集委員会などを通じて知り合い、さまざまなご教示をいただいた方々に感謝する。前任校である龍谷大学の先生方、現在勤務する関西学院大学文学部の同僚や先輩の先生方には、身近なところで特別にお世話になったことをお礼申し上げたい。花岡秀先生には、わたしが関西学院大に着任して以来、再三にわたって、本を出すよう勧めていただいた。なにごともやるのが遅いわたしが、やっと本書をまとめることができたのも、花岡先生に強く背中を押していただいたおかげと、心より感謝している。

出版にあたっては、関西学院大学より二〇一九年度の出版助成を受け、関西学院大学研究叢書の一冊に加えていただくことになった。記して感謝申し上げる。また、本書をまとめるにあたり快く転載をお許しくださった、それぞれの学会および出版社に感謝する。

最後になるが、本書の出版をお引き受けくださった新曜社にお礼を申し上げる。共著『記憶とリアルのゆくえ――文学社会学の試み』につづいて編集にあたってくださった渦岡謙一さんには、初めての単著がかたちになるのを的確な助言で支えていただいた。心より感謝申し上げます。

二〇二〇年一月

西山けい子

初出一覧

第一章　「分身と死――“William Wilson”と“The Man of the Crowd”をめぐって」『アメリカ文学研究』第二九号、日本アメリカ文学会、一九九三年二月。
第二章　「都市の欲望――「群集の人」再読」増永俊一編『アメリカン・ルネサンスの現在形』松柏社、二〇〇七年十一月。
第三章　「黒猫の棲む領界」『Becoming』第三号、BC出版、一九九九年三月。（一部改稿、『龍谷紀要』第二一巻第一号、龍谷大学龍谷紀要編集会、一九九九年八月。）
第四章　「不安のありか――“The Tell-Tale Heart”試論」『龍谷大学英語英文学論叢』第一七号、龍谷大学英語英文学研究室、一九九八年四月。
第五章　「Fiedler の〈暗黒の力〉再考――Poe と悪の問題」『龍谷紀要』第二六巻第二号、龍谷大学龍谷紀要編集会、二〇〇五年一月。
第六章　「妖精のカヌー、地の精の城――ポーの幻想の風景」『奈良女子大学英語英米文学論集』第二〇号、奈良女子大学英語英米文学会、一九九四年三月。
第七章　「ポーにおける〈生きられる時間〉」『関西アメリカ文学』第二八号、日本アメリカ文学会関西支部、一九九一年十一月。
第八章　「死なない身体の喜劇――Poe における笑いと無気味なもの」『英米文学』第五九巻第一号、関西学院大学英米文学会、二〇一五年三月。
第九章　「『ユリイカ』における限界の思考――科学の言説と詩の言語」『ポー研究』創刊号、日本ポー学会、二〇〇九年九月。
第十章　「空飛ぶ時代の墜落の夢想――ポーの気球譚「ハンス・プファールの無類の冒険」」石原剛編『空とアメリカ文学』彩流社、二〇一九年九月。
第十一章　「ポーと映画」山下昇編『メディアと文学が表象するアメリカ』英宝社、二〇〇九年一〇月。
第十二章　「疫病のナラティヴ――ポー、ホーソーン、メルヴィル」中良子編『災害の物語学』世界思想社、二〇一四年五月。

ホーキング、スティーヴン『ホーキング、宇宙を語る――ビッグバンからブラックホールまで』林一訳、早川書房、1995年。

ミンコフスキー、ユージェーヌ『生きられる時間１』中江育生・清水誠訳、みすず書房、1972年。

――――『生きられる時間２』中江育生・大橋博司・清水誠訳、みすず書房、1973年。

リシャール、ジャン＝ピエール『詩と深さ』（リシャール著作集Ⅱ）有田忠郎訳、思潮社、1969年。

湯浅博雄『バタイユ――消尽』講談社、1997年。

中村良夫『風景学入門』中公文庫、1982年。

西谷修『不死のワンダーランド――戦争の世紀を超えて』講談社学術文庫、1996年。

西永良成『〈個人〉の行方――ルネ・ジラールと現代社会』大修館書店、2002年。

西山けい子「記憶から創造へ――ノスタルジーを超えて」『英語青年』(ナボコフ生誕100年記念特集)、研究社、1999年11月号、pp. 515-517。

――――「生成する天使――メルヴィル「バートルビー」を読む」『Becoming』第８号、BC 出版、2001年、pp. 31-52。

――――「見つめ返すまなざし――アウラ、プンクトゥム、対象ａ」『Becoming』第21号、BC 出版、2008年、pp. 3-32。

新田啓子 『アメリカ文学のカルトグラフィ――批評による認知地図の試み』研究社、2012年。

バタイユ、ジョルジュ『エロティシズムの歴史』湯浅博雄・中地義和訳、哲学書房、1987年。

福田立明「黒猫はどこからきたか――ポオの精神分析批評検証の試み」『岐阜大学教養部紀要』第17号、1981年、pp. 93-104。

――――「黒猫はどこからきたか その二――精神分析批評から神話・元型批評へ」『岐阜大学教養部紀要』第18号、1982年、pp. 135-150。

プーレ、ジョルジュ『人間的時間の研究』井上究一郎ほか訳、筑摩書房、1969年。

――――『円環の変貌(下巻)』岡三郎訳、国文社、1990年。

フロイト、ジークムント「無気味なもの」高橋義孝訳、『フロイト著作集３』人文書院、1969年。

――――「ユーモア」高橋義孝訳、『フロイト著作集３』人文書院、1969年。

――――「日常生活の精神病理学」池見酉次郎・高橋義孝訳、『フロイト著作集４』人文書院、1970年。

ベルクソン、アンリ『物質と記憶』(ベルグソン全集２)田島節夫訳、白水社、1965年。

――――『精神のエネルギー』(ベルグソン全集５)渡辺秀訳、白水社、1965年。

――――『笑い』林達夫訳、岩波文庫、1991年。

ホイジンガ、ヨーハン『中世の秋(上)』堀越孝一訳、中公文庫、1976年。

見書店、2017年。

井上健「翻訳された群衆──『群衆の人』の系譜と近代日本」『比較文学研究』第69号、東大比較文学会、1996年11月。

小川和夫『わがエドガア・ポオ』荒竹出版、1983年。

柄谷行人「安吾その可能性の中心」『坂口安吾と中上健次』講談社文芸文庫、2006年。

川崎寿彦『楽園と庭』中公文庫、1984年。

────『楽園のイングランド』河出書房新社、1991年。

クルツィウス、E. R.『ヨーロッパ文学とラテン中世』南大路振一・岸本通夫・中村善也訳、みすず書房、1971年。

熊野純彦『カント──世界の限界を経験することは可能か』NHK 出版、2002年。

小林康夫「大地論序説──詩・技術・死」『表象の光学』未來社、2003年、pp. 146-218。

作田啓一「自己と外界──自己境界の拡大と溶解」『創造の世界』第25号、小学館、1978年、pp. 96-109。

────「青年期の感性」『岩波講座　子どもの発達と教育６』岩波書店、1979年、pp. 100-120。

────『個人主義の運命──近代小説と社会学』岩波新書、1981年。

────「悪の類型論──ラカン―ジジェクによる」『生の欲動』みすず書房、2003年、pp. 62-84。

────「直接性の倫理──ベルクソンそしてバディウとジジェク」『Becoming』第12号、BC 出版、2003年、pp. 49-71。

新堂粧子「昇華の３形態と芸術の３様式（上）」『Becoming』第15号、BC 出版、2005年、pp. 95-116。

────「昇華の３形態と芸術の３様式（下）」『Becoming』第16号、BC 出版、2005年、pp. 62-85。

巽孝之『ニュー・アメリカニズム──米文学思想史の物語学　増補新版』青土社、2005年。

巽孝之・鷲津浩子・下河辺美知子『文学する若きアメリカ──ポウ、ホーソン、メルヴィル』南雲堂、1989年。

富永茂樹「催眠と模倣──群衆論の地平で」『思想』岩波書店、1986年12月、pp. 1-19。

中井久夫「ポーの庭園ものをめぐって」『カイエ』冬樹社、1979年９月号。

Race. Eds. J. Gerald Kennedy and Liliane Weisseberg. New York: Oxford UP, 2001.
Wilber, Richard. "The House of Poe." *The Recognition of Edgar Allan Poe*. Ed. Eric W. Carlson, Ann Arbor: U of Michigan P, 1966.
Williams, Tony. *The Pox and the Covenant: Mather, Franklin, and the Epidemic That Changed America's Destiny*. Naperville: Sourcebooks, 2010.
Willis, Nathaniel Parker. "Open-Air Musings in the City." *Writing New York*. Ed. Phillip Lopate. Library of America, 1998.
Whipple, William. "Poe's Political Satire." *University of Texas Studies in English,* no. 35, 1956, pp. 81–95.
Zizek, Slavoj. *Looking Awry: An Introduction to Jacques Lacan through Popular Culture*. Cambridge: MIT Press, 1991.（ジジェク『斜めから見る――大衆文化を通してラカン理論へ』鈴木晶訳、青土社、1995年。）
――. *Enjoy Your Symptom!: Jacques Lacan in Hollywood and Out*. New York: Routledge, 1992.（ジジェク『汝の症候を楽しめ――ハリウッドＶＳラカン』鈴木晶訳、筑摩書房、2001年。）
――. *The Metastases of Enjoyment: Six Essays on Woman and Causality*. London; New York: Verso, 1994.（ジジェク『快楽の転移』松浦俊輔・小野木明恵訳、青土社、1996年。）
Zupančič, Alenka. *Ethics of the Real: Kant, Lacan*. London; New York: Verso, 2000.（ジュパンチッチ『リアルの倫理――カントとラカン』冨樫剛訳、河出書房新社、2003年。）
――. "Addendum: On Love and Comedy." *The Shortest Shadow: Nietzsche's Philosophy of the Two*. Cambridge: MIT Press, 2003.
――. *The Odd One In: On Comedy*. Cambridge: MIT Press, 2008.

＊

安部公房「SFの流行について」『安部公房全集16』新潮社、1998年。

池田美紀子『夏目漱石――眼は識《し》る東西の字』国書刊行会、2013年。

伊藤詔子『アルンハイムへの道――エドガー・アラン・ポーの文学』桐原書店、1986年。

――――『ディズマル・スワンプのアメリカン・ルネサンス』音羽書房鶴

Thomas, Dwight and David K. Jackson. eds. *The Poe Log: A Documentary Life of Edgar Allan Poe 1809–1849*. New York: G. K. Hall, 1987.

Tocqueville, Alexis de. *Democracy in America*. Trans. Gerard E. Bevan. New York: Penguin Classics. 2003.（トクヴィル『アメリカの民主政治』全３巻、井伊玄太郎訳、講談社学術文庫、1987年。）

Todorov, Tzvetan. *The Fantastic: A Structural Approach to a Literary Genre*. Trans. Richard Howard. New York: Cornell UP, 1975.（トドロフ『幻想文学』渡辺明正・三好郁朗訳、朝日出版社、1975年。）

———. *Les genres du discours*. Paris: Seuil, 1978.（トドロフ『言説の諸ジャンル』小林文生訳、法政大学出版局、2002年。）

Tuan, Yi-fu. *Topophilia: A Study of Environmental Perception, Attitudes, and Values*. Englewood Cliffs: Prentice-Hall, 1974.（トゥアン『トポフィリア』小野有五・阿部一訳、せりか書房、1992年。）

———. *Space and Place: The Perspective of Experience*. Minneapolis: U of Minnesota P, 1977.（トゥアン『空間の経験』山本浩訳、筑摩書房、1989年。）

Valéry, Paul. "On Poe's 'Eureka.'" *The Recognition of Edgar Allan Poe*. Ed. Eric W. Carlson. Ann Arbor: U of Michigan P, 1966.

Verhaeghe, Paul. "Causality in Science and Psychoanalysis." *Lacan & Science*. Eds. Jason Glynos and Yannis Stavrakakis. London and New York: Karnac, 2002.

Vines, Louis Davis. *Valéry and Poe: A Literary Legacy*. New York: New York UP, 1992.

Wald, Priscilla. *Contagious: Cultures, Carriers, and the Outbreak Narrative*. Durham, NC and London: Duke UP, 2008.

Weiss, Jane. "'This Pestilence Which Walketh in Darkness': Reconceptualizing the 1832 New York Cholera Epidemic." *Framing and Imagining Disease in Cultural History*. Ed. George Sebastian Rousseau, pp. 92–110.

Whalen, Terence. *Edgar Allan Poe and the Masses: the Political Economy of Literature in Antebellum America*. Princeton: Princeton UP. 1999.

Whalen, Terence. "Average Racism." *Romancing the Shadow: Poe and

New York: Harcourt, Brace, 1931.（ルーアク『アメリカ文学とユーモア——国民性の研究』原島善衛訳、北星堂書店、1961年。）
Rousseau, George Sebastian, ed. *Framing and Imagining Disease in Cultural History*. London and New York: Palgrave Macmillan, 2003.
Rowe, John Carlos. "Poe, Antebellum Slavery, and Modern Criticism." *Poe's Pym: Critical Explorations*. Ed. Richard Kopley. Durham: Duke UP, 1992.
Shuttleton, David. "A Culture of Disfigurement: Imagining Smallpox in the Long 18th Century." *Framing and Imagining Disease in Cultural History*. Ed. George Sebastian Rousseau, pp. 68–91.
Silver, Alain and James Ursini, Eds. *Horror Film Reader*. New York: Limelight Editions, 2000.
Silverman, Kenneth. *Edgar Allan Poe: Mournful and Never-ending Remembrance*. New York: HarperCollins, 1991.
Smith, Don G. *The Poe Cinema: A Critical Filmography*. Jefferson, NC.: McFarland, 1999.
Sontag, Susan. "Notes on 'Camp'." *Against Interpretation, and Other Essays*. New York: Farrar, Straus and Giroux, 1961.（ソンタグ「〈キャンプ〉についてのノート」喜志哲雄訳、『反解釈』ちくま学芸文庫、1996年。）
——. *Illness as Metaphor & AIDS and its Metaphors*. London: Penguin Books, 1990.（ソンタグ『隠喩としての病／エイズとその隠喩』（新装版）富山太佳夫訳、みすず書房、2006年。）
Stafford, Barbara. *Voyage into Substance: Art, Science, Nature, and the Illustrated Travel Account, 1760–1840*. Cambridge: MIT Press, 1984.（スタフォード『実体への旅——1760年～1840年における美術、科学、自然と絵入り旅行記』高山宏訳、産業図書、2008年。）
St. Armand, Barton Levi. "An American Book of the Dead: Poe's 'The Domain of Arnheim' as Posthumous Journey."『ポー研究』第２・３号、日本ポー学会、2011年、pp. 135–156。
Tate, Allen. "Our Cousin, Mr. Poe." *Poe: A Collection of Critical Essays*. Ed. Robert Regan. Englewood Cliffs: Prentice-Hall, 1967.
Tester, Keith. Introduction. *The Flâneur*. Ed. Keith Tester. London: Routledge. 1994.

Nicolson, Marjorie Hope. *Voyages to the Moon*. New York: MacMillan, 1960.（マージョリー・H・ニコルソン『月世界への旅』高山宏訳、国書刊行会、1986年。）

Perry, Dennis R. *Hitchcock and Poe: The Legacy of Delight and Terror*. Lanham: Scarecrow Press, 2003.

Pollin, Burton R. Notes and Comments on "The Unparalleled Adventure of One Hans Pfaall." *The Collected Writings of Edgar Allan Poe. Vol. 1: Imaginary Voyages.*

Prawer, S. S. *Caligari's Children: The Film as Tale of Terror*. New York: Da Capo Press, 1980.（プラウアー『カリガリ博士の子どもたち――恐怖映画の世界』福間健二・藤井寛訳、晶文社、1983年。）

Quinn, Patrick F. *The French Face of Edgar Poe*. Carbondale: Southern Illinois UP, 1971.（クィン『ポーとフランス』中村融訳、審美社、1975年。）

―――. "Poe's Other Audience." *Poe Studies*, vol. 18, no. 1, 1985, pp. 13–14.

Reece, James B. "New Light on Poe's 'The Masque of the Red Death.'" *Modern Language Notes*, vol. 68, no. 2, 1953, pp. 114–15.

Relph, Edward. *Place and Placelessness*. London: Pion Limited, 1976.（レルフ『場所の現象学――没場所性を越えて』高野岳彦・阿部隆・石山美也子訳、筑摩書房、1991年。）

Rigby, Jonathan. *English Gothic: A Century of Horror Cinema*. London: Reynolds & Hearn, 2000.

―――. *American Gothic: Sixty Years of Horror Cinema*. London: Reynolds & Hearn, 2007.

Robinson, E. Arthur. "Poe's 'The Tell-Tale Heart.'" *Nineteenth-Century Fiction*, vol. 19, no. 4, 1965, pp. 369–378.

Rosenberg, Charles E. *The Cholera Years: The United States in 1832, 1849, and 1866 with a new afterword*. Chicago: U of Chicago P, 1987.

Rosenthal, Bernard. "Poe, Slavery, and the *Southern Literary Messenger: A Reexamination*." *Poe Studies*, vol. 7, no. 2, 1974, pp. 29–38.

Rosenthal, Bernard and Vincent Freimarck, Eds. *Race and the American Romantics*. New York: Schocken Books, 1971.

Rourke, Constance. *American Humor: A Study of the National Character*.

and Pictorial Techniques. Potomac: Scripta Humanistica, 1984.
Marx, Leo. *The Machine in the Garden: Technology and the Pastoral Ideal in America*. New York: Oxford UP paperback, 1967.（マークス『楽園と機械文明――テクノロジーと田園の理想』榊原胖夫・明石紀雄訳、研究社出版、1972年。）
Matthiessen, F. O. *American Renaissance*. London; New York: Oxford UP, 1968.（マシーセン『アメリカン・ルネサンス――エマソンとホイットマンの時代の芸術と表現』〔上・下〕飯野友幸・江田孝臣・大塚寿郎・高尾直知・堀内正規訳、上智大学出版、2011年。）
Mayor, Adrienne. "The Nessus Shirt in the New World: Smallpox Blankets in History and Legend." *The Journal of American Folklore*, vol. 108, no. 427, Winter 1995, pp. 54–77.
McNeill, William H. *Plagues and Peoples*. London: Penguin Books, 1994.
Meikle, Denis. *Vincent Price: The Art of Fear*. London: Reynolds & Hearn, 2003.
Melville, Herman. *Redburn: His First Voyage. The Writings of Herman Melville*, vol. 4. Evanston: Northwestern UP, 1969.（メルヴィル『レッドバーン』〔『メルヴィル全集５』〕坂下昇訳、国書刊行会、1982年。）
――. "Hawthorne and His Mosses." *The Piazza Tales and Other Prose Pieces, 1839–1860. The Writings of Herman Melville*, vol. 9. Evanston: Northwestern UP, 1987.（「ホーソーンと彼の苔」『痕跡と祈り――メルヴィルの小説世界』橋本安央訳、松柏社、2016年。）
Morrison, Toni. *Playing in the Dark: Whiteness and the Literary Imagination*. Cambridge: Harvard UP, 1992.（モリスン『白さと想像力――アメリカ文学の黒人像』大社淑子訳、朝日選書、1994年。）
Muller, John P. and William J. Richardson, eds. *The Purloined Poe: Lacan, Derrida and Psychoanalytic Reading*. Baltimore: Johns Hopkins UP, 1988.
Nabokov, Vladimir. *Speak, Memory: An Autobiography Revisited*. Harmondsworth: Penguin Books, 1969.（ナボコフ『記憶よ、語れ――自伝再訪』若島正訳、作品社、2015年。）
Neimeyer, Mark. "Poe and Popular Culture." *The Cambridge Companion to Edgar Allan Poe*. Ed. Kevin J. Hayes. Cambridge: Cambridge UP, 2002.

History." *American Literary History*, vol. 14, no. 4, 2002, pp. 845-857.
Humphries, Reynold. *The Hollywood Horror Film 1931-1941: Madness in a Social Landscape*. Lanham: Scarecrow Press, 2006.
Kennedy, J. Gerald. *Poe, Death, and the Life of Writing*. New Haven: Yale UP, 1987.
Kennedy, J. Gerald and Liliane Weisseberg, eds. *Romancing the Shadow: Poe and Race*. New York: Oxford UP, 2001.
Keppler, Carl F. *The Literature of the Second Self*. Tucson: U of Arizona P, 1972.
Ketterer, David. *The Rationale of Deception in Poe*. Baton Rouge: Louisiana UP, 1979.
King, Stephen. *Danse Macabre*. London: Hodder, 2012.（スティーヴン・キング『死の舞踏』安野玲訳、福武文庫、1995年）
Kopley, Richard, ed. *Poe's Pym: Critical Explorations*. Durham: Duke UP, 1992.
Lacan, Jacques. *Le Séminaire, Livre XI: Les quatre concepts fondamentaux de la psychanalyse*. Paris: Seuil, 1964.（ラカン『精神分析の四基本概念』小出浩之・新宮一成・鈴木國文・小川豊昭訳、岩波書店、2000年。）
——. "Science and Truth." *Écrits*. Trans. Bruce Fink. New York and London: W. W. Norton, 2006.
Laing, R. D. *The Divided Self*. Baltimore: Penguin Books, 1969.（レイン『ひき裂かれた自己』阪本健二・志貴春彦・笠原嘉訳、みすず書房、1971年。）
Lawrence, D. H. *Studies in Classic American Literature*. Penguin Books, 1977.（ロレンス『アメリカ古典文学研究』大西直樹訳、講談社文芸文庫、1999年。）
Levin, Harry. *The Power of Blackness: Hawthorne, Poe, Melville*. Athens: Ohio UP, 1958.
Levine, Stuart and Susan F. Levine. "Comic Satires and Grotesques: 1836-1949." *A Companion to Poe Studies*. Ed. Eric W. Carlson.
Limon, John. *The Place of Fiction in the Time of Science: A Disciplinary History of American Writing*. Cambridge: Cambridge UP, 1990.
Ljungquist, Kent. *The Grand and the Fair: Poe's Landscape Aesthetics*

Gelder, Ken, ed. *The Horror Reader*. London: Routledge, 2000.
Gilman, William H. *Melville's Early Life and* Redburn. New York: New York UP, 1951.
Gilmore, Michael T. *American Romanticism and the Marketplace*. Chicago: U of Chicago P. 1985.
Girard, René. *Mensonge romantique et vérité romanesque*. Paris: Grasset, 1961.（ジラール『欲望の現象学』古田幸男訳、法政大学出版局、1971年。）
———. *Des choses cachées depuis la fondation du monde*. Paris: Grasset, 1978.（ジラール『世の初めから隠されていること』小池健男訳、法政大学出版局、1984年。）
Gleber, Anke. *The Art of Taking a Walk: Flanerie, Literature, and Film in Weimar Culture*. Princeton: Princeton UP. 1999.
Glynos, Jason, and Yannis Stavrakakis, eds. *Lacan & Science*. London and New York: Karnac, 2002.
Gross, Seymour L. "Hawthorne's 'Lady Eleanore's Mantle' as History." *Journal of English and Germanic Philology*, no. 58, 1959, pp. 549-554.
Hawthorne, Nathaniel. "The Rejected Blessing." *True Stories from History and Biography. Centenary Edition of the Works of Nathaniel Hawthorne,* vol. 6. Columbus: Ohio State UP, 1972, pp. 98-107.
———. "Lady Eleanore's Mantle." *Twice-Told Tales. Centenary Edition of the Works of Nathaniel Hawthorne,* vol. 9. Columbus: Ohio State UP, 1974, pp. 271-289.（「レディ・エレアノアのマント」『ナサニエル・ホーソーン短編全集Ⅱ』國重純二訳、南雲堂、1999年。）
Halliburton, David. *Edgar Allan Poe: A Phenomenological View*. Princeton: Princeton UP, 1973.
Hoffman, Daniel. *Poe Poe Poe Poe Poe Poe Poe*. New York: Avon Books, 1972.
Holmes, Richard. *The Age of Wonder: How the Romantic Generation Discovered the Beauty and Terror of Science*. London: HarperPress, 2009.
———. *Falling Upwards: How We Took to the Air*. London: William Collins, 2014.
Humphreys, Margaret. "No Safe Place: Disease and Panic in American

草思社、2012年。）

Di Franco, J. Philip, ed. *The Movie World of Roger Corman*. New York: Chelsea House, 1979.

Disch, Thomas M. *The Dreams Our Stuff is Made Of: How Science Fiction Conquered the World*. New York: Simon and Schuster, 1998.

Dry, Sarah and Melissa Leach, eds. *Epidemics: Science, Governance, and Social Justice*. London; Washington, D. C.: Earthscan, 2010.

Dubois, Jacques. *Le roman policier ou la modernité*, Paris: Nathan. 1992.（デュボア『探偵小説あるいはモデルニテ』鈴木智之訳、法政大学出版局、1998年。）

Eliot, T. S. "From Poe to Valéry." *Edgar Allan Poe: Critical Assessments*, vol. 1. Ed. Graham Clark. Mountfield, East Sussex: Helm Information, 1991.

Elmer, Jonathan. *Reading at the Social Limit: Affect, Mass Culture & Edgar Allan Poe*. Stanford: Stanford UP. 1995.

Elworthy, Frederick Thomas. *The Evil Eye: An Account of This Ancient and Wide Spread Superstition*. London: John Murray, 1895.（エルワージ『邪視』奥西峻介訳、リブロポート、1992年。）

Emerson, Ralph Waldo. *Nature*. *The Collected Works of Ralph Waldo Emerson*, vol. 1. Eds. Robert E. Spiller and Alfred R. Ferguson. Cambridge: Belknap Press of Harvard UP, 1971.

Fenn, Elizabeth A. "Biological Warfare in Eighteenth-Century North America: Beyond Jeffery Amherst." *The Journal of American History*, vol. 86, no. 4, 2000, pp. 1552–1580.

Fiedler, Leslie A. *Love and Death in the American Novel*. 2nd ed. New York: Stein and Day, 1982.（フィードラー『アメリカ小説における愛と死――アメリカ文学の原型 I』佐伯彰一・井上謙治・行方昭夫・入江隆則訳、新潮社、1989年。）

Fink, Bruce. *The Lacanian Subject: Between Language and Jouissance*. Princeton: Princeton UP, 1995.

Freedman, Jonathan and Richard Millington, eds. *Hitchcock's America*. New York: Oxford UP, 1999.

Gargano, James W. "The Theme of Time in 'The Tell-Tale Heart.'" *Studies in Short Fiction*, vol. 5, no. 4, 1968, pp. 378–382.

Byer, Robert H. "Mysteries of the City: A Reading of Poe's 'The Man of the Crowd.'" *Ideology and Classic American Literature*. Eds. Sacvan Bercovitch and Myra Jehlen. New York: Cambridge UP, 1986.

Caillois, Roger. *Méduse et cie*. Paris: Gallimard, 1960.（カイヨワ『メドゥーサと仲間たち』中原好文訳、思索社、1988年。）

Canetti, Elias. *Crowds and Power*. Trans. Carol Stewart. Harmondsworth: Penguin, 1973.（カネッティ『群衆と権力』岩田行一訳、法政大学出版局、1971年。）

Carlson, Eric W., ed. *A Companion to Poe Studies*. Westport Connecticut: Greenwood Press, 1996.

Cary, Richard. "'The Masque of the Red Death' Again." *Nineteenth-Century Fiction*, vol. 17, no. 1, 1962, pp. 76–78.

Colacurcio, Michael J. *The Province of Piety: Moral History in Hawthorne's Early Tales*. Cambridge: Harvard UP, 1984.

Copjec, Joan. "Vampires, Breast-Feeding, and Anxiety." *Read My Desire: Lacan against the Historicists*. Cambridge: MIT Press, 1994.（コプチェク「吸血鬼、母乳育児、不安」『私の欲望を読みなさい——ラカン理論によるフーコー批判』梶理和子・鈴木英明・下河辺美知子・村山敏勝訳、青土社、1998年。）

Crosby, Alfred W. *America's Forgotten Pandemic: The Influenza of 1918*. New York: Cambridge UP, 1989.

Crouch, Tom D. *The Eagle Aloft: Two Centuries of the Balloon in America*. Washington, D. C.: Smithsonian Institution, 1983.

Davidson, Edward H. *Poe: A Critical Study*. Cambridge: Belknap Press of Harvard UP, 1964.

Dayan, Joan. *Fables of Mind: An Inquiry into Poe's Fiction*. New York: Oxford UP, 1987.

——. "Amorous Bondage: Poe, Ladies, and Slaves." *American Literature*, vol. 66, no. 2, June 1994, pp. 239–273.

Delano, Sterling, F. *Brook Farm: The Dark Side of Utopia*. Cambridge: Belknap Press of Harvard UP, 2004.

Diamond, Jared M. *Guns, Germs, and Steel: The Fates of Human Societies*. New York: W. W. Norton, 1997.（ダイヤモンド『銃・病原菌・鉄——一万三〇〇〇年にわたる人類史の謎』〔上・下〕倉骨彰訳、

・『ユリイカ』(岩波文庫、2008年)八木敏雄訳
・『ポオのSF(I)』(講談社文庫、1979年)より「ハンス・プファールの無類の冒険」八木敏雄訳
・「告げ口心臓」「息の紛失」「マルジナリア」は拙訳。

II 本書で言及した文献

Alcabes, Philip. *Dread: How Fear and Fantasy Have Fueled Epidemics from the Black Death to Avian Flu*. New York: PublicAffairs, 2009.

Aldiss, Brian. *Trillion Year Spree: The History of Science Fiction*. London: Gollancz, 1986.

Auden, W. H. "Introduction" to *Edgar Allan Poe: Selected Prose and Poetry* [1950]. *The Recognition of Edgar Allan Poe*. Ed. Eric W. Carlson. Ann Arbor: Ann Arbor Paperback, 1970.

Bachelard, Gaston. *L'eau et les rêves: essai sur l'imagination de la matière*. Paris: Corti, 1942.(バシュラール『水と夢——物質の想像力についての試論』小浜俊郎・桜木泰行訳、国文社、1969年。)

——. *L'air et les songes: essai sur l'imagination du mouvement*. Paris: Corti, 1943.(バシュラール『空と夢——運動の想像力にかんする試論』宇佐見英治訳、法政大学出版局、1975年。)

Bashford, Alison. *Imperial Hygiene: A Critical History of Colonialism, Nationalism and Public Health*. London and New York: Palgrave Macmillan, 2004.

Bashford, Alison and Claire Hooker. *Contagion: Historical and Cultural Studies*. New York: Routledge, 2001.

Beaver, Harold. Commentary. *The Science Fiction of Edgar Allan Poe*. Penguin Classics, 1976.

Benjamin, Walter. *Charles Baudelaire: A Lyric Poet in the Era of High Capitalism*. Trans. Harry Zohn. London: Verso, 1983.(ベンヤミン『ボードレール 新編増補』〔ベンヤミン著作集6〕川村二郎・野村修編集解説、晶文社、1975年。)

Bonaparte, Marie. *The Life and Works of Edgar Allan Poe: A Psycho-Analytic Interpretation*. Trans. John Rodker. London: Imago, 1949.

Brand, Dana. *The Spectator and the City in Nineteenth-Century American Literature*. New York: Cambridge UP, 1991.

参考文献

I　ポーの作品、評論、書簡集および邦訳

Poe, Edgar Allan. *Collected Works of Edgar Allan Poe*. Ed. Thomas Ollive Mabbott. 3 vols. Cambridge: Harvard UP, 1969–78.

——. *The Collected Writings of Edgar Allan Poe. Vol. I: Imaginary Voyages*. Ed. Burton R. Pollin. New York: Gordian, 1981.

——. "Doings of Gotham." *Writing New York*. Ed. Phillip Lopate. New York: Library of America. 1998.

——. *Edgar Allan Poe: Comedies and Satires*. Ed. David Galloway. Harmondsworth: Penguin Classics, 1987. (first published as *The Other Poe* [1983]).

——. *Edgar Allan Poe: Essays and Reviews*. Ed. G. R. Thompson. New York: Library of America. 1984.

——. *Eureka*. Ed. Stuart Levine and Susan F. Levine. Urbana and Chicago: U of Illinois P, 2004.

——. *The Letters of Edgar Allan Poe*. Ed. John Ward Ostrom. 2 vols. New York: Gordian, 1966.

——. *The Science Fiction of Edgar Allan Poe*. Ed. Harold Beaver. Harmondsworth: Penguin Classics, 1976.

ポー作品の日本語訳は基本的には既訳を利用し、必要に応じて若干の変更を加えた。

本書で引用した主な作品の訳者は以下のとおりである。記して感謝する。

・『ポオ全集』（全３巻、東京創元社、1969年）より
「ウィリアム・ウィルソン」「群集の人」「天邪鬼」中野好夫訳／「アルンハイムの地所」「妖精の島」「ランダーの別荘」松村達雄訳／「リジイア」（本書では「ライジーア」と表記）阿部知二訳／「ベレニス」大岡昇平訳／「ある苦境」大橋健三郎訳／「使いきった男」宮本陽吉訳／「モノスとウナの対話」松原正訳／「影」河野一郎訳／「ミイラとの論争」「書評」小泉一郎訳

・『黒猫・モルグ街の殺人事件』（岩波文庫、1978年）より「黒猫」中野好夫訳

や　行

ら　行

わ　行

は　行

ま　行

た　行

な　行

さ　行

事項索引

あ　行

か　行

ヤ 行

ラ・ワ 行

マ　行

ナ　行

ハ　行

サ 行

タ 行

人名・作品名索引

ア 行

カ 行

著者紹介

西山けい子（にしやま　けいこ）

1959年生まれ。奈良女子大学大学院人間文化研究科博士後期課程単位取得退学。専門はアメリカ文学。龍谷大学教授を経て、2013年より関西学院大学文学部教授。
共著に『メディアと文学が表象するアメリカ』（英宝社、2009年）、『災害の物語学』（世界思想社、2014年）、『記憶とリアルのゆくえ――文学社会学の試み』（新曜社、2016年）、『アメリカ文学における幸福の追求とその行方』（金星堂、2018年）など。訳書にジェイムズ・ミラー『ミシェル・フーコー――情熱と受苦』（田村俶監修、雲和子・西山けい子・浅井千晶訳、筑摩書房、1998年）、アネット・クーン『家庭の秘密――記憶と創造の行為』（世界思想社、2007年）など。

関西学院大学研究叢書　第220編

新曜社

エドガー・アラン・ポー
極限の体験、リアルとの出会い

初版第1刷発行　2020年3月10日

著　者　西山けい子

発行者　塩浦　暲

発行所　株式会社　新曜社
〒101-0051　東京都千代田区神田神保町3-9
電　話(03)3264-4973㈹・FAX(03)3239-2958
e-mail　info@shin-yo-sha.co.jp
URL https://www.shin-yo-sha.co.jp/

印刷所　星野精版印刷

製本所　積信堂

ISBN978-4-7885-1669-4 C1090